本书属于教育部人文社会科学研究规划青年基金项目

江苏高校优势学科建设工程资助项目

随园文史研究丛书

SUIYUAN WENSHI YANJIU CONGSHU

高峰　著

乱世中的优雅

南唐文学研究

人民出版社

目录

下编　南唐诗文研究

南唐文学是中国古代文学中一个重要的研究对象。20世纪以来,王国维、郑振铎、夏承焘、唐圭璋、龙沐勋、杨荫深、卢前、王仲闻、詹安泰等前辈学者,分别从词籍整理、年谱考订、理论探讨、作品赏析等角度,对南唐李璟、李煜、冯延巳诸家词人进行了全面细致的研究。20世纪80年代以来,南唐文学研究呈现出全面发展的态势。一方面,施蛰存、杨海明、陈如江、田居俭、黄进德、黎烈南、余恕诚、刘尊明等学者,对南唐词的风格特征、词史价值等问题展开了探析,研究的视野更加开阔,取得了丰硕的学术成果;与此同时,海外学者叶嘉莹、谢世涯、李鸿镇、宇野直人、丹尼尔·布赖恩特、霍夫曼等人,均从独特的研究视角,对南唐词人进行了较为新颖的评析;另一方面,贺中复、张兴武、刘宁、李定广等学者,对五代乱世背景下的南唐诗人命运、诗歌艺术、诗史地位等问题进行了开拓性的研究,取得了阶段性的成果。

本书旨在前人研究的基础上,揭示五代时期文化背景下文人的心态演变,全面探析南唐文化观照中的诗、文、词体创作,总结其风格特征以及对后世文学的深远影响。本书从三个学术视阈展开研究:

首先,从时代文化的视角研究南唐文学,揭示五代乱世当中身处南唐的士大夫文人的心态演变,特别是王朝易代之际的人生抉择和心性显露,深入探讨人品与文品的关系问题。

其次，从地域文化的视角研究南唐文学，揭示南唐诗词有别于南朝宫体诗以及花间词的本质特征。

再次，从文学史演变的视角研究南唐文学，揭示南唐词如何完成由"伶工之词"向"士大夫之词"的演进，剖析南唐诗如何承继晚唐苦吟诗风，又对"宋初三体"乃至宋诗"以才学为诗"、"以文字为诗"特性的形成产生深远的影响。

本书的研究和写作分为上、中、下三编，具体内容包括：

上编　南唐文学的文化观照

第一章，南唐史述：阐析南唐盛衰兴亡之路，南唐与后周、宋以及吴越、闽、楚等国关系，李昪、李璟、李煜三代君王的治政方略。

第二章，南唐历史与文人心态：探寻文官政治的初步建构对南唐儒雅文化形成的直接作用，以及对宋代政治、教育、文化等方面的深远影响；具体剖析南唐党争的不同阶段与文人复杂心态；并以宋齐丘的政治命运为研究个案，揭示南唐政局风云中的文士身世浮沉。

第三章，南唐经济与文化风尚：全面论析南唐经济发展态势、文化艺术成就、宗教信仰，及其对于南唐文学创作、风格特性的深远影响。

中编　南唐词研究

第一章，南唐词的由来与特征：立足江南文化基础，剖析南唐词与南朝吴歌以及梁、陈宫体诗的差异；从地域文化的角度分析南唐词与花间词在创作主体、政治环境、宗教信仰等方面存在的本质区别，从而导致风格的相异；深入剖析南唐词的审美特征：富贵典雅之致，忧患感伤之意，主观情性之美，疏朗清畅之调。

第二章，论冯延巳词：重点探析冯延巳人品与词境的关系，评析其词忧患意识、审美特质。

第三章，论李璟词：揭示时代阴影在李璟词中的投射，从而给人以优雅而伤感的艺术美感。

第四章,论李煜词:深入细致地剖析李煜的个性气质、情绪特征及其对词作内容与艺术的直接影响,揭示其在词史上的独特价值和地位。

第五章,南唐其他词人创作简论:简要论析南唐孙鲂、陈陶、徐铉等词人在咏柳、相思题材上的创作心态和主题特性,展示南唐词人整体创作风貌。

下编　南唐诗文研究

第一章,南唐诗文的特征和地位:揭示南唐诗文的主题类别、风格特征,评析其对北宋诗文创作的直接影响。

第二章,南唐诗文作家传论:依照南唐历史的发展阶段,对李建勋、徐铉、韩熙载、陈陶、江为、刘洞等47位南唐重要诗文作家进行逐一评析,厘清南唐诗文的整体风貌和单个作家的个性特征。

本书研究和写作的基本思路和方法包括:

首先,采用文献整理的方法。系统梳理南唐史籍、诗文词集资料,还原南唐文学创作的真实状况,全面总结文学发展的外在脉络和内在规律。

其次,采用文化观照的方法。结合政治、经济、宗教、艺术等方面因素的发展状况,剖析南唐文人的文化心态、气质个性、情绪特征和创作风格。

再次,采用比较研究的方法。通过南唐词与南朝宫体诗、西蜀花间词的比较,揭示其独特的清雅深婉的艺术特质;通过南唐诗与晚唐"姚贾体"、北宋"宋初三体"的比较,阐述其同中有变、承前启后的诗史价值。

第四,采用实证研究的方法。实地考察南唐历史遗迹,对南唐文学所有的重要作家展开全面细致的研究,点面结合,以点带面,做到文学整体论述与作家个案分析的有机结合。

上编

南唐文学的文化观照

第一章 南唐史述

安史之乱以后，大唐王朝在政治腐败、宦官专权、藩镇割据等弊政的侵蚀下，日渐走向衰颓。时至晚唐时代，整个国运更于纸醉金迷、歌舞声色之中江河日下、日薄西山。尖锐的阶级矛盾引发了声势浩大、席卷全国的黄巢农民起义，进一步促成了国家命脉的断送、王朝结构的解体。从此以后，原先拥兵自重的各路藩镇军阀乘乱崛起，分疆裂土，陆续建立起十多个割据政权，进入了"五代十国"的历史时期。

"四十年来家国，三千里地山河。凤阁龙楼连霄汉，玉树琼枝作烟萝。几曾识干戈。"这是南唐亡国之君李煜在其《破阵子》词中，追念故国的繁华景象。南唐（937—975），是五代十国时期割据江淮地带的一个小王朝，历烈祖李昪、元宗李璟、后主李煜三世，享国39年；当其极盛之时，据有35州之地，人口约500万。南唐继承唐朝礼仪典章制度，依托江淮自然、人文条件，吸纳北方中原英杰豪士，发展生产，富甲东南，在五代十国的政治、经济、文化等方面都占有非常重要的地位；并且对北宋的经济恢复、政权建构、文化繁兴提供了大量的资金保障和人才资源，发挥了极大的作用。

第一节 烈祖时代

南唐烈祖李昪（888—943），字正伦，小名彭奴，彭城（今江苏徐州）人。他出身微贱，幼年失怙，遭遇战乱，贫困流离。据清人吴任臣《十国春秋》

卷一五记载,李昇"世本微贱。父荣,性谨厚,喜从浮屠游,多晦迹精舍,时号李道者。彭奴(即李昇)以唐光启四年十二月二日生于彭城。六岁而孤,遇乱,伯父球携之濠州(今安徽凤阳)。未几,母刘氏卒,遂托迹于濠之开元寺"。

　　唐昭宗乾宁二年(895 年),五代时期吴国的缔造者杨行密率军攻破濠州,于俘获的人群中陡然发现年仅 7 岁的李昇,"见而奇之,养以为子"。怎奈李昇却不见容于杨行密的长子渥,杨行密不得已,只好将其送与心腹大将徐温,并且语重心长地对徐温说:"是儿状貌非常,吾度渥终不能容,故以乞汝。"① 于是李昇改为徐姓,取名知诰。

　　徐知诰天资聪颖,据清人王士禛、郑方坤《五代诗话》卷一记载,其 9 岁时写咏灯诗即云:"一点分明直万金,开时惟怕冷风侵。主人若也勤挑拨,敢向尊前不尽心。"语意双关,微露心迹,深得徐温器重;长大成人之后,越发表现出超群出众的气质,"身长七尺,坦额隆准,神彩鉴物。虽缓行,从者阔步追之不及,相者曰:'正所谓龙行虎步也。'瞻视明灿,其音如钟"②。宋人龙衮《江南野史》卷一也说:"先主身长七尺,资貌瑰特,目瞬如电,语音厚重,望之慑人,与语可爱。"早年漂泊流离的磨难和此后寄人篱下的处境,使得徐知诰深知:他不能像杨行密、徐温诸子那样,仰仗父辈的功业和地位,呼风唤雨,骄奢淫逸;只有依靠自己的努力奋斗,才可能立住脚跟,求得好的出路。因此其性格很早就显现出内向、审慎、沉稳的特征。《江南野史》卷一曰:"先主(李昇)虽少,而天性颖悟,夙敦子道,朝夕起居,温清左右,承颜侍膳,过若成人","温之嫡子皆好骋田猎,先主惟习书计,暇则肄射,所志必精。"他在徐温家处处显得格外谦卑和勤谨,宋人马令《南唐书》卷一记载:"知诰奉温以孝闻,从温出,不如意,杖而逐之。及归,拜迎门,温惊曰:'尔在此也?'知诰泣曰:'为人子,舍父母,何适?父怒而归母,子之常也。'温由是爱之。"徐温让知诰负责管理繁杂的家务,以考验其才干。结果徐知

① (宋)陆游:《南唐书》卷一,《四部丛刊续编》本。
② (宋)释文莹:《玉壶清话》卷九,《知不足斋丛书》本。

诰将家务管理得井井有条,初步展示出处理政事游刃有余的能力,使得徐家上上下下皆无间言。"温有疾,与其妇晨夜侍旁不去,温益爱之"。徐温赞赏知诰的孝顺与才能,感叹自己的亲子皆无法相比,他曾对诸子说:"汝辈事我能如知诰乎?"① 独具慧眼的杨行密也对徐温感叹道:"知诰隽杰,诸将子皆不逮也。"②

　　然而,吴国太祖杨行密却万万没有料到,最终取代吴国政权的正是这位隽杰之士。当时即有民谣唱道:"江北杨花作雪飞,江南李树玉团枝。李花结子可怜在,不似杨花无了期。"③

　　庐州(今安徽合肥)人杨行密,崛起于唐末淮南的军事混战之中。他"为人长大有力,能手举百斤,日行三百里",并且头脑灵活,作战勇敢,经过无数次的厮杀征战,形成了以扬州为中心、占有东南一方的割据势力,至唐昭宗乾宁三年(896年),"自淮以南、江以东诸州皆下之,于是始全有淮南之地"④。唐天复二年(902年),唐昭宗李晔封杨行密为东面行营都统、检校太师、中书令,进爵吴王。唐哀帝天祐二年(905年),行密病逝,由其长子杨渥继任吴王。他继续开疆拓土,占有岳州、洪州之地。天祐四年(907年),朱温取唐而代之,在开封建立后梁政权,改年号为"开平"。而杨吴政权仍奉天祐为正朔,表示臣属关系。但是就在此时,权臣徐温逐渐暴露出篡位夺权的野心。

　　徐温是海州(今江苏连云港附近)人,曾以贩运私盐为生,在军阀混战之中,投靠杨行密。由于他精于筹谋,被杨行密引为心腹,参与谋议军机大事,执掌右牙军大权。天祐五年(908),杨渥被徐温、张颢设计所杀,其弟杨隆演接替吴王之位,由于徐温拥立有功,而以大丞相秉吴实权。天祐十二年(915年),徐温晋爵齐国公,并领有江南富裕的昇、润、常、宣、歙、池六州之地。为了控制江南,与杨吴政权分庭抗礼,徐温派谋士陈彦谦营建隋唐

① (宋)司马光:《资治通鉴》卷二六八,中华书局1956年版,第8757页。
② (宋)陆游:《南唐书》卷一,《四部丛刊续编》本。
③ (清)王士禛、郑方坤:《五代诗话》卷一,人民文学出版社1998年版,第4页。
④ (清)吴任臣:《十国春秋》卷一,中华书局1983年版,第1、13页。

时期早已废弃的金陵城,并于天祐十四年(917年)迁居于此,而由长子徐知训驻守扬州,代其处理朝中日常事务,军政大事则向其禀报,由己决断;另遣养子徐知诰驻守润州,父子三人形成鼎足之势,从此吴国政事决策尽归徐氏手中,为其代吴自立做好了准备。

天祐十五年(918年),谋臣严可求向徐温建议,"当先建吴国以自立,温深然之"①,于是逼迫杨隆演改正朔,建吴国。次年,杨隆演改天祐十六年为武义元年,吴国正式建立。由于他年少继位,国家大权尽落徐温手中,加之"建国称制,非其意,常怏怏,酣饮,稀复进食"②,于武义二年(920年)抑郁而死。隆演死后,其弟杨溥继位,乃拜徐温为金陵尹、太师之职。

在徐温操秉杨吴实权的过程中,徐知诰显示出非凡的才干。天祐六年(909年),徐知诰刚满22岁,被徐温任命为昇州(今江苏南京)防遏使兼楼船副使,前去修整金陵城并操练水军。天祐九年(912年),徐知诰协助大将柴再用平定李遇叛乱,建立了功勋,升任为昇州刺史。当时军阀混战,武夫悍将侵扰百姓,致使民不聊生,鸡犬不宁。徐知诰上任后,即着力扭转这样的局面。当时"州县吏务赋敛为战守,知诰独褒廉能,课农桑,求遗书,招延宾客,倾身下之。虽以节俭自励,而轻财好施,无所系吝"。正由于他励精图治,招纳贤才,故而治绩斐然,声名鹊起。大批儒士闻风向慕,纷纷投奔到其门下,"以宋齐丘、王令谋、王翃、曾禹、张洽、徐融为宾客,马仁裕、周宗、曹悰为亲吏"③。这就为徐知诰赢得民心,进而为他建立南唐政权奠定了基础。

徐温闻其治政名声,亲自巡察金陵,"见其城隍浚整,楼堞完固,府署中外肃肃,咸有条理",心里十分满意,干脆将自己的治所迁至金陵,而将知诰调任润州。"时金陵之民,顾怀其惠,莫不心折气沮,但逼迫义祖(徐温)之威,而无敢建白者"④,但是人心的向背已判然分明。起初,徐知诰不愿就任

---

① (清)吴任臣:《十国春秋》卷二,中华书局1983年版,第51页。
② (宋)欧阳修:《新五代史》卷六一,中华书局1974年版,第757页。
③ (清)吴任臣:《十国春秋》卷一五,中华书局1983年版,第185页。
④ (宋)史温:《钓矶立谈》,《知不足斋丛书》本。

润州,而屡次请求调任宣州,未获允许,故而闷闷不乐。门客宋齐丘为他出谋划策,当时徐温的长子知训以内外马步都军副使的身份驻守扬州,他为人专制蛮横,骄奢淫逸,颇失民心。宋齐丘判断道:"三郎(指徐知训)骄纵,败在朝夕。润州去广陵隔一水耳,此天授也。"①

果不其然,天祐十五年(918年),骄纵狂妄的徐知训被大将朱瑾所杀。徐知诰心腹马仁裕此时镇守扬州城附近的蒜山渡,闻讯后连夜策马报告。知诰抓住这一天赐良机,"即日以州兵入广陵定乱,遂代知训为淮南节度行军副使、内外马步都军副使"②。徐温赶到时,已为时晚矣,考虑到自己其余诸子都还年幼,无力担当辅助国政的重任,只得承认既成的事实,命令知诰留镇扬州,完全取代徐知训的官职。徐知诰成功地把握了如此难得的机遇,积极地施展自己的政治才干,积聚起强大的权势声望。徐温"还镇金陵,总吴朝大纲,自馀庶政,皆决于知诰"③。徐知诰"虽至仁长厚,犹以为非老成无以弹压,遂服药变其髭鬓,一夕成霜"④。他"悉反知训所为,事吴王尽恭,接士大夫以谦,御众以宽,约身以俭。以吴王之命,悉蠲天祐十三年(916年)以前逋税,馀俟丰年乃输之。求贤才,纳规谏,除奸猾,杜请托。于是士民翕然归心,虽宿将悍夫无不悦服"⑤。他在扬州多为善政,体察民瘼,惠及百姓;积极地笼络吴王、诸将之心,赢得了广泛的支持,在不知不觉之中架空了徐温的威势,由此出现了"温虽遥执国政,而人情颇已归属于帝(李昇)"⑥的情形。杨吴武义元年(919年),拜徐知诰为左仆射、知政事,整顿朝纲,以抑强暴,中外谓之政事仆射。

随着政权势力的壮大,徐知诰开始不露声色地遏制和打压徐温的权势。徐温入觐,徐知诰密报吴主说:"温虽臣之父,忠孝有素。而节镇入觐,

① (宋)司马光:《资治通鉴》卷二六九,中华书局1956年版,第8815页。
② (清)吴任臣:《十国春秋》卷一五,中华书局1983年版,第186页。
③ (宋)司马光:《资治通鉴》卷二七〇,中华书局1956年版,第8831页。
④ (宋)郑文宝:《南唐近事》卷一,文渊阁《四库全书》本。
⑤ (宋)司马光:《资治通鉴》卷二七〇,中华书局1956年版,第8831页。
⑥ (宋)陆游:《南唐书》卷一,《四部丛刊续编》本。

无以兵仗自从之例,请以臣父为始。""乃命温悉去兵仗而入"①。徐温当然感受到来自知诰的强大威胁,他身边的谋士徐玠劝说道:"居中辅政,岂宜假之它好。"严可求、陈彦谦等人也屡劝徐温以亲子知询替代知诰。杨吴乾贞元年(927年),徐温借率诸藩镇入朝、劝吴王即帝位之机,以徐知询代替自己赴扬州奉表劝进,进而留镇江都,取代知诰。徐知诰自感虽然费尽心机,仍然无法扭转大局,只得准备上表,退而求为洪州节度使。但是就在他准备上表的前一夜,徐温于金陵病逝。消息传至扬州,知询赶回奔丧。知诰借机夺回辅政大权,挟天子以令境内。

为了实现自己的政治欲望,徐知诰逼迫杨溥称帝,自己领都督中外诸军事之职,封浔阳公,旋改封豫章公。杨溥虽然号称皇帝,却毫无权力,只是权臣徐知诰手中的一个傀儡而已。徐知诰效法养父徐温,让长子景通任司徒、平章事,驻守扬州,内辅朝政,自己则出镇金陵,遥秉杨吴政权。杨吴天祚元年(935年),他升任太师、天下兵马大元帅,加封齐王,并据有昇、润等十州之地。次年又于金陵建大元帅府,加九锡,建天子旌旗,升金陵为西都,命宋齐丘、徐玠为左右丞相,比照杨吴制度设置官署,完成了政权更替的关键步骤。天祚三年(937年),徐知诰逼宫废吴,建立齐国,在金陵即皇帝位,改元"昇元",任命百官,封杨溥为让皇。

昇元三年(939年),在朝廷诸多大臣的一片"恳请"声中,徐知诰复姓李,改名为"昇"。为了抬高自己的出身门第,为篡夺帝位寻找合适的依据,他宣称自己是唐朝李氏皇族的后裔,乃唐宪宗李纯的五世孙,并且改国号为"唐"。为了区别李渊建立的大唐王朝,史称以江淮为中心的李昇建立的唐政权为"南唐"。李昇担心杨吴政权复辟,早于昇元二年(938年)即改润州牙城为丹阳宫,将杨溥一族迁居于内,派兵严加看守。同年十一月,杨溥在怨愤中死去。次年,李昇将杨溥遗族迁至泰州永宁宫,继续对其严密看管,"每有枯杨生枝叶,延及五载,即有中使赐袍笏加冠,即日而终"②。杨吴

① (宋)佚名:《五国故事》卷上,《知不足斋丛书》本。
② (宋)郑文宝:《江表志》卷上,《墨海金壶》本。

太子杨琏,乃李昪之婿,"性淳谨好学,骨清神浅"①,南唐建立后,任为康化节度使兼中书令。昇元四年(940年)正月,杨琏在拜祭杨溥的归途中,暴卒于船上。此外,李昪还设计逼杀了心怀忿恨的吴太祖杨行密之子临川王杨濛。这些措施的成功,除去了李昪的心腹之患。

李昪自幼饱尝战乱之苦,懂得广大百姓热切盼望和平安宁生活的心愿,所以南唐建立之后,他便采取了一系列有效的措施,保境息民,发展生产,革除弊政,推行文治,促使南唐的经济很快得以恢复,文化也出现了繁兴的局面。

首先,保境息民,睦邻共处。

五代十国时期,各国之间以邻为壑,攻伐不息。南唐建国之初,许多文臣武将为求立功扬名,屡屡建议开疆拓土,李昪却告诫那些逞强耀武的谋臣武将:"百姓皆父母所生,安用争城广地,使之肝脑异处,膏涂草野?"他对主战之臣试图利用南唐国力强盛攻伐四邻的主张严加拒绝:"知足不辱,道祖之至戒……讨伐之议,愿勿复关白也。"②李昪针对朝廷当中北伐复唐的呼声,冷静地分析形势,认为南唐建国之初,百废待兴,开疆拓土的时机尚未成熟;当前最重要的任务是保境安民、发展生产、休养生息。只有社会安定,百姓丰衣足食,才能为巩固国力、北伐复唐奠定丰厚的经济、政治基础。

对南方吴越、闽、楚诸国,李昪也采取了和睦共处的外交政策。他清醒地分析了南唐所处的地理位置和发动战争所造成的后果:劳师袭远,必定靡费大量资财,拖垮国家单薄的经济基础;即便南下能够灭国掠土,也很难在此长期立足统治;况且主要兵力南下征伐,北方强敌势必乘机南侵,这样就会陷入腹背受敌的极度危险的境地。所以李昪告诫部下:"是我之存三国,乃外以为蔽障者也。疆场之虞不警于外廷,则宽刑平政得以施之于统内。男不失秉耒,女无废机织,如此数年,国必殷足。兵旅训练,积日而不

① (宋)释文莹:《玉壶清话》卷九,《知不足斋丛书》本。
② (宋)史温:《钓矶立谈》,《知不足斋丛书》本。

试,则其气必倍。"①只有主动做出睦邻相处的姿态,充分利用和平稳定的外交环境,积聚国力、发展经济,才是巩固政权的根本。据清吴任臣《十国春秋》卷一记载:"先是,王(指杨行密)与钱氏不相能,常命以大索为钱贯,号曰'穿钱眼',两浙亦岁以大斧科柳,谓之'斫杨头'。"昇元五年(941年),吴越都城杭州发生大火灾,宫室器械为之一空,吴越王钱元瓘受惊惧发狂而死。南唐大司徒宋齐丘认为此乃出兵侵袭的绝好机会,他说:"夫越与我,唇齿之国也。我有大施,而越人背之,虔刘我边陲,污浊我原泉。股不附髀,终非我用。今天实弃之,我师晨出而暮践其庭。愿勿失机,为后世忧。"对此,"烈祖愀然久之,曰:'疆域虽分,生齿理一。人各为主,其心未离。横生屠戮,朕所弗忍。且救灾睦邻,治古之道。朕誓以后世子孙付之于天,不愿以力营也。大司徒其勿复以为言。'"非但如此,他还遣使前往吊唁,"特命行人,厚遗之金粟绘绮,盖车马相望于道焉"②。这一年,吴越再次发生了水灾,"民就食境内,(烈祖)遣使赈恤安集之"③。因此,吴任臣在《十国春秋》卷一五中,非常形象地剖析了烈祖李昇的外交思想及其取得的实际效果:"帝生长兵间,知民厌乱,诸臣多言:'陛下中兴,宜出兵恢拓旧土。'帝叹息曰:'兵为民害深矣,诚不忍复言。使彼民安,吾民亦安矣,又何求焉。'由是在位七年,兵不妄动,东与吴越连和,归其所执将士,钱氏亦归我败将,遂通好不绝,境内赖以休息。"

据史籍记载,当时的高丽、新罗、契丹、于阗等国都派遣使者到南唐致聘,将其视为大唐王朝的延续。昇元二年(938年),南唐建国伊始,"高丽使正朝广评侍郎柳勋律贡方物。帝御武功殿,设细仗受之,命学士承旨孙晟宴其使于崇英殿,奏龟兹乐,作番戏以为乐"④。此后,新罗、契丹、于阗等国也先后遣使来贺,其中尤以高丽、契丹与南唐联系密切。南唐屡屡利用契丹的军事存在,有效地牵制中原政权,实现了力量的相对制衡。

① (宋)史温:《钓矶立谈》,《知不足斋丛书》本。
② (宋)史温:《钓矶立谈》,《知不足斋丛书》本。
③ (清)吴任臣:《十国春秋》卷一五,中华书局1983年版,第198页。
④ (清)吴任臣:《十国春秋》卷一五,中华书局1983年版,第190页。

正是由于南唐烈祖李昇采取了保境息民、睦邻共处的军事、外交国策，在与南方诸国的和平交往中获得了休养生息、发展经济的良好外在环境，由此出现了南唐建国初期清明稳定的国家形势，百姓安心生产，丰衣足食，社会文化逐渐显露出繁兴昌盛的气象。

其次，整顿吏法，倡导文治。

自从汉唐以来，外戚干政和宦官专权一直是造成朝政腐朽、吏治败坏的两大毒瘤。李昇有鉴于此，明确做出了"不以外戚辅政，宦官不得干预政事"的规定，杜绝这两大毒瘤生存的空间。他在皇宫内只用老弱用事太监数十人，并且严禁后宫御政，他指出："妇人预政，乱之本也。"据史籍记载，李昇幼子景遏的生母种氏得宠，太子齐王李璟的母亲宋皇后因之被疏远。一次，李昇遇李璟亲调乐器，不由勃然大怒。种氏乘机离间，进言欲以自己之子景遏取代李璟的太子位。李昇怒道："子之过，父戒之，常理也。国家大计，女子何预！"[①]并"叱下殿，去簪珥，幽于别宫。数月，命度为尼，景遏爱亦弛"[②]。

烈祖执政时期，着力整顿吏治，打击贪残之徒。昇元三年(939年)，李昇诏令修订南唐自己的法律《昇元格》，与《吴令》并行使用。经过实践检验和不断修正，三年后正式颁行了《昇元删定条》30卷，完备了南唐的法律制度。这一法典的推行，扭转了长期以来法制混乱、无法可依的局面，在一定程度上限制和打击了地方官吏的残暴劣行，保护了广大人民的切身利益。从《昇元格》到《昇元删定条》，南唐的立法也完成了从琐碎到简易的变化。其后，还编修了《江南刑律统类》10卷、《江南格令条》80卷等。这些法律制度强调官吏审案必须依法行事，切不可随意放纵、酷暴滥杀；为避免地方官吏治民酷虐，规定凡决死刑，须依"三覆五奏之法"[③]。鄂州节度使张宣自恃立有军功，为政强横残暴，发现有人用较轻的秤卖炭，立即抓来枭首示众。李昇得知后，认为"小人衡斛为欺，古今皆然。宣置刑太过"。为

---

① （宋）马令：《南唐书》卷六，《四部丛刊续编》本。
② （宋）陆游：《南唐书》卷一六，《四部丛刊续编》本。
③ （宋）释文莹：《玉壶清话》卷九，《知不足斋丛书》本。

了维护法律的严肃性，他罢免了张宣的官职，此事使"民始知有邦宪，物情归之"①。李昪还严令禁止豪强官吏压良为贱，禁止买卖奴婢，以保证农业生产所需的劳动力，民间有鬻男女者，"为出府金以赎民子，故得天下归心"②。

杨行密建吴后，"其牧守多武夫悍人，类以威鸷相高，平居斋几之间，往往以斩伐为事，至有位居侯伯，而目不识点画、手不能捉笔者"③。由于地方官"专以军旅为务，不恤民事"④，造成地方政治的极度黑暗和混乱。烈祖李昪兴建南唐之初，就大力推行文人政治，将招揽贤俊作为改革政治、稳定民心、巩固政权的重大措施。

《资治通鉴》卷二六八称："知诰在昇州，独选用廉吏，修明政教。"李昪早在立国之前，就善于重用文人才士为其出谋划策。他在听政之暇，常与文士谈宴赋诗，必定尽欢而罢，了无上下贱贵之隔。宋齐丘常对他"讲典礼，明赏罚，礼贤能，宽征赋，多见听用"；烈祖对其十分信任，曾"筑小亭池中，以桥度，至则撤之，独与齐丘议事，率至夜分……齐丘资躁褊，或议不合，则拂衣径起，烈祖谢之而已"⑤。正是得力于宋齐丘等人的密谋帮助，李昪才逐渐壮大了自己的声威，操纵起吴国的朝政。杨吴武义元年（919 年），烈祖任吴左仆射，进一步大力招揽四方贤俊，他在府署内设置"延宾亭"，一时"豪杰翕然归之"。"是时中原多故，名贤耆旧皆拔身南来，知诰豫使人于淮上赆以厚币，既至，縻之爵禄，故北土士人闻风至者无虚日"⑥。孙晟、韩熙载、江文蔚、常梦锡、高越、史虚白、陈陶等著名文士，纷纷从中原南下进入吴国，他们对此后南唐典章制度的建设、文化的发展都起了重要作用。

南唐建国之后，李昪更加大力地重用儒雅文人主政。他在昇元六年（942 年）十月颁布的诏令中指出："前朝失御，四方崛起者众。武人用事，德化壅而不宣，朕甚悼焉。三事大夫其为朕举用儒者，罢去苛政，与吾民更

---

① （宋）释文莹：《玉壶清话》卷九，《知不足斋丛书》本。

② （宋）马令：《南唐书》卷二二，《四部丛刊续编》本。

③ （宋）史温：《钓矶立谈》，《知不足斋丛书》本。

④ （清）吴任臣：《十国春秋》卷二，中华书局 1983 年版，第 43 页。

⑤ （宋）陆游：《南唐书》卷四，《四部丛刊续编》本。

⑥ （清）吴任臣：《十国春秋》卷一五，中华书局 1983 年版，第 186 页。

始。"①烈祖还从组织制度上整顿官僚队伍,命张延翰为礼部尚书,赋予其选拔各级官员的重任,"士有献书论事者,第其优劣选用,烈祖悉以委延翰,号为精效称职。兼选事,务进孤贫,吏不敢为奸利"②。正是由于南唐烈祖重用文臣,很大程度上改善了朝廷官员的素质和结构,初步形成了文官统治的政治模式,对此后北宋政权组织形式产生了直接的影响;而且儒雅文士的秉政,也促进了地方稳定和社会发展,赢得了广泛的民心。此外,南唐烈祖还十分重视发展文化事业,于昇元二年(938年)正式设置太学,并下令"删定礼乐",恢复传统的儒学教育,昌明教化。昇元四年(940年),烈祖诏令"建学馆于白鹿洞,置田供给诸生,以李善道为洞主,掌其教,号曰'庐山国学'"③。由于烈祖着力招揽儒雅贤俊、复兴文教、收集典籍,使得南唐的文化事业有了很大的发展,南唐也成为五代十国时期的人文胜地、才俊渊薮。

第三,提倡节俭,劝课农桑。

烈祖自幼遭遇战乱,遍尝民生疾苦,当政后即着力改变奢靡腐朽的社会风气,提倡节俭,减轻人民的社会负担。陆游《南唐书》卷一记载,李昇"性节俭,常蹑蒲履,用铁盆益。暑月寝殿施青葛帷,左右宫婢才数人,服饰朴陋"。南唐建国之后,他仍以金陵原有的治所为宫室,只是稍加鸱尾、设栏槛而已,并不大兴土木。太子李璟曾想用杉木修筑宫苑围栏,烈祖说:"杉木固有之,但欲作战舰,以竹作障,可也。"昇元三年(939年),李昇诏令"放诸州所献珍禽奇兽于钟山";次年又诏令"罢营造力役,毋妨农时","罢宣州岁贡木瓜杂果"④。他不允许朝廷官员在表奏当中使用"圣"、"睿"二字,违者以大不敬论。当州郡纷纷进献"符瑞"向烈祖取媚时,李昇非常清醒地指出,所谓祥瑞之说都是虚幻而不足凭信的:"谴告在天,聪明自民,鲁以麟削,莽以符亡。常谨天戒,犹惧或失之,符瑞何为哉!"⑤因此,陆游在《南唐

① (宋)陆游:《南唐书》卷一,《四部丛刊续编》本。
② (宋)陆游:《南唐书》卷六,《四部丛刊续编》本。
③ (清)吴任臣:《十国春秋》卷一五,中华书局1983年版,第197页。
④ (宋)陆游:《南唐书》卷一,《四部丛刊续编》本。
⑤ (宋)马令:《南唐书》卷一,《四部丛刊续编》本。

书》卷一中称赞烈祖李昪"仁厚恭俭,务在养民,有古贤主之风焉"。

在发展经济方面,李昪采取了一系列有效的措施。为了招揽北方劳动力,让其安心生产,他宣布免除赋税三年,对于那些生产大户给予实质性的奖励:"民三年艺桑及三千本者,赐帛五十匹;每丁垦田及八十亩者,赐钱二万,皆五年勿收租税"[①]。他还下令大幅度提高农副产品和丝绢的折纳价格,从而刺激了人民垦荒和从事农桑的积极性。昪元五年(941 年),他诏令再次调整赋税,"分遣使者按行民田,以肥瘠定其税,民间称为平允。自是江、淮调兵兴役及他赋敛,皆以税钱为率"[②]。这些改革措施的实行,进一步减轻了农民的负担。

正是由于南唐烈祖以身作则,力倡节俭,引导出相对清明的社会环境;积极地劝课农桑,改善广大农民的生产和生活条件,促进了南唐经济的迅速恢复和发展,"由是江、淮间旷土尽辟,桑柘遍野,国以富强"[③],出现了"不十年间,野无闲田,桑无隙地"[④]的兴盛繁荣景象。

李昪晚年希冀长生不老,受到方士蛊惑,误食金丹中毒,疽发于背,于昪元七年二月二十二日(943 年 3 月 30 日)崩殂。死后葬永陵,谥光文肃武孝高皇帝,庙号烈祖。综观南唐烈祖李昪的一生,他身世坎坷,历经政治的磨难,终于在波云诡谲的时代风浪中脱颖而出,凭借非凡胆识和过人才智,取代杨吴,建立了南唐政权,并且在外交、军事、政治、经济等方面取得了突出的成就。因此,清人吴任臣《十国春秋》卷一五对他的一生评价道:"烈祖茕茕一身,不阶尺土,托名徐氏,遂霸江南。挟莒人灭鄫之谋,创化家为国之事,凡其巧于曲成者,皆天也。然息兵以养民,得贤以辟土,盖实有君德焉。"李昪在临终之际,告诫太子李璟:"德昌宫储戎器金帛七百馀万,汝守成业,宜善交邻国,以保社稷。"他确实为后代继承者留下了非常殷实的"家底",希望李璟能够延续已有的国策,使国家得到进一步的发展和繁荣。

14

---

① (宋)陆游:《南唐书》卷一,《四部丛刊续编》本。
② (宋)司马光:《资治通鉴》卷二八二,中华书局 1956 年版,第 9230 页。
③ (宋)司马光:《资治通鉴》卷二七〇,中华书局 1956 年版,第 8832 页。
④ (宋)洪迈:《容斋续笔》卷一六,上海古籍出版社 1978 年版,第 409 页。

但是他的期望最终没有能够实现。

第二节　中主时代

　　李璟(916—961),初名景通,改名"瑶",又改"璟",字伯玉,徐州(今属江苏)人,南唐烈祖李昇的长子。他"美容止,器宇高迈,性宽仁"①,喜好文学,年仅10岁即作有《新竹诗》:"栖凤枝梢犹软弱,化龙形状已依稀。"人皆奇之。早年在庐山瀑布前修筑书堂,潜心埋头读书,倾慕林泉高士而志在栖隐。烈祖受禅,封吴王,后改封齐王。先主昇元四年(940年),被立为太子,李璟多所辞让。烈祖下诏,称其"守廉退之风,师忠贞之节,有子如此,予复何忧"②。但是事实上,李昇更偏爱次子景迁,不料景迁19岁夭折,这才除去了李璟继位的一大威胁。此后,李昇又属意于四子景达,意欲传位给他。当李昇病重时,曾秘密写信召回景达,托付后事。多亏有一位忠于李璟的御医吴廷绍将此事密告于他,这才派人将信截留,从而避免了又一场宫廷内部的夺位之争,李璟也便成为了南唐第二代君王。李昇在临终之际再三叮嘱中主:"不可袭炀皇之迹,恃食阻兵,自取亡覆。苟能守吾言,汝为孝子,百姓谓汝为贤君矣。"③他希望李璟成为一个能够得到百姓拥戴的守成贤君。

　　李璟继位之初,正值南唐国力最强盛的时期。经过烈祖李昇当政十余年的经营,南唐经济繁荣,财富聚集,社会安定,文化昌盛,睦邻共处,干戈不兴。其疆域"东暨衢、婺,南及五岭,西至湖湘,北据长淮,凡三十余州,广袤数千里,尽为其所有,近代僭窃之地,最为强盛"④。其时,"中外寝兵,耕织岁滋,文物彬焕,渐有中朝之风采"⑤。李璟继位之后,即将年号改为"保大"

---

① (宋)马令:《南唐书》卷二,《四部丛刊续编》本。
② (清)吴任臣:《十国春秋》卷一六,中华书局1983年版,第205页。
③ (清)吴任臣:《十国春秋》卷一五,中华书局1983年版,第201页。
④ (宋)薛居正等:《旧五代史》卷一三四,中华书局1976年版,第1787页。
⑤ (宋)史温:《钓矶立谈》,《知不足斋丛书》本。

（"大"即为太），就是希冀对内对外都能止息干戈和保持太平。中主"音容闲雅，眉目若画。趣尚清洁，好学而能诗。然天性儒懦，素昧威武"①，虽然没有先主那样的才智和胆识，但是毕竟在性格上显得比较宽容和温厚，李璟在位近二十年，基本上能够执行先主的既定国策。即位之后，他大赦境内，"百官进位二等，将士皆有赐。鳏民逋负租税，赐鳏寡孤独粟帛"②。但是这样的局面没有维持多久，就出现了南唐政治的动荡。

自从南唐建国以来，对外扩张的呼声甚嚣尘上，经历了一段时间休养生息之后，更是兵强马壮。许多谋臣武将越发信心满满，积极鼓动君王开疆拓土，甚至北伐中原，恢复大唐基业。烈祖始终保持清醒的头脑，用手中的铁腕压制住这股狂热的情绪，他也希望继承者李璟善交邻国，切不可擅启兵戎。然而，李璟却不能审时度势，轻信手下一批奸佞小人的鼓噪，屡屡对外用兵，不仅耗费了大量国库资财，而且遭受了战争的惨败，导致南唐由强大转为衰微。

李璟风度儒雅，"天性谦谨，每接臣下，恭慎威仪，动循礼法，虽布素僚友无以加也"③。明人陈霆《唐馀纪传》记载："中主接群臣如布衣交，间御小殿，以燕服见学士，必先遣中使谢曰：'小疾，不能著帻，欲冠褐可乎？'其待士有礼如此。"④他谨守礼仪规范，却处处显得优柔寡断，缺乏先主的果敢坚毅，缺乏一国之君所应具的雄才大略。李璟继位后，重用自己原先太子府内的一班臣僚，如冯延巳、魏岑、查文徽等人。他们要想在朝廷中站稳脚跟，就急欲通过对外用兵来显示才干，建立功勋。"新近后生用事，争以事业自许，以谓荡定天下，可以指日而就"⑤。冯延巳竟然讥嘲不愿轻启兵戎的烈祖李昪为"田舍翁"，魏岑甚至向李璟预约："臣少游元城，好其风物。陛下平中原日，臣独乞任魏州。"⑥在一片狂热的鼓噪声中，李璟也显得飘飘然，"自

① （宋）龙衮：《江南野史》卷二，《豫章丛书》本。
② （宋）陆游：《南唐书》卷二，《四部丛刊续编》本。
③ （宋）郑文宝：《南唐近事》卷一，文渊阁《四库全书》本。
④ （清）吴任臣：《十国春秋》卷一六引，中华书局1983年版，第236页。
⑤ （宋）史温：《钓矶立谈》，《知不足斋丛书》本。
⑥ （宋）马令：《南唐书》卷二一，《四部丛刊续编》本。

以唐子孙,慨然有定中原、复旧都之意"①。

南唐边境虔州发生张遇贤叛乱,李璟派严思礼、边镐率兵一举剿灭。初次用兵告捷,南唐君臣信心倍增。此后邻国闽、楚相继发生了兄弟争国的危机,又给南唐提供了出兵拓土的良机。李璟派兵先后灭掉了闽国的王延政和楚国的马希萼,却又无一例外地陷入了连年征战的泥沼,都以先胜后败而告终。"闽土判涣,竟成迁延之兵;湖湘既定而复变,地不加辟,财乏而不振","未及十年,国用耗半"②。南唐为此付出了惨痛的代价,这也成为南唐国势的转折点。南方战事的失败,使得李璟终于清醒过来,开始认真地回忆先主临终之际的谆谆告诫,考虑休兵息民,这时有臣子劝他:"愿陛下十数年不复用兵。"李璟发自肺腑地厉声叹道:"兵将终身不用,何十数年之有!"③

南唐朝廷当中关于统一中国的方略,一直存在着两种意见,即先定南方还是先定北方。早在烈祖时代,冯延巳等人就认为闽、楚、吴越已衰弱不堪,故"兴王之功,当先事于三国"。烈祖深不以为然,发表了长篇论说,阐述了自己的统一战略。他首先驳斥冯延巳之徒骄躁冒进的情绪,指出如果南唐对南方三国用兵,必定促使这南方诸国联合对抗,使南唐陷入旷日持久的消耗战中,从而丧失了统一国家的机会和实力;现在要做的就是睦邻息兵,发展经济,积蓄财富,增强国力,积极备战,将来一旦"中原忽有变故,朕将投袂而起,为天下倡"。这就充分显露出烈祖李昇韬光养晦、深谋远虑的战略思想。对此,诸位大臣不由得叹服:"圣志远大,诚非愚臣等所及也。"④宋人马令《南唐书》卷一亦载其言曰:"今大敌在北,北方平,则诸国可尺书召之,何以兵为?"等到烈祖弥留之际,他将李璟叫到身边,"啮其指至血出,戒之曰:'他日北方当有事,勿忘吾言。'"⑤纵观李昇的军事战略思

---

① (宋)陆游:《南唐书》卷一五,《四部丛刊续编》本。
② (宋)史温:《钓矶立谈》,《知不足斋丛书》本。
③ (明)陈霆:《唐馀纪传》卷二,明嘉靖二十三年(1544年)冯焕刻本。
④ (宋)史温:《钓矶立谈》,《知不足斋丛书》本。
⑤ (宋)史温:《钓矶立谈》,《知不足斋丛书》本。

想，他是意在北伐、收复中原的。

保大五年（947年），契丹大军南下，俘走了后晋皇帝，一直关注中原局势的知制诰韩熙载立即上疏中主李璟，敦促他不要放过这一千载难逢的机遇："陛下恢复祖业，今也其时。若虏主北归，中原有主，则未易图也。"[①] 然而此时南唐却兵陷福建，无力北顾，白白浪费了大好战机。等到李璟于保大九年（951年）再议北伐征讨后周时，军力形势早已今非昔比。韩熙载上疏指出："郭氏奸雄，虽有国日浅，而为理已固。兵若轻举，非独无成，亦且有害。"[②] 应该说，韩熙载前后不同的政局分析是比较审时度势的，正是由于南唐大量的军力和财力葬送进劳而无功的南方战场中，导致国库空虚，国力衰颓。元气大伤的南唐甚至无法与北方的后周维持均衡对峙的局面。保大十一年（953年）正月，草泽小民邵棠上书朝廷："北朝恭俭修德，恐其南征，宜为备。"[③] 但是这个重要的讯息并没能引起南唐君臣足够的关注。

南唐国力的衰颓，除了军事上轻启边衅、深陷泥潭的原因之外，还应归咎于中主重用奸佞宠臣，导致朝政污浊不堪，党争持续不断。李璟信任并重用陈觉、冯延巳、冯延鲁、魏岑、查文徽五人，他们皆好大喜功而无真才实学，彼此"更相汲引，侵蠹政事，唐人谓觉等为'五鬼'"[④]。他们又都依附朝中重臣宋齐丘，六人沆瀣一气，把持朝政，形成败坏国事的污浊之流。与之对立的韩熙载、孙晟、常梦锡、江文蔚等人，皆为卓富才识的儒雅君子，他们为国担忧、竭尽忠诚，却无端遭到宋齐丘、冯延巳等人的排挤和打击。中主李璟远君子、亲小人，自然导致政治决策的昏聩，进一步加速了南唐的衰颓之势。

保大十二年（后周显德元年，公元954年），后周世宗柴荣登基，同年十一月，下诏征讨南唐；吴越也乘机出兵常州、宣州，对南唐开战。面对敌方咄咄逼人的攻势，南唐毫无准备，只得仓促应战，于是它立刻陷入了腹背

---

① （宋）司马光：《资治通鉴》卷二八六，中华书局1956年版，第9338页。
② （清）吴任臣：《十国春秋》卷一六，中华书局1983年版，第217页。
③ （清）吴任臣：《十国春秋》卷一六，中华书局1983年版，第219页。
④ （宋）司马光：《资治通鉴》卷二八三，中华书局1956年版，第9249页。

受敌的危险境地。经过数年征战,后周占据了淮南,南唐数次派出使臣,卑躬屈膝地乞求停战,均遭拒绝。后周显德五年(958年)三月,世宗柴荣亲临扬州,直逼南唐都城金陵。李璟惊慌失措,急遣兵部侍郎陈觉赴扬州迎銮镇上表,自请传位于太子弘冀,请划江为界,南唐尽献江北土地。五月,南唐改用后周显德年号,奉周正朔,李璟削去帝号,改称"江南国主",而且为避周讳,更名为"景"。

经历了淮南战事的沉重打击,南唐君臣遍尝丧师失地、割土求和、奉表称臣的屈辱,整个国家的形势江河日下,不可收拾。由于南唐与后周划江为界,都城金陵紧临边境,直接受到来自北方的强大军事威胁,安全缺乏保障,中主不得不考虑迁都之事,决定将都城迁至洪州(今江西南昌)。当他完成了劳师动众的迁都计划之后,却难耐洪州一隅的偏远寂寥,而且满朝大臣怨声不断。在无可奈何之下,李璟悔意丛生,只得不时地向故都金陵深情回望,不禁潸然泪下,澄心堂承旨秦承裕经常引屏风来遮挡金陵的方向。建隆二年(961年)六月,李璟在战败的屈辱和忧郁中黯然逝去。死后葬顺陵,庙号元宗。

从人品角度来看,李璟确实可以说得上是一个性情温和、勤政爱民的贤达之士,陆游《南唐书》卷二即云:"元宗多才艺,好读书,便骑善射。在位几二十年,慈仁恭俭,礼贤睦族,爱民字孤,裕然有人君之度。"但是由于他缺乏作为贤明君主所应有的雄才大略,处处显得优柔寡断、偏听偏信,受到周围奸佞小人的蒙蔽,最终导致决策上的重大失误,断送先主留下的大好基业。宋人马令《南唐书》卷四在评价李璟历史功过时,首先感叹道:"呜呼,甚哉守成之难也!"接下来指出:"元宗即位,一十九年,有经营四方之志,约己慎刑,勤政如一。向非任用群小,屏弃忠良,国用不殚于闽楚,师旅不弊于淮甸,则庶几完成之君也。"清人吴任臣《十国春秋》卷一六也对他作出了较为客观的评价:"元宗在位几二十年,史称其慈仁恭俭,礼贤爱民,裕然有人君之度。然兵气方张,旋经败衄,国威损矣。卒之淮南震惊,奉表削号,岂运会有固然与?抑任寄非才,以至此也。治乱顾不系于人哉!"

第三节　后主时代

从治政能力来评价南唐前后三位君王，真可谓一代不如一代。如果说中主是"任寄非才"的话，那么到了后主那里，就更是碌碌无为、难负其任，最终导致了南唐小朝廷的灭亡。

李煜(937—978)，字重光，初名从嘉，号钟隐、莲峰居士等，徐州（今属江苏）人。他是中主李璟的第六个儿子，也是五代时南唐的末代君王，被称为李后主。他天资聪慧，喜好读书，精通音乐、诗文、书画，尤其擅长填词，可以说是一位全面发展的艺术天才。18岁时与司徒周宗之女娥皇结婚，夫妻之间情深意笃。从嘉广额丰颊，骈齿，一目重瞳子。文献太子李弘冀对他的奇异相貌非常厌恶，从嘉只得设法避祸。初封安定郡公，淮上兵起，为神武军都虞侯、沿淮巡抚使，累迁诸卫大将军、诸道副元帅，封郑王。文献太子卒，徙吴王，以尚书令知政事，居东宫。宋太祖建隆二年(961年)，中主李璟迁都洪州，他被立为太子，留金陵监国。六月，李璟病逝；七月，从嘉在金陵即位，改名为"煜"，开始了偏安江南15年的小朝廷帝王生活。

李煜起初也曾试图有所作为，但是他一上台，就直接面临着内外交困的残破局面。南唐国内财政窘迫，经历了中主时代连年用兵，经济一蹶不振，并且出现了严重的钱荒。李煜为了纾解货币的短缺，于建隆元年(960年)命韩熙载铸造铁钱。但是此举的直接后果，导致了民间盗铸之风愈演愈烈，物价飞涨，通货膨胀更加严重。礼部侍郎汤悦上书指出："泉布屡变，乱之招也。且豪民富商不保其赀，则日益思乱。"[①] 面临财政入不敷出的困境，百姓承担着繁重的苛捐杂税。直到北宋统一之后许多年，南唐辖境之内的百姓还在提起当年的南唐连鹅生双子、柳树结絮都要课税的事实。虽然李煜曾经接受大臣潘佑的建议，采取过一些轻赋宽刑的仁政措施，却因国家积弊难返和群臣怠弛、胥吏为奸而全部废止了。对此，李煜深有感触

---

① （宋）马令：《南唐书》卷五，《四部丛刊续编》本。

地叹息道："周公仲尼，忽去人远。吾道芜塞，其谁与明？"①

但是，与国家财政艰难、人民负担沉重形成鲜明对照的，是以李煜为代表的南唐君臣显贵们奢侈无度的生活。南唐烈祖李昪早年遍尝颠沛流离的战火之苦，所以生活非常俭朴；后主李煜却是生长于帝王富贵之家，钟鸣鼎食的优裕生活养成了他喜好奢侈的习性。《新五代史》卷六二称李煜"性骄侈，好声色"，在皇宫内纵情声色歌舞，尽享纸醉金迷的生活。据宋人田况《儒林公议》卷下记载，北宋时"马亮尚书典金陵，于牙城垦隙掘地汞数百斤，鬻之以备供帐。其地乃伪国（指南唐）德昌宫，遗此铅华之灰积也"。统治者如此奢侈放纵的生活，更使得南唐经济犹如雪上加霜，越发显示出病入膏肓的衰亡态势。

后主李煜虽然也想在军事上有所振作，一洗中主丧师失地的屈辱，但是他直接面对的却是较之后周政权更为强悍的大宋王朝的崛起，承受着宋朝南侵所带来的严重威胁。他的努力纷纷化为泡影，只得在风雨飘摇之中无可奈何地打发自己的帝王生活。他派遣大臣带着大量金银、丝帛向大宋王朝奉表进贡，企求得到苟且的安逸。其间，他还曾被迫将自己的胞弟李从善充任使者来到宋朝，而从善则被宋朝当做人质扣押不放，以此来要挟李煜投降。李煜"常怏怏以国蹙为忧"，"四时宴会皆罢"②。

开宝七年（974 年），宋朝在消灭了荆南、后蜀、南汉等南方小国之后，就开始着手来收拾南唐。宋太祖赵匡胤先是派遣使者到金陵，邀请李煜到宋朝都城汴梁（今河南开封）参加皇帝的祭祀典礼，准备乘机将他扣押，逼其投降。李煜借口身体抱恙再三推辞，送别时竟然死活不敢登上宋朝使者的船只。宋太祖见招降的手段行不通，便派遣大将曹翰等人率兵攻打南唐。李煜手忙脚乱，一面组织抵抗，一面又恐惧万分。后来他终于接受了右内史侍郎陈乔的建议，表示决心："他日王师见讨，孤当擐戎服，亲督士卒，背城一战，以存社稷。如其不获，乃聚室自焚，终不作他国之鬼。"③ 而且"全茸

① （宋）史温：《钓矶立谈》，《知不足斋丛书》本。
② （宋）马令：《南唐书》卷五，《四部丛刊续编》本。
③ （宋）龙衮：《江南野史》卷三，《豫章丛书》本。

城垒,教习战楫,为自固之计"①。可是此时的努力为时已晚、无济于事,南唐与宋朝的军事力量对比实在过于悬殊,到了次年十一月乙未日(976年1月1日)半夜,金陵即被攻破。李煜先是在宫中堆放了干柴准备自焚殉国,但是临到头来却又胆小怕死,于是他只得肉袒出降,李煜与王室子弟及属下官员45人全部成了俘虏,被宋朝军队押送到了汴梁。李煜被宋太祖赵匡胤任命为右千牛卫上将军,辱封"违命侯",从此之后,他就以降王的戴罪之身,被关押在一座小院落内,过着十分屈辱的生活,"此中日夕,只以眼泪洗面"②。但是即便如此,宋家天子也没有放过这位软弱无能的亡国之君,终于在太平兴国三年(978年)七月八日将他毒杀。据史书记载,他填了几首词,其中《虞美人》《浪淘沙》等作品流传了出来,被人们广为传诵,这使得宋太宗赵光义非常嫉恨,于是赐给他牵机药。人服食此种毒药后就会全身抽搐痉挛而死,李煜死的形状是极其痛苦悲惨的。李后主的死讯传至南唐故国,"江南人闻之,巷哭设斋"③。

　　清人吴任臣在《十国春秋》卷一七中,较为全面地评价了李后主的为人和政事。他首先赞扬其恪守孝道:"后主天资纯孝,事元宗尽子道,居丧哀毁,杖而后起。"接着肯定他即位之初能够励精图治,整顿内政:"嗣位之初,属军兴之后,国势削弱,帑庾空竭,专以爱民为急,蠲赋息役,以裕民力。"他在处理与宋朝的关系上,也能够注意技巧:"尊事中原,不惮卑屈,境内赖以少安者十有余年。"但是作者也以具体事例指出,李后主性尚奢侈,沉迷享乐;而且"又素溺竺乾之教,度僧尼不可胜算,以崇佛故,颇废政事",导致了朝政的荒弛、国家的灭亡。当然,南唐为什么会灭亡?这一方面是由于客观的时代风云大势所决定,另一方面也跟南唐中主、后主一系列的政治失误密切相关。后主李煜本是一个艺术天才,却被很不合适地摆在了一国之君的高位之上,就像是清人郭麐对李煜一生的概括:"作个才人真绝代,可怜薄命作君王!"李后主心有不甘却又回天乏术,只得在无限叹

---

①　(宋)王应麟:《玉海》,清光绪九年(1883年)浙江书局刊本。

②　(宋)王铚:《默记》,《知不足斋丛书》本。

③　(宋)马令:《南唐书》卷五,《四部丛刊续编》本。

惋之中目送着南唐这一轮夕阳渐渐沉沦,在他的气质当中渗透着末代君王的无奈和感伤。所以他"虽仁爱足以感其遗民,而卒不能保社稷"[①]。《十国春秋》作者吴任臣最后总结道:"后主恂恂大雅,美秀多文,向使国事无虞,中怀兢业,抑亦守邦之主也。乃运丁百六,晏然自侈,谱曲度僧,略无虚日,遂至京都沦丧,出涕嗟若,斯与长城之'玉树后庭'、卖身佛寺以亡国者,何其前后一辙邪? 悲夫!"[②]

---

① (宋)陆游:《南唐书》卷三,《四部丛刊续编》本。
② (清)吴任臣:《十国春秋》卷一七,中华书局 1983 年版,第 259 页。

第二章　南唐政治与文人心态

第一节　文官政治的初步建构

晚唐以来,儒家道统受到很大冲击和破坏,五代时期则更是"干戈贼乱之世也,礼乐崩坏,三纲五常之道绝,而先王之制度文章扫地而尽于是矣"[①]。其时武夫悍将骄横称雄,在整个中原大地上兴起浩大的劫难。朱温专政,仇视儒家士人,悍然于白马驿屠戮唐朝清流文士,"投之黄河,使为浊流"[②]。广大中原文士始终生存在颠沛流离的贫苦命运、白色恐怖的精神桎梏之中。但在地处江淮之地的杨吴以及此后的南唐,则采取了崇文抑武的统治策略,着力扭转武将把持朝政的局面,初步建构起对后代产生重大影响的文官政治体制。

杨行密所建立的吴国,虽然是一个以藩镇为主体的武人政权,但是在治政的过程中,杨行密越来越真切地感受到,不能依靠过去只懂拼杀、不识点墨的武夫悍将来把持朝政,因此他十分重视文人参与征战与政权建设。庐江文士袁袭,"少好学,善属文,洞明纬象"[③],在帮助杨行密早期征战中屡建奇功,深受杨行密的信赖。在招揽人才方面,杨行密又颇具类似齐桓公

---

① (宋)欧阳修:《新五代史》卷一七,中华书局 1974 年版,第 188 页。
② (宋)司马光:《资治通鉴》卷二六五,中华书局 1956 年版,第 8643 页。
③ (宋)路振:《九国志》卷一,《丛书集成初编》本。

的恢弘气度。田頵反叛时，观察牙推沈文昌娴于辞令，曾经为田頵撰写檄文辱骂杨行密。田頵败死后，杨行密非但没有惩治沈文昌的罪，反而十分爱惜他的才华，将其擢升为节度牙推，居幕府右职。如此的宽宏大度，自然令其身边的文臣谋士心悦诚服，心甘情愿地为其效劳。在跟随杨行密起兵、号称"三十六英雄"的诸多将领中，徐温远不如刘威、陶雅、张训等人战功卓著，但是他凭借谋略之长脱颖而出，很快就得到了杨行密的信任，成为其心腹。徐温亦有好文尚士之德。杨吴建国之初，江淮之间百废待兴，徐温采取积极有效的举措，修明法度，打击强暴，安抚军民。徐温将军旅事务全权委予严可求，又将财赋事务交给支计官骆知祥全权处置，他们都取得了显著的政绩，人咸称之"严、骆"，整个社会赖以安阜繁兴。

徐温死后，徐知诰执掌朝政。他非常虚心好学，"接礼儒者，能自励为勤伦，以宽仁为政"[①]；他更加积极地招募、延揽四方才士："招徕儒俊，共论治体，总督廉吏，勤恤民隐"。为了引进人才，他"于其所居第旁，创为延宾亭，以待四方之士。遣人司守关徼，物色北来衣冠，凡形状奇伟者，必使引见；语有可采，随即升用。听政稍暇，则又延见士类，谈宴赋诗，必尽欢而罢，了无上下、贱贵之隔。以此二十年间，委曲庶务，无不通知，兴利去害，人望日隆"[②]。歙州人汪台符，"能文章，通古今，有王佐才"。当徐知诰移镇金陵时，"台符上书，陈民间利害十馀条，大率以富国阜民为务"；此后徐知诰代吴自立，"限民田物畜高下为三等，科其均输，以为定制；又使民入米请盐，货鬻有征税，舟行有力胜，皆用台符之言"[③]。在徐知诰的身边，既有宋齐丘、李建勋、周宗等一大批江南土著士人，更有常梦锡、韩熙载、江文蔚、孙晟、高越、史虚白等许多中原才俊，他们倾慕徐知诰的求贤之名，冒死前来投奔，一时呈现出文人荟萃、群贤毕集的繁盛局面。他们都是学识渊博、才德兼备的儒雅文士，为了报答徐知诰的知遇之恩、礼贤之德，都积极地为其出谋划策，这也确立了徐知诰日后代吴自立的政治威势。

① （宋）欧阳修：《新五代史》卷六二，中华书局1974年版，第765页。
② （宋）史温：《钓矶立谈》，《知不足斋丛书》本。
③ （宋）马令：《南唐书》卷一四，《四部丛刊续编》本。

南唐建国之后,烈祖李昇(即徐知诰)更加积极地推行崇文抑武的政策。他曾以西汉比及南唐,认为:"兵为民患,其来尚矣。今唐祚中兴,与汉颇同,而眇眇之身,坐制元元之上,思所以举而错之者,茕茕在疚,罔有所发。三事大夫,可不务乎?自今宜举用儒者,以补不逮。"于是,他大胆地改革吏治,"稍用儒臣,渐去苛察;又将修复故事,为后代法"①。据陆游《南唐书》卷一○记载,南唐建国之初,吏制混乱,侍御史张义方上书道:"今文武材行之士固不为乏,而贪墨陵犯,伤风教,弃仁义者,犹未革心。臣欲奉陛下德音,先举忠孝洁廉,请须爵赏,然后绳纠乖戾,以正典刑,小则上疏论列,大则对仗弹奏。臣每痛国家之败,非独人君不明,盖官卑者畏罪而不言,位尊者持禄而不谏,上下苟且,至于沦亡。"李昇甚为赞许,赐义方衣一袭,以旌其直言。

李昇死后,李璟继位,同样采取优遇儒生文臣的政策。宋人郑文宝《南唐近事》卷一云:"元宗少跻大位,天性谦谨,每接臣下,恭慎威仪,动循礼法,虽布素僚友无以加也……常目宋齐丘为子嵩,李建勋为史馆,皆不之名也。君臣之间,待遇之礼率类于此。"江文蔚、宋齐丘于皇宫侍宴时,皆曾有醉而无礼之态,次日酒醒拜表谢罪。中主非但没有怪罪文臣的醉狂造次,反而不以为忤,还亲自赐衣一袭,或手诏劝慰,以宽解深自愧责、惶恐不安的臣子,显示出其温雅豁达的性格和对文臣优容的态度。

从南唐建国以来,李昇等统治者在感情上采取礼遇文士的态度,在官僚用人机制方面也相应地重视儒臣,这一方面起到了抑制武将专权、维护国家稳定的作用,更主要的是初步建立起一支规模庞大的文官队伍。它不仅强化了儒家教化的思想宣传,而且引导整个社会形成浓厚的典雅文化气息,这在兵燹不断的五代十国的时代背景当中,是绝无仅有的。宋人马令《南唐书》卷二三指出:"方是时,废君如吴越,弑主如南汉,叛亲如闽、楚,乱臣贼子,无国无之。唯南唐兄弟辑睦,君臣奠位,监于他国,最为无事,此亦好儒之效也。"是书卷一三又云:"五代之乱也,礼乐崩坏,文献俱亡,而儒

---

① (宋)马令:《南唐书》卷一,《四部丛刊续编》本。

衣书服,盛于南唐。岂斯文之未丧,而天将有所寓欤?不然,则圣王之大典,扫地尽矣。南唐累世好儒,而儒者之盛,见于载籍,灿然可观。如韩熙载之不羁,江文蔚之高才,徐锴之典赡,高越之华藻,潘佑之清逸,皆能擅价于一时。而徐铉、汤悦、张洎之徒,又足以争名于天下。其余落落,不可胜数。故曰:江左三十年间,文物有元和之风,岂虚言乎?"南唐崇儒风气所及,使得李昇的子孙们皆富气度和雅的君子之风。李煜曾经劝诫近臣:"卿辈从公之暇,莫若为学为文。"[①]在君王崇尚文雅的风气引导下,卿相百官也都温文尔雅、学识渊博;即便像陈海、王崇文这样的武将,也是精通经史,颇富儒雅风度。又如刁彦能,"喜读书,委任文吏,郡政修理。亦好篇咏,尝与李建勋赠答。建勋奏之,元宗笑曰:'吾不知彦能乃西班学士也。'"[②]

在朝廷风气的熏染下,许多世代务农的子弟也纷纷释耒就学,在文坛上崭露头角。丘旭本是宣城从事畜牧业的农民,"弱冠始读书,学为辞章。因随计金陵,凡九举,而曳白者六七。然自励弥笃,不以为耻……明年春,试《德厚载物赋》,旭为第一","其为词赋,得有唐程度体,后人以为法"。又如黄载也是世代务农,"弱冠释耒耜,就学于庐山,事虔人刘元亨。笃志自励,精究经史,能为文章……肄业之士多从之"。讲说之际,"未尝敷演注疏,肆口成言,曾不滞泥"[③]。据宋人释文莹《湘山野录》卷上所载:"李建勋罢相江南,出镇豫章。一日,与宾僚游东山,各事宽履轻衫,携酒肴,引步于渔溪樵坞间,遇佳处则饮。忽平田间一茅舍有儿童诵书声,相君携策就之,乃一老叟教数村童。叟惊悚离席,改容趋谢,而翔雅有体,气调潇洒。"如此平和安宁的乡村令人心驰神往,儿童琅琅的读书声、老叟谦和潇洒的态度,更加形象地显示出南唐时代浓厚的文化氛围。

对于儒雅文化的认同和倡导,使得南唐文化在整个五代动荡时代中鹤立鸡群,在偏安一隅的政局形势中,始终保持着传统的儒家典章制度、礼仪规范。常梦锡很早就向烈祖李昇指出杨吴政权的弊端:"人主亲决细事,琐

① （五代）徐铉:《御制杂说序》,《全唐文》卷八八一,中华书局 1983 年版,第 4084 页。
② （宋）马令:《南唐书》卷一一,《四部丛刊续编》本。
③ （宋）马令:《南唐书》卷二三,《四部丛刊续编》本。

碎失大体"，因此他建议"宜修复旧典，以示后代"①。李昇采纳了他的建议，制定了一系列完备的礼仪规范，使得"六经臻备，诸史条集，古书名画，辐辏绛帷；俊杰通儒，不远千里而家至户到，咸慕至书，经籍道开，文武并驾。暨昇元受命，王业赫然，称明文武，莫我歧及"②。健全完备的儒家典章制度，进一步促进了整个南唐社会道德礼仪的普及和文化素质的提升。从中原南下的广大儒士，熟稔大唐王朝的典章礼仪，对恢复和执行南唐儒家制度功不可没。在南唐礼仪制度的草创时期，江文蔚"撰述朝觐会同、祭祀宴飨、礼仪上下，遂正朝廷纪纲"。因为他精通礼仪规范，官封工部员外郎、判太常寺，"以议葬礼"③。烈祖李昇山陵制度，皆由江文蔚等裁定。非但如此，儒生朝臣往往会在典章规范的制定问题上产生分歧，屡起纷争。烈祖昇元三年(939年)三月，南唐朝廷商议郊祀的时间，大司徒宋齐丘依照《春秋》，认为应定在四月上辛。礼部员外郎常梦锡则反驳曰："按礼，天子郊以冬至，不卜日；鲁侯郊以仲春，卜上辛。今之四月，非郊时。"但是由于宋齐丘更有权势，皇帝还是采纳了他的夏四月的建议，对于这样的诏令，"议者哂焉"④。开宝元年(968年)，后主李煜议立小周后为继室，命学士徐铉、知制诰潘佑参定婚礼的仪式，"铉曰：'昏礼古不用乐。'佑以为今古不相沿袭，请用乐。铉曰：'按古房中乐无钟鼓。'佑引《诗》'窈窕淑女，钟鼓乐之'，则房中乐宜有钟鼓"⑤。两人引经据典，争持不下，只得由文安郡公徐游最终裁定。南唐儒臣对这些行为规范的争执、计较，正折射出当时朝廷对于儒家道统非常重视。

南唐文官政治的兴盛，也与当时恢复贡举制度密切相关。李昇建国之初，即着手恢复贡举制度。元宗时代以翰林学士江文蔚知礼部贡举，放进士王克贞等三人及第。南唐贡举将儒家经典列为考试的主要内容，昇元

---

① （宋）陆游：《南唐书》卷七，《四部丛刊续编》本。
② （宋）刘崇远：《金华子杂编》卷上，《丛书集成初编》本。
③ （宋）马令：《南唐书》卷一三，《四部丛刊续编》本。
④ （清）吴任臣：《十国春秋》卷一五，中华书局1983年版，第193页。
⑤ （清）吴任臣：《十国春秋》卷一八，中华书局1983年版，第267页。

中，"议者以文人浮薄，多用经义法律取士，锴耻之，杜门不求仕进"①。徐锴是浪漫的文学之士，自然不适应以儒家经典为主要内容的贡举考试。相反，那些熟读儒家经典的应试举子，则可能金榜题名。南昌人罗颖于后主开宝年间到金陵参加贡举考试，"试《销刑鼎赋》《儒术之本论》，有司以邓及为第一，颖居末榜。既上，后主迁颖第二，手笔圈其名"②。正是由于皇帝李煜非常关注贡举考试，方才使得罗颖时来运转，一鸣惊人。吴任臣《十国春秋》卷三一还详细记载了发生在元宗保大十三年(955年)贡举中的一则趣事："及试《画八卦赋》《霁后望钟山诗》。故事，中选者主司必延之升堂置酒。时有宋贞观者，首就坐，张洎续至，主司贤洎文，揖贞观南坐，引洎坐于西。酒数行，(伍)乔始上卷，主司叹为杰作，乃徙贞观处席北，洎处席南，而以乔居宾席。无何，覆考榜出，乔得第一，洎、贞观次之，时称主司精衡鉴焉。元宗大爱乔文，命勒石，以为永式。"通过这则趣事，我们同样可以感知南唐贡举制度的选人之明，以及君王对优秀人才的由衷欣赏和大力褒奖。据宋人李焘《续资治通鉴长编》卷一六记载，开宝八年(975年)二月，"江南知贡举、户部员外郎伍乔放进士张确等三十人。自保大十年开贡举，迄于是岁，凡十七榜，放进士及第者九十三人、九经一人"。南唐多年的贡举考试，使得许多贫寒儒生成功地步入仕途，也为朝廷吏治改革的顺利推行提供了素质较高的文官队伍。

南唐文官政治的兴盛，还有赖于当地教育的广泛普及。"学校者，国家之矩范，人伦之大本也。唐末大乱，干戈相寻，而桥门璧水，鞠为茂草。驯至五代，儒风不竞，其来久矣。南唐跨有江淮，鸠集典坟，特置学官，滨秦淮，开国子监，复有庐山国学，其徒各不下数百。所统州县，往往有学"③。南唐时期，崇学之风非常兴盛，各类官学或私学书院、学馆遍布江南。烈祖李昪建国之初，即于淮水之滨设立太学。昪元四年(940年)，又于庐山白鹿洞建学馆，置田供给诸生，任命李善道为洞主，掌其教，号"庐山国学"。此乃南

---

① （清）吴任臣：《十国春秋》卷二八，中华书局1983年版，第403页。
② （清）吴任臣：《十国春秋》卷三一，中华书局1983年版，第450页。
③ （宋）马令：《南唐书》卷二三，《四部丛刊续编》本。

唐儒学教育中心,后来发展成为举世闻名的白鹿洞书院。南唐时期较为著名的书院尚有很多:洪州奉新(今属江西)的梧桐书院,为南唐罗靖、罗简兄弟所建。这里风景绝美,诚为修身养性之所。罗氏兄弟在此聚众讲学,教以义理之学,从游者争相师之,"国相、郡守知其名,辟召莫能致,独以徐铉为知己"[1]。奉新华林山元秀峰下的华林书院,南唐胡珰所建,在南唐及宋初也颇负盛名,四方游学之士常有数百人之多。书院"筑室百区,广纳英豪,藏书万卷,俾咀其葩。出其门者,为相为卿,闻其风者,载褒载嘉"[2]。位于今福建古田县杉洋北门外的蓝田书院,为南唐知县余仁椿创建。云阳书院,在洪州建昌(今江西永修境内),南唐进士吴白谪归隐居时所建。庐陵(今江西吉安境内)的光禄书院,邑人刘玉建于南唐开宝二年(969年)。位于吉州吉水县(今属江西)东鉴湖畔的兴贤书院,南唐保大年间由邑人解皋谟创建。江州陈氏建书楼于别墅,以延四方之士,有堂庑数十间,聚书数千卷,另辟田20顷,以为游学之资,"江南名士皆肄业于其家"[3]。教育的广泛普及,进一步提高了南唐文化的品位和素质,使其真正成为五代时期始终保持深厚儒学底蕴的、令人神往的人文之邦。南唐学者传世之作多达数千卷,包括周礼、乐、小学、正史、编年、实录、杂史、政事、时令、地理、儒家、杂家、小说家、阴阳家、艺术、宗教、仙释、别集、总集,约二十类近一百六十种。

南唐的文官制度和文化政策,对于此后的北宋政治、教育、文化等方面都产生了直接而深远的影响。首先,南唐崇文抑武的政权结构方式,被宋朝统治者所借鉴,文官占据主体的官僚制度,成为了封建社会后期的定格形态。其次,南唐崇尚儒学教育的传统,在宋朝进一步得到发展,促进了中国思想史上辉煌时代的到来。在五代军阀混战、中原板荡的时代背景下,大唐王朝数以万计的图书惨遭毁劫,"编帙散佚,幸而存者,百无二三"[4]。及至宋初,国家藏书仅剩万余卷,而南唐藏书竟达十余万卷,而且"雠校精

---

① (宋)徐应云:《梧桐书院记》,同治《奉新县志》卷二。
② (宋)胡逸驾:《祭华林始祖侍御史城公祖妣耿氏夫人二墓文》,宣统《甘竹胡氏十修族谱》卷一。
③ (宋)释文莹:《湘山野录》卷上,中华书局1984年版,第16页。
④ (元)脱脱等:《宋史》卷二〇二,中华书局《四部备要》本,第1529页。

审，编秩完具"，以致史家以"鲁之存周礼"① 相誉。难怪张洎奉命入贡于中原，回到南唐以后，他作诗诋訾汴京风物，诗中至有"一堆灰"之句②。再次，南唐儒雅的文化环境，也为宋初的政治统治、文化建设以及文学创作，提供了数量巨大的人才资源，例如徐铉、张洎、汤悦、郑文宝、陈彭年、龙衮、周惟简、舒雅等南唐文士，他们秉承南唐以来的儒学传统，在宋朝文化建设的各个领域大展宏图，取得了令人瞩目的成就，为宋朝文化的健康发展做出了突出的贡献。

第二节　南唐党争与文人心态

五代战乱纷争时期，大批中原文士背井离乡、四处避难。他们有的逃往地处四川盆地的前蜀、后蜀，如韦庄、牛峤、毛文锡、王仁裕等人；而像孙晟、韩熙载、江文蔚、常梦锡等人，则前往占据江淮之地的杨吴、南唐，在当时的南方割据朝廷中发挥重要作用。杨行密建立吴国以来，开始重视文官的政治地位，对四方文士采取了优渥的态度。此后的政权实际统治者徐温，也非常依赖手下诸如严可求、骆知祥、陈彦谦等文臣谋士的鼎力相助。据吴任臣《十国春秋》卷一○记载，北方后唐与后梁交战，到南方来寻求军事援助。徐温蠢蠢欲动，准备从中渔利，严可求坚决制止。接着，"唐以灭梁来告，温尤之曰：'公前沮吾计，今将若何？'可求笑曰：'闻唐主始得中原，志气骄满，不出数年，必内变。吾但卑辞厚礼，保境以待，足矣。'于是遣司农卿卢藾报使，可求密条数事授之。藾如洛阳，凡所问者，悉依所授以对，大厌庄宗心而归。无何，庄宗遇害，可求之言遂验，温益重焉"。徐知诰步入政坛之后，他的身边也聚集了一批智谋之士。尤其是心腹宋齐丘，常与徐知诰在一起密谋政事。"烈祖为筑小亭池中，以桥度，至则撤之，独与齐丘议事，率至夜分。或居高堂，不设障幄，中置火炉，以铁箸画灰为字，随灭

① （宋）马令：《南唐书》卷二三，《四部丛刊续编》本。
② （清）吴任臣：《十国春秋》卷三○，中华书局 1983 年版，第 439 页。

去,故密谋人莫得而知也"①。与此同时,常梦锡、韩熙载、江文蔚、孙晟、高越、史虚白等许多中原才俊,纷纷南下投奔,呈现出群贤毕集、人才济济的繁盛局面。徐知诰在诸多文人才士的辅佐之下,顺利地取代杨吴,建立了南唐政权。

　　南唐建国之后,李昪打击横暴武将,推行文官体制,杜绝宦官干政和外戚专权,实现了政治的清明。但是,文人势力的膨胀以及文人相轻所导致的诸多矛盾,埋下了南唐党争的恶果。烈祖时期的文人党争,一方面表现为统治者李昪所采取的保境息民的国策,与南下士人积极北伐的强烈意愿之间,形成了很大的反差。杨吴及南唐初期南下的北方士人,深感中原遭受蹂躏、大唐王朝覆灭的痛苦,普遍具有积极进取的政治热望。韩熙载素称"钓巨鳌者,不投取鱼之饵;断长鲸者,非用割鸡之刀"②。他与李穀少同砚席,分携结约于河梁曰:"各以才命选其主。"曾经书寄时任后周中书侍郎、平章事的李穀,声称:"江南果相我,长驱以定中原。"③史虚白则持伊、吕、汤、武之论,来劝说李昪:"今君据有江淮,摘煮山海,人庶丰阜;京洛之地,君家先业,今且乱离,人思旧德,君苟复之,易若屈指。"④凡此等等,都表明北方志士渴望依靠江淮的军事力量,来实现收复中原、统一国家的理想。虽然烈祖李昪以恢复大唐江山自任,但是他能够审时度势,始终保持清醒的头脑,认识到南唐建立之初的现实境况尚不足以与北方诸强抗衡,所以采取了保境息民的国策。陆游《南唐书》卷一记载:"群臣多请恢拓境土,帝叹息曰:'吾少在军旅,见兵之为民害深矣,诚不忍复言。使彼民安,吾民亦安矣。'"李昪临终之时还叮嘱继任者李璟:"汝守成业,宜善交邻国,以保社稷。"保境息民的政治策略,看似偏安无为、消极避让,其实是韬光养晦、放眼长远的正确选择。如果南唐政权的后继者能够秉承这样的国策,继续埋头发展经济,休养生息,一定会成为五代时期国力强盛的大邦,进而

① （清）吴任臣:《十国春秋》卷二〇,中华书局1983年版,第292页。
② （宋）郑文宝:《江表志》卷中,文渊阁《四库全书》本。
③ （宋）释文莹:《玉壶清话》卷四,《知不足斋丛书》本。
④ （宋）龙衮:《江南野史》,《豫章丛书》本。

可能实现一统天下的宏愿。但是，如此长远的国家发展计划，却不可避免地令许多客居江南、时刻准备北伐中原的士人心灰意懒。他们痛感自己才无所用，韩熙载等人沉迷于酒色歌舞之中，排遣失落的情怀，史虚白等人则退居九江落星湾，终身不仕进。

如果说，北方士人希望通过北伐来实现国家统一的话，那么，以宋齐丘为代表的南方本地士人则屡屡企图南侵，来邀功请赏。对此，烈祖李昪多次给予了无情的斥责，北方士人也表示了明确的反对。南北士人的矛盾，在北伐与南侵的军事选择上形成了鲜明的分野。

南唐中主时期，党争的形势呈现出白热化的激烈态势。宋人马令《南唐书》卷二〇云："南唐之士，亦各有党，智者观之，君子、小人见矣。或曰，宋齐丘、陈觉、李征古、冯延巳、延鲁、魏岑、查文徽为一党，孙晟、常梦锡、萧俨、韩熙载、江文蔚、钟谟、李德明为一党，而或列为党与，或各叙于传者，何哉？盖世衰道丧，小人阿附以消君子，而君子、小人反类不合。故自小人观之，因谓之党与，而君子未尝有党也。"以孙晟为代表的士人，大多是侨寓江南的北方人；以宋齐丘为代表的一派，则为南唐本土人士，他们之间展开了非常尖锐、复杂的政治纷争。两派党争的形势变化，都与君王的好恶态度密切相关。如果说烈祖李昪尚能在任用人才方面秉持公正、博采众长的话，那么到了中主李璟乃至后主李煜，就显得偏听偏信、用人失察。

李璟继位之后，其亲信查文徽、冯延巳、魏岑等人成为新贵，进入南唐最高权力机构。他们为了巩固自己的政治地位，结交老牌政客宋齐丘；宋齐丘也利用这帮皇帝身边的近臣，来进一步发挥自己在朝廷当中举足轻重的作用。当时宋齐丘为相，陈觉为枢密使，冯延巳、游简言为翰林学士，土著人士"在外者握兵，居中者当国"①，在朝廷中占据了绝对的优势地位。中主时期的人事变动引起了朝野不满，陈觉、魏岑、查文徽、冯延巳、冯延鲁这些道德低下、沆瀣一气的奸佞小人，被人合称为"五鬼"。由他们来把持朝政，致使南唐政坛乌烟瘴气，令无数才智之士心灰齿冷。江西观察使杜昌

① （宋）陆游：《南唐书》卷一〇，《四部丛刊续编》本。

业一针见血地指出："国家所以驱驾群臣，在官爵而已。若一言称旨，遽跻通显，后有立功者，何以赏之！"① 一介文士冯延巳，不懂军事谋划，却喜好空谈，大话连篇。他对于烈祖李昪生前提出的休养生息、保境安民的国策非常不屑，竟然嘲笑李昪不思进取，鼠目寸光，龌龊无大略："安陆之役，丧兵数千，辍食咨嗟者旬日。此田舍翁，安能成天下事？"由此再诏誉中主李璟："今上暴师数万于外，宴乐击鞠，未尝少辍，此真英雄主也。"② 对此，中主李璟颇为自得。在冯延巳等人在耳边不断的怂恿、鼓噪之下，李璟自我感觉越来越好，很快便忘却了烈祖的临终遗言，轻启边衅，先后对闽、楚大肆用兵，导致国力耗尽、战果不保。后周大军乘机南下，南唐无力抵御，最终换来了割地纳贡、屈辱求和的结局，长江以北的大片土地沦落他国之手，李璟不得不接受轻信小人谗言的惨痛教训。尽管如此，他对这些奸佞小人仍然怀有旧情。据宋代佚名《江南馀载》卷上记载："延鲁之败，御史中丞江文蔚上疏请黜延巳，上曰：'相从二十年，宾客故寮独此人在中书，亦何足怪！云龙风虎，自古有之，且厚于旧人，则于斯人亦不得薄矣。'"朝廷大计受到裙带关系的左右，必然带来污浊和衰乱的时世。

在宋齐丘党风光无限的同时，以孙晟为代表的北方士人则保持着清正刚烈的品节。他们气格儒雅，胸怀大志，希望在南唐施展政治抱负。他们素习儒学，行君子之道，与宋齐丘之流格格不入。史虚白来到金陵后，听说宋齐丘当政，当即对人宣称："彼可代而相矣。"③ 韩熙载以书法闻名遐迩，宋齐丘拟撰碑文，常求其代为书写，韩熙载每每"以纸塞鼻。或问之，对曰：'文臭而秽。'"④ 江文蔚、常梦锡、萧俨等人则多次在朝堂之上与宋齐丘党人针锋相对，分庭抗礼，斥责宋党"阴狡弄权，壅蔽聪明，排斥忠良，引用群小，谏争者逐，窃议者刑，上下相蒙，道路以目"⑤，并且屡屡弹劾冯延巳、魏岑等

---

① （宋）司马光：《资治通鉴》卷二八三，中华书局1956年版，第9249页。

② （宋）陆游：《南唐书》卷一一，《四部丛刊续编》本。

③ （宋）马令：《南唐书》卷一四，《四部丛刊续编》本。

④ （宋）马令：《南唐书》卷一三，《四部丛刊续编》本。

⑤ （宋）司马光：《资治通鉴》卷二八六，中华书局1956年版，第9355页。

"五鬼"的败国恶行,体现出诤臣义士的凛然气节。但是他们在南唐中主时代却始终怀才不遇。据郑文宝《江表志》记载,中主、后主时期先后担任宰相者,有宋齐丘、李建勋、冯延巳、徐游、孙晟、严续、游简言及汤悦等八人,除了孙晟于保大初年曾继烈祖之恩而暂居相职之外,其余七人均为南方人。《十国春秋》卷二三云:"王仲连,北方人也。仕烈祖为御史,元宗时改左散骑常侍。元宗常谓曰:'自古及今,江北文人不及江南之盛。'仲连对曰:'诚如圣谕,陛下圣祖元元皇帝降于亳州真源县,文宣王生于兖州曲阜县,亦不为少矣。'元宗有愧色。"通过这则君臣闲谈的对话,不难看出中主李璟狭隘的地域观念,以及重南轻北的文化倾向。他已缺乏了乃父海纳百川的恢弘气度,以及收复中原的雄心壮志,所以在此后的执政过程中,对于北方人才他采取了轻视鄙薄的态度。

君王的好恶令宋齐丘等人气势更焰,他们对孙晟党人屡屡飞语相攻、无端打击。陆游《南唐书·常梦锡传》云:"宋齐丘党恶其不附己,坐封驳制书,贬池州判官。"《钓矶立谈》亦云:"常梦锡,性犷直……上表历指权要朋私卖国,及发宰执狼藉数事。朝廷不能加察,以其语大忤,夺官流徙。梦锡因忽忽不得志以卒。"伐闽败绩之后,皇帝诏斩陈觉、冯延鲁以谢国人,而冯延巳、魏岑竟置皇命于不顾。江文蔚挺身而出,上疏怒责冯延巳诸人的奸谋诡计,大胆地批评君主是非不分,赏罚不明,造成人心涣散、君臣离心。结果引得李璟勃然大怒,将耿直忠臣江文蔚贬为江州司土参军,而陈觉、冯延鲁却因宋齐丘出面解救,得以保全了性命;冯延巳虽然暂时罢官,旋即又官复原职。对此,孙晟曾经满含忧愤地面责冯延巳:"君常轻我,我知之矣。文章不如君也,技艺不如君也,谈谐不如君也。然上置君于亲贤门下,期以道义相辅,不可以误国朝大计也。"对此,"延巳失色,不对而起"[1]。

朝中清浊之辨判然相别,许多清正刚直的大臣难以立足于朝廷,于是带着满腔失落的愁绪,纷纷走上退居山林的道路。李建勋为相十余年,政见超乎流俗,却不能被中主充分采纳,并且中主还对其心存猜忌。怀着失

---

[1] (宋)史温:《钓矶立谈》,《知不足斋丛书》本。

望的无奈情绪,李建勋归隐九华山。临终前,他留下遗言:"时事如此,吾得全归,幸矣。"[1]

在国家危急关头,宋齐丘党人畏缩避祸,纷纷推卸罪责;孙晟党人则尽显出北方志士高尚坚贞的节操。后周大兵压境,孙晟奉命出使,面对淫威盛怒的周世宗,不卑不亢,从容应对。周世宗本想凭借孙晟的声望劝降南唐寿州守将刘仁赡,孙晟视死如归,到寿州城下突然"改其辞,呼曰:'无堕臣节,援兵即至矣!'"面对周世宗的诘怒,孙晟义正词严地对答:"臣备员唐宰相,岂可教节度使叛邪!"[2]然后慷慨就义。

李璟对宋齐丘党人无原则的宠信和偏袒,对孙晟等北方士人的鄙薄和排斥,导致了朝政的荒弛,以及南唐国势的衰颓。淮南战争之后,南唐政权遭到了致命的打击,其统治集团的庸碌无能暴露无遗。军事上的惨败促使李璟痛下决心,革除党争。后周显德五年(958年),李璟下诏暴宋齐丘、陈觉、李征古之罪,贬陈觉为国子博士,削夺李征古官爵,二人都死于流放途中,宋齐丘被迫"归隐"九华山,次年春正月自缢于当地旧宅之中。困扰南唐中主一朝的朋党之争至此暂告消歇。

到了后主李煜时代,文臣之间的矛盾纷争又呈现出新的状况。李煜继位之初,对于前朝老臣给予足够的尊重,以期令淮南战败以后南唐悲观颓丧的情绪得到舒缓,借助老臣的威望重振人心,同时也确立自己的政治威信。北方人士韩熙载早于杨吴时代就投奔江南,但是在烈祖、中主时代均未获重用,政治抱负无法施展。李煜继位不久,便授予他吏部侍郎之职。开宝元年(968年),又任命韩熙载为中书侍郎、百胜军节度使。韩熙载多年来遭受打击压抑,陡然承蒙君王的青睐,自然感恩不已,积极地参与国政。

然而对于老臣的倚重,只是后主继位之初的权宜之计,一旦新君皇位得到稳固以后,他便着手提拔自己旧日太子府内的幕僚,将潘佑、张洎等新贵推上南唐政治机构的最高层。这样,新进权贵与原先占据要位的老臣之

---

[1] (宋)陆游:《南唐书》卷九,《四部丛刊续编》本。
[2] (清)吴任臣:《十国春秋》卷二七,中华书局1983年版,第383页。

间,不可避免地展开了激烈的争斗。首先出现的是潘佑与徐铉之争。开宝二年(969年),李煜迎娶继室小周后,命中书舍人徐铉与知制诰潘佑共同议定婚礼仪制。徐铉援引古制,认为鼓乐应从简,潘佑则投李煜所好,主张铺张。两人相持不下,请朝中元老徐游裁定。徐游善于揣摩君主的喜好,于是违背礼制附和潘佑的意见。通过这件事情,不难发现新贵与旧臣之间的权力争斗,后主个人的喜好扰乱了礼仪制度的规范,必然更加是非混淆、昏聩不明,新贵经过一番较量之后也越发地得意忘形。

紧接着,新贵之间为了权力的分配,也展开了尔虞我诈的互相倾轧。张洎与潘佑原先同为中书舍人,颇有交情,后来逐渐交恶。为了挤垮自己的政治对手,老道世故的张洎与徐铉互相联手,迫使潘佑在朝中逐渐孤立。恃才傲物的潘佑极度不满,数次上书进谏,力陈李煜用人有误,并且自请去职还乡。李煜竟罢免其职,惟命其专修国史。潘佑多次上书,言辞悲愤激切。他第七次上书云:"三军可夺帅也,匹夫不可夺志也。臣乃者继上表章,凡数万言,词穷理尽,忠邪洞分。陛下力蔽奸邪,曲容谄伪,遂使家国惝惝,如日将暮。古有桀、纣、孙皓者,破国亡家,自己而作,尚为千古所笑。今陛下取则奸回,败乱国家,不及桀、纣、孙皓远矣。臣终不能与奸臣杂处,事亡国之主。"[1]潘佑毫无顾忌的措辞直指后主的痛处,而且潘佑的政敌从旁添油加醋、大肆渲染,引得李煜勃然大怒,欲治潘佑之罪。恰逢潘佑好友李平改革失败,李煜干脆将二人一并收付刑狱。潘佑闻讯,于家中自尽,李平也在狱内被缢死。

潘佑、李平以及名将林仁肇遭受鸩杀,暴露了朝廷内党同伐异的残酷。后主独断专行的偏执本性,使群臣人人自危,很多大臣为了利禄之谋而尸位素餐,处心积虑地迎合君王的文雅趣味。在这样一个日薄西山的时代面前,朝廷当中豢养着大批唯唯诺诺的庸碌之臣,只能加速其灭亡的进程。许多有志之士对国家的前途彻底绝望。韩熙载曾试图有所政治作为,但是冷酷的现实又迫使他心灰意懒。为了避免政坛当中的无端打击,保全自己

① (宋)陆游:《南唐书》卷一三,《四部丛刊续编》本。

的名节，他刻意放纵自己的行为，"畜妓四十辈，纵其出，与客杂居，物议哄然"①。李煜多次欲起用韩熙载为相，终因他行为过于放纵而作罢。王士禛、郑方坤《五代诗话》卷三引《缃素杂记》云："韩熙载，本高密人。后主即位，颇疑北人，鸩死者多。而熙载且惧，愈肆情坦率，不遵礼法，破其财货，售集妓乐，迨数百人，日与荒乐，蔑家人之法，所受月俸，至即散为妓女所有，而熙载不能制之，以为喜。而日不能给，遂敝衣屦作瞽者，持独弦琴，俾舒雅执板挽之，随房歌鼓，求丐以足日膳，且暮亦不禁其出入。或窃与诸生糅杂而淫，熙载见之，趋过而笑曰：'不敢阻兴而已。'及夜奔客寝者，其客诗云：'苦是五更留不住，向人头畔著衣裳。'时人议谓北齐徐之才豁达，无以过之。"韩熙载私下对门人交代了自己放纵行迹的本质动机："吾为此以自污，避入相而。老矣，不能为千古笑端。"②廖居素是南唐三朝老臣，为人刚正不阿。后主时期，他感愤于时事，慷慨进谏，李煜不为所动。廖居素于是"闭门却食，朝服衣冠，立死井中"，留下手书道："吾之死，不忍见国破也。"③徐铉之弟、博学多才的徐锴，眼见后主时代国势每况愈下，忧愤染疾，临终前对家人道："吾今乃免为俘虏矣。"④

概括而言，由于君主采取了优遇文官的制度，促使南唐朝廷人才济济、云蒸霞蔚，但是统治者未能很好地掌控和引导来自不同地域文士的志趣和性格，导致南唐文人出现了旷日持久、形态各异的朋党之争，文化的推动力逐渐转变为互相的掣肘和抵牾，并且成为了文化发展中致命的自毁因素。因此南唐亡国之后，李煜对徐铉沉痛地慨叹："当时悔杀了潘佑、李平！"⑤马令《南唐书》卷一九也深刻地总结道："南唐之亡，非人亡之，亦自亡也。为国而自去其股肱，譬诸排空之鸟，而自折其羽翮，孰有不困者哉！"也许，这正是文官政治的通病！有宋一代，党争频密而激烈，越发暴露出封建文

---

① （宋）陆游：《南唐书》卷一二，《四部丛刊续编》本。
② （宋）陆游：《南唐书》卷一二，《四部丛刊续编》本。
③ （宋）陆游：《南唐书》卷九，《四部丛刊续编》本。
④ （宋）陆游：《南唐书》卷五，《四部丛刊续编》本。
⑤ （宋）王铚：《默记》，《知不足斋丛书》本。

官制度的本质缺陷。

第三节　宋齐丘的政治命运

在五代杨吴、南唐的政坛当中，先后出现了不少深谋远虑的才智之士，其中产生影响最大的，要数严可求和宋齐丘。严可求是徐温的谋臣，为徐温掌握杨吴的统治权力发挥了很大作用。宋齐丘则历仕杨吴和南唐烈祖、中主数朝，为徐知诰夺取政权、建立南唐做出了突出贡献。但是他于中主时代凭借前朝功绩，在朝廷中不断培植党羽，左右了南唐政局走向，对国家形势的由盛转衰，负有不可推卸的重大罪责。透过这样一个历史个案的解剖，我们可以探知五代动荡时期谋臣术士的政治命运。他的精明才干，令统治者对之言听计从；他的党同伐异，又给国家兴衰带来了严重的恶果。

宋齐丘(887—959)，原字超回，后改字子嵩，世为庐陵(今江西吉安)人。后随父举家迁居洪州，遂为豫章(今江西南昌)人。唐僖宗中和二年(882年)，高安人钟传拥兵据洪州，拜镇南节度使，齐丘父诚仕钟传幕下，为副使。数年后，父卒于任，"家计荡尽，已在穷悴，朝夕不能度"[1]。宋齐丘贫困不能存活，被迫辗转流落淮南，勉强糊口于倡家魏氏。齐丘"好学，有大志，尤喜纵横短长之说。少时梦乘龙上天，颇以此自负"[2]。当时姚洞天为淮南骑将，喜好接纳才士，齐丘急欲前往拜谒，但是苦于囊中羞涩，乏购纸笔之资。他计无所出，只得成天杜门枯坐。邻房魏氏女得知原由，惠以数缗。宋齐丘购来纸笔，写作一篇骈文短札投献姚洞天。文略曰："某学武无成，攻文失志，岁华蹭蹬，身事蹉跎。胸中之万仞青山，压低气宇；头上之一轮红日，烧尽风云。加以天步凌迟，皇纲废绝，四海渊黑，中原血红，抟飞苍走黄之辨，有出鬼没神之机。"该文抒发了自己怀才不遇、岁月蹉跎的感愤，同时也展示出非凡绝俗的才华。谁曾想姚洞天却怒其大言，不予接见。齐丘

① (宋)薛居正等：《旧五代史》卷一三四，中华书局1976年版，第1789页。
② (清)吴任臣：《十国春秋》卷二〇，中华书局1983年版，第292页。

窘急,只得改换口气,于次日再次投书。文中有云:"有生不如无生,为人不若为鬼","其为诚恳万端,只为饥寒二字"①。他不再炫耀自己的过人才干,而只是宣泄生不如死、极度窘迫的生存境况。姚洞天终于被宋齐丘的诚恳所打动,给予他实际的提携和帮助。杨吴权臣徐温得知宋齐丘之名,将其招至自己门下。但是徐温手下不乏像严可求、骆知祥、陈彦谦之类心腹谋士,宋齐丘在那里并没有得到充分的信任,无法施展自己的政治谋略。

杨吴天祐九年(912年),徐温养子徐知诰出任昇州刺史,延揽四方宾客,齐丘往谒之。他曾经暇日陪知诰燕游,托《凤凰台诗》以见志,其中有云:"养花如养贤,去草如去恶。松竹无时衰,蒲柳先秋落。""烈祖奇其志,待以国士"②。从此以后,宋齐丘尽心竭力辅佐知诰,逐渐成为其心腹谋臣。徐温令嫡长子知训为丞相,专制扬州;知诰让出金陵,改镇京口(今江苏镇江)。知诰意求宣州,闻命不乐。宋齐丘却从旁劝解:"今三郎(即徐知训)政乱,败在朝夕。京口去淮南隔一水,若有变必先知之,是天赞我也。"③果然不久之后,知训被吴大将朱瑾所杀。知诰乘机迅即渡江,平定朱瑾之乱,同时也夺得了对杨吴首都的控制权。在治政策略方面,徐知诰非常信赖宋齐丘,向他"朝夕咨访政治"。宋齐丘也积极地为其出谋划策,指出"宜颁布六条,以率群吏,定民科制,劝课农桑,薄征轻赋,禁止非徭"。徐知诰依此执行,"在位十余年,民庶丰实,郡邑安堵,律礼修举,庶位公廉,城郭浚固,军器充积,兵士辑睦,人乐为用"④。北宋大中祥符年间,太常博士许载著《吴唐拾遗录》,其中有《劝农桑》一篇,南宋著名史家洪迈将全文收录在其《容斋续笔》卷一六中:

> 吴顺义年中,差官兴版簿,定租税,厥田上上者,每一顷税钱
> 二贯一百文,中田一顷税钱一贯八百,下田一顷千五百,皆足陌见

① (宋)薛居正等:《旧五代史》卷一三四,中华书局1976年版,第1789、1790页。
② (宋)陆游:《南唐书》卷四,《四部丛刊续编》本。
③ (宋)陈彭年:《江南别录》,巴蜀书社1993年版《中国野史集成》本。
④ (宋)龙衮:《江南野史》卷一,《豫章丛书》本。

钱，如见钱不足，许依市价折以金银。算计丁口课调，亦科钱。宋齐丘时为员外郎，上策乞虚抬时价，而折绸、绵、绢本色，曰："江淮之地，唐季已来，战争之所。今兵革乍息，黎氓始安，而必率以见钱，折以金银，此非民耕蚕可得也，无兴贩以求之，是为教民弃本逐末耳。"是时，绢每匹市价五百文，绸六百文，绵每两十五文，齐丘请绢每匹抬为一贯七百，绸为二贯四百，绵为四十文，皆足钱。丁口课调，亦请蠲除。朝议喧然沮之，谓亏损官钱，万数不少。齐丘致书于徐知诰曰："明公总百官，理大国，督民见钱与金银，求国富庶，所谓拥篲救火，挠水求清，欲火灭水清，可得乎？"知诰得书，曰："此劝农上策也。"即行之。自是不十年间，野无闲田，桑无隙地，自吴变唐，自唐归宋，民到于今受其赐。

宋齐丘的这些谋略，客观上符合广大民众的生活要求，有效地恢复和发展了江淮地区晚唐以来凋敝颓败的生产力，致使老百姓安居乐业，从心眼里对徐知诰感恩戴德。这样就很顺利地为徐知诰赢得了民心，取代了徐温对杨吴政权的实际控制权。洪迈因之给宋齐丘、徐知诰以高度评价："齐丘之事美矣！徐知诰亟听而行之，可谓贤辅相。"并为此感叹道："今之君子为国，唯知浚民以益利，岂不有靦于偏闰之臣乎？"[1]

徐温对自己旧日的谋士转投知诰门下十分不快，一日对心腹石头大师说："宋措大在吾儿子门下，甚非纯信之士，虑其近习，不以忠孝为务，师其察之。"于是石头大师受命暗中窥探齐丘的举动。宋齐丘已察觉他的用意，故意晨出暮归，总是喝得酩酊大醉，或示之以花间柳曲讴歌之辞。石头大师便向徐温报告道："宋措大盖狂汉耳，不足为虑。"[2]徐温这才打消了顾虑。即便如此，徐温仍然对宋齐丘采取打压的态度。徐知诰屡欲大用齐丘，"而义祖恶其为人，乃以为殿直军判官，凡十年"[3]。

---

① （宋）洪迈：《容斋续笔》卷一六，上海古籍出版社1978年版，第409页。
② （宋）佚名：《五国故事》卷上，巴蜀书社1993年版《中国野史集成》本。
③ （清）吴任臣：《十国春秋》卷二○，中华书局1983年版，第292页。

乾贞元年(927年),徐温病卒之后,知诰独掌吴政。齐丘这才春风得意,官运亨通,"始擢右司员外郎,累迁右谏议、兵部侍郎,居中用事,行且为相矣";太和三年(931年),又"除中书侍郎,迁右仆射、平章事";烈祖出镇金陵,以长子李璟为大将军,居扬州辅政,"委齐丘左右之"①。由此可见,此时的宋齐丘深受南唐先主的极大信任,他十多年的苦心经营终于得到了仕途上的丰硕回报,因而显得格外地荣耀。

但是,伴随着徐知诰的权位日隆,统治者的心态发生了微妙的变化。往日的政治伙伴随时都会遭到冷落和厌弃,更何况宋齐丘又是一个盲目自大、处处以帝王之师自居的谋士。宋齐丘性格暴躁褊狭,当年为徐知诰谋事之时,"或议不合,则拂衣径起,烈祖谢之而已"②。如果说当初徐知诰对宋齐丘的轻狂性格尚能忍耐的话,等到他羽翼丰满之后,就会逐渐树立自己的绝对权威。尤其在以唐代吴的关键时刻,面对宋齐丘为了一己之利而故意阻挠禅代之议,徐知诰更加不能容忍。

早在南唐建国之前,"一旦,知诰临镜镊白髭,叹曰:'国家安而吾老矣,奈何?'"③都押牙周宗揣知其意,请入江都,委婉劝说吴主禅让,并告知宋齐丘。齐丘本是知诰心腹旧臣,早有助其禅代的谋划,谁料想拥戴的头功竟然被周宗抢走,心中十分嫉恨。为了邀取功名,他竟然反其道而行之,先是遣使驰诣金陵,手书切谏,以为天时人事未可,不能禅让;继而亲至金陵,请斩周宗以谢吴主。徐知诰万万没有料到,宋齐丘会在关键时刻横生枝节,担当自己政治道路上的绊脚石,由是疏远之。当吴主下诏禅让,太师李德诚诣金陵率百官劝进之际,宋齐丘一意孤行,不仅拒绝在劝进表上署名,而且对李德诚之子李建勋说:"尊公,太祖元勋,今日扫地矣。"④这些举动都大大激怒了南唐烈祖。天祚元年(935年),知诰进封齐王,建齐国,齐丘因旧勋而为左丞相,却不得参与政事,地位已大不如前。南唐建国之后,百官

---

① (清)吴任臣:《十国春秋》卷二〇,中华书局1983年版,第292、293页。
② (宋)陆游:《南唐书》卷四,《四部丛刊续编》本。
③ (宋)司马光:《资治通鉴》卷二七九,中华书局1956年版,第9104页。
④ (宋)司马光:《资治通鉴》卷二八〇,中华书局1956年版,第9166页。

纷纷加官晋爵，宋齐丘却只进司徒一官，这样的待遇令平日居功自傲的宋齐丘极其怨愤。他尝"自谓江南有精兵三十万，士卒十万，大江当十万，而己当十万"[1]，但是竟在主子功成名就之时，遭到了无情的抛弃，内心不胜其忿。受宣之日，宋齐丘抗声怒斥烈祖的忘恩负义："臣为布衣时，陛下亦一刺史耳！今为天子，可不用老臣矣！"[2]说完之后，他拂衣而出。对此，烈祖李昇虽未治罪，但也没有因此而改官。这让宋齐丘不得不从自我膨胀当中冷静下来，重新思考自己在朝廷当中的现实处境。烈祖尝夜宴天泉阁，李德诚曰："陛下应天顺人，惟宋齐丘不悦。"准备借此来打击宋齐丘。烈祖毕竟不忘他的旧日功劳，劝阻道："子嵩三十年故人，岂负我者！"宋齐丘顿首相谢，自是为求媚之计，希望再度得到烈祖的宠信。然而此后不久，他又为自己不能参与政事而颇致不满，惹得烈祖勃然大怒。齐丘归第，白衣待罪。烈祖怒气已消之后，对身边近臣说："宋公有才，特不识大体耳，孤岂忘旧臣者！"[3]再次原谅了他的轻狂，并且命太子李璟持诏召见，遂以丞相同平章事，复委任兼知尚书省事，与张居咏、李建勋入阁议政。

宋齐丘得到重用之后，又开始积极地为南唐的内政外交出谋划策。北方契丹派遣燕人高霸前来礼聘，宋齐丘赠送给他许多钱财北返；行至淮北，又潜刺杀之。这样就把高霸之死的罪责栽到后晋人的头上，由此就成功地离间了契丹与后晋的关系，使得南唐安享太平。宋齐丘在其间发挥了重要的作用。但是好景不长，他的亲吏夏昌图盗官钱600万，齐丘徇私偏袒，免其死罪，烈祖亲自干预，才斩杀了夏昌图。齐丘求罢省事，但是其内心仍然居功自傲、胸怀不满，于是面对烈祖口出怨言："陛下中兴，臣之力也，奈何忘之？"烈祖作色训斥："公以游客干朕，今为三公，亦足矣！"告诫宋齐丘应知满足，不能屡屡以旧日功劳相要挟。宋齐丘却更加肆无忌惮地说："臣为游客，陛下乃偏裨耳！"进一步宣泄出满腔怨愤牢骚之气。第二天，烈祖

① （清）毛先舒：《南唐拾遗记》，巴蜀书社1993年版《中国野史集成》本。

② （宋）陆游：《南唐书》卷四，《四部丛刊续编》本。

③ （清）吴任臣：《十国春秋》卷二〇，中华书局1983年版，第293、294页。

手诏慰谢曰："朕褊性,子嵩所知,少相亲,老相怨,可乎?"① 于是任命宋齐丘为镇南军节度使。烈祖十分清楚宋齐丘贪慕虚荣的心理,尝称:"衣锦昼行,古人所贵。"故赐以锦袍,亲为著之。宋齐丘能够衣锦还乡,当然非常荣耀,回到洪州之后,他即将所居旧里爱亲坊改名为锦衣坊,建造了穷奢极丽的宅第,并且每日身披皇帝特赐的锦袍视事。

尽管如此,此时的宋齐丘已经远离了南唐政治权力的中心。他的政治地位的跌落,与其自身忌才使气、挟旧邀宠、贪权固位等一系列性格缺陷不无关联。据马令《南唐书》卷一四记载:"汪台符,歙州人也。能文章,通古今,有王佐才。闻烈祖移镇金陵,台符上书,陈民间利害十余条,大率以富国阜民为务。烈祖善之。而宋齐丘疾其才高,屡为诋訾,台符由是不平。齐丘始字超回,台符贻书诮之曰:'闻足下齐大圣以为名,超亚圣以称字。'齐丘大惭,改字子嵩。因使亲信诱台符乘舟痛饮,推沉石城蚵蚾矶下。"如果说这还只是文人相争所导致的恶果,那么宋齐丘直接参与夺嫡之谋,干预到皇位的更选,则犯了政治的大忌,令烈祖十分警惕和恼火。烈祖之子大多温雅谦和、喜好读书,景通(即中主李璟)以长子身份当立为嗣,李昇早已对他委以重任,并派王令谋、宋齐丘加以辅佐。但是宋齐丘素忌李璟,于是私下打算拥立烈祖其他王子来取而代之。"烈祖次子景迁,吴主之婿也,美姿仪,风度和雅,烈祖钟爱特甚。齐丘使陈觉为景迁教授,以贾其声价。齐丘参决时政,多为不法,辄归过于元宗,而盛称景迁之美,几有夺嫡之计。所以然者,以吴主少而烈祖老,必不能待,他日得国,授于景迁,景迁易制,己为元老,威权无上矣,此其日夕之谋也"②。只可惜景迁未及李昇受禅就不幸夭折了。李昇第四子、宣城王景达神观爽迈,孝友纯至,烈祖爱之,屡欲以为嗣。齐丘亟称景达之才,并且乘机挑拨,指责景通难负家国重任。但是他的种种努力终归失败,"唐主以齐王璟年长而止。璟以是怨齐丘"③。宋齐丘草率地介入皇位争夺的最敏感问题,并且以失败告终,得罪了即将继

---

① (清)吴任臣:《十国春秋》卷二○,中华书局1983年版,第294页。

② (宋)马令:《南唐书》卷二○,《四部丛刊续编》本。

③ (宋)司马光:《资治通鉴》卷二八三,中华书局1956年版,第9243页。

位的中主李璟,他的处境就更加孤危了。

保大元年(943 年),烈祖李昪病殂,太子李璟即位,是为元宗。元宗召齐丘拜太保、中书令,与周宗并相。齐丘再次入朝为相,政治上似乎出现了新的转机。他的门生旧客如陈觉、魏岑等人,如此已成为中主身边的宠臣。为了把持朝政,他们彼此深相附结,依托宋齐丘的政坛资历,形成了盘根错节的权力网络。他们共同制造流言蜚语来打击周宗,致使周宗跑到中主身边哭诉;而且陈觉与魏岑之间也互相攻讦,令整个朝廷乌烟瘴气。中主出面整治朝中党争,"后台老板"宋齐丘再度罢为镇海军节度使,郁郁不得志,请归九华山隐居。

保大四年(946 年)正月,宋齐丘以"先帝旧勋,不宜久弃山泽"之因,第三次被召入朝,拜太傅兼中书令,封卫国公,赐号国老,奉朝请,但不得参与朝政。此番入朝,政坛形势发生了很大变化,宋齐丘党人势力更加庞大,他们跟以孙晟、常梦锡、江文蔚等人为代表的文士集团形成对峙,并且屡屡在争斗中依靠权谋占得上风。陈觉等人伐闽失败后,宋齐丘偏袒姑息,"修撰韩熙载请斩觉等以申国法,齐丘恶之,诬以被酒猖狂,谪和州参军"[1]。除掉了朝廷当中的眼中钉后,宋党人士越发肆无忌惮,宋齐丘也被他们捧上了天,"每国家有善政,其党辄但言宋公之为也;事有不合群望者,则曰'不用宋公之言也'"[2]。正是由于宋齐丘及其党人刚愎自用,排斥异己,目无国法,扰乱朝政,致使正人多为切齿,中主亦心恶之。次年八月,宋齐丘第三次离开朝廷,罢为镇南军节度使。

保大十三年(955 年),后周军队大举南侵。当此危难之际,中主急召宋齐丘入朝,拜太师,领剑南东川节度使,进封楚国公;齐丘固让,仍为太傅。他屡次向中主陈述用兵之道,颇与朝论相左,中主并不像当年的徐知诰那样对他言听计从。朝中议论丛生的结果,徒自贻误了战机,南唐终失淮南。战败之后,宋党"五鬼"陈觉、李征古同为枢密副使,平日专横跋扈,无法无

---

① (清)吴任臣:《十国春秋》卷二〇,中华书局 1983 年版,第 295 页。

② (宋)马令:《南唐书》卷二〇,《四部丛刊续编》本。

天，他们料想此番归朝必定不为群臣所容，如若靠山宋齐丘执掌权柄，就可以万事大吉了，于是向外宣称："天位宜禅太弟，而以国事一委宋公。"中主听罢此言，旧怨新恨一起迸发出来，他对身边近侍道："齐丘才安能当此大难，不过率国中以降，自为功尔。"显德五年(958年)，钟谟自周还，又"屡陈齐丘乘国危殆，窃怀非望，且党与众，谋不可测"，于是中主命殷崇义草诏曰："恶莫大于无君，罪莫深于卖国。"[①]于是赐陈觉、李征古死，放齐丘于青阳九华山。客观地分析，宋齐丘党羽众多、目无君长，确实已经威胁到中主李璟的统治权威。而且多年来宋党奸佞小人在朝廷中长期得势，把持国政，蒙蔽君主，陷害忠良，轻启兵祸，一败涂地，把个原本强盛富庶的国家根基变得日益脆弱，在这方面宋齐丘等人是罪有应得。但是至于"乘国危殆，窃怀非望"和"卖国"的指责，则很可能是无中生有的诬陷。钟谟依附于孙晟一党，痛感本派长期遭受宋党的排挤和打击，现在终于可以借此良机，煽风点火，落井下石，置宋齐丘于死地而后快。对此明人陈霆《唐馀纪传》卷四进行了客观的评价："要其行己，有死之道，然以窥伺篡窃为之罪，则亦过矣。"这也是南唐无情党争所造成的必然结果。

宋齐丘被关押在青阳，"敕锁其第，穴墙给食"。他不堪其辱，于交泰二年(959年)春正月，饮恨自缢而死。濒缢之前，宋齐丘喟然长叹："吾昔献谋幽让皇之族于泰州，宜其及此！"[②]据宋人沈括《梦溪笔谈》卷二三记载："江南初主本徐温养子，及僭号，迁徐氏于海陵(今江苏泰州)。中主继统，用齐丘谋，徐氏无男女少长皆杀之。其后齐丘尝有一小儿病，闭阁谢客，中主置宴召之，亦不出。有老乐工且双瞽，作一诗，书纸鸢上，放入齐丘第中，诗曰：'化家为国实良图，总是先生画计谟。一个小儿抛不得，上皇当日合何如？'海陵州宅之东，至今有小儿坟数十，皆当日所杀徐氏之族也。"按：《梦溪笔谈》记载有误，被迁往海陵的是杨吴让皇杨溥遗族，而非义祖徐温的后代。还是由南唐入宋的郑文宝在其《江表志》卷上的记载更为准

---

① (清)吴任臣:《十国春秋》卷二〇，中华书局1983年版，第296页。
② (清)吴任臣:《十国春秋》卷二〇，中华书局1983年版，第296页。

确一些："宋齐丘镇金陵，有布衣李匡尧累赘于宋，宋知其忤物，托以他故，终不与之见。一日，宋公丧子，匡尧随吊客造谒，宾司复却之，乃就宾次，大署二十八字，却云：'安排唐祚挫强吴，尽是先生设庙谟。今日丧雏犹自哭，让皇宫眷合如何？'"正所谓性格决定命运，想不到当日权倾一时的公卿贵相，到头来也落得如杨氏一样的悲剧下场，这样的结局确实令人深思。宋齐丘死时 73 岁，中主赐予恶谥"丑缪"。

宋齐丘喜好纵横术数，为文发语天然，词尚诡诞，著有文集 6 卷，《增补玉管照神经》10 卷。他的学识并不深广，却又总是自我矜夸，自谓古今独步；书札不甚工整，偏偏看不上虞世南、欧阳询的造诣。宋党之中，冯延巳的书法远胜于齐丘，但是为了取媚于他，冯延巳竟然向他卑身求教。宋齐丘也自以为是地批评道："子书非不善，然不能精意，往往似虞世南，其何堪也！"[1]这些都是在溜须拍马的背景下闹出来的笑话。

关于宋齐丘的历史功过，目前的历史著述皆贬多褒少，但是在古代的史籍当中却有许多褒贬不同的评价。陆游《南唐书》卷四批评宋齐丘"特好权利，尚诡谲，造虚誉，植朋党，矜功忌能，饰诈护前，富贵满溢，犹不知惧。狃于要君，闇于知人，衅隙遂成，蒙大恶以死，悲夫！"龙衮《江南野史》卷四则对宋齐丘的政治活动多予褒誉，赞赏他于烈祖朝退居九华之后整顿乡政、造福百姓："更易弊政，补辑郡条，庶民便利，莫不荣之。"中主时代立身朝廷又显示出刚正的品节："每犯颜谏正，陈以昧旦之道，驭朽之危……上疏论及先主创立之艰，忧勤之重，狂谏不从……年既衰暮，自负勋旧，不能折节降身，随时容众，为钟谟、常梦锡、江文蔚、萧俨等承非顺旨，尤生谤渎。乃叹曰：'鸟尽兔死，则弓藏犬烹矣。'"这些评价站在不同的立场之上，对于历史事实的理解出现了较大的分歧和偏差。相对而言，北宋初期史温依据其祖父、南唐重臣史虚白遗稿整理而成的《钓矶立谈》，则更为全面、客观、准确地评述了宋齐丘在历史演进当中仕宦心理的变化，他在早期做出的突出贡献，及其执掌南唐政局之后采取的错误决策给国家前途造成的恶果：

---

[1] （清）吴任臣：《十国春秋》卷二〇，中华书局 1983 年版，第 297 页。

　　宋子嵩以布衣干烈祖,言听计售,遂开五十三州之业,宗祀严配,不改唐旧,可为南国之宗臣矣。及世事移改,新用事者,爪距铦锐,方曹起而朋挤之。当其吊影于九峰之底,所谓几濒于死地。一旦复得政柄,内顾根柢失据,危而易摇,因隳其初心,而更思所以自完计,首开拓境之说,规以矜企动上心。于是南生楚隙,西结越衅,晚举全国之力,而顿兵于瓯闽坚壁之下。飞挽刍粟,征发徭戍,四境之内,为之骚然。钟山李公建勋为赋诗,有'粟多未必为全策,师老须防有伏兵'之句,盖切中于当时之病。李宗坐是不竞,而子嵩之名亦因以陨,悲夫!

第三章　南唐经济与文化风尚

第一节　经济发展态势

五代时期,中原板荡,北方经济遭受严重的摧残,然而南唐的经济却呈现出较为繁盛的态势。南唐经济的繁荣,主要得力于两大条件的保障。

首先,和平局面的维持为南唐经济的发展提供了政治基础。唐末大乱,江淮地区军阀混战、民生凋敝。光启三年(887年),杨行密攻扬州,围城凡半载,与秦彦、毕师铎大小数十战。"城内无食,米斗直钱五十缗,草根木实都尽,以堇泥为饼食之,饿死者过半。宣军多掠人诣肆售之,或夫妇、父子自牵系就屠门相鬻,屠者辄刲剔如羊豕然"。及杨行密入扬州,城中"遗民才数百家,饥羸非复人状"①。南唐建国之后,烈祖李昪推行保境安民的国策,息兵罢战,修睦邻邦,"在位七年,兵不妄动,境内赖以休息"②。昪元五年(941年),吴越境内发生水灾,对其受灾流民,烈祖"遣使赈恤安集之"③。元宗李璟时期,虽然与北方后周以及南方闽、楚、吴越等国发生了数次战争,但是江南一带的经济仍然保持着较为强劲的发展态势,"男不失秉耒,女无废机织"④。为了摧毁中原政权南下攻伐的能力,南唐保持积极的军事准备,

---

① (清)吴任臣:《十国春秋》卷一,中华书局1983年版,第4、5页。
② (宋)陆游:《南唐书》卷一,《四部丛刊续编》本。
③ (清)吴任臣:《十国春秋》卷一五,中华书局1983年版,第198页。
④ (宋)史温:《钓矶立谈》,《知不足斋丛书》本。

以强大的兵力遏止或消弭北方军阀南进的企图。早在烈祖时期,南唐就有固定的征兵制度:"凡民产二千以上出一卒,号义军;分籍者又出一卒,号生军;新置产亦出一卒,号新拟军;客户有三丁者出一卒,号拔山军。"元宗时又进一步组建新军,以扩充兵力:"许郡县村社竞渡,每岁重午日,官阅试之,胜者给彩帛、银碗,皆籍姓名,至是尽取为卒,号凌波军。募民奴及赘婿,号义勇军。募豪民以私财招聚无赖亡命,号自在军。至是又大搜境内,自老弱外皆募为卒,号都门军。民间又有自相率拒敌,以纸为甲,农器为兵者,号白甲军。"①为了更加有效地牵制中原政权,南唐还与契丹保持密切往来。李昇用宋齐丘谋,结好契丹,"遣使以美女、珍玩泛海修好,契丹主亦遣使报之"②。李璟时,双方交往更为密切,"契丹耶律德光遣使来,齐丘阴谋间契丹使与晋人相攻,则江淮益安,密请厚其礼币,遣还,至淮北,潜令人刺杀之。契丹与晋人果成嫌隙"③。这种离间计的运用,导致契丹与中原政权严重对峙,南唐则乘机发展经济,充实国力。

其次,南唐统治者采取了一系列开明政策,对经济的恢复和发展起到有力的推动作用。五代时期连年的战乱,使得曾经号称富甲天下的扬州城历经兵燹,一派荒寂萧索。徐知诰辅佐杨吴时期,能够"御众以宽,约身以俭",并除去逋租,使士民"翕然归心"④。顺义年间,"差官兴版簿,定租税,厥田上上者,每一顷税钱二贯一百文,中田一顷税钱一贯八百,下田一顷千五百,皆足陌见钱,如见钱不足,许依市价,折以金银,算计丁口课调亦科钱"。此后,他又听取宋齐丘的劝谏,免除了"丁口钱",认为只征谷帛不收钱的做法是"劝农上策也,即行之"。"自是不十年间,野无闲田,桑无隙地"⑤。吴太和末年,李昇采纳汪台符的建议,"括定田赋,每正苗一斛,别输三斗,官授盐一斤,谓之盐米"⑥,由此缓和了"盐禁"之苦,有益于人民的生活。

① (宋)陆游:《南唐书》卷三,《四部丛刊续编》本。
② (宋)司马光:《资治通鉴》卷二八一,中华书局1956年版,第9173页。
③ (宋)陆游:《南唐书》卷四,《四部丛刊续编》本。
④ (宋)司马光:《资治通鉴》卷二七〇,中华书局1956年版,第8831页。
⑤ (宋)洪迈:《容斋续笔》卷一六,上海古籍出版社1978年版,第409页。
⑥ (清)吴任臣:《十国春秋》卷一〇,中华书局1983年版,第142页。

南唐建立后,为了增加劳动力,统治者在招抚流民方面做了大量工作。昇元三年(939 年),李昇下诏:"其向风面内者,有司计口给食;愿耕植者,授之土田,仍复三年租役。"① 又兴营田于淮南,政府专门设置屯田使掌管屯田事务,招徕农民佃作,"营田"成为政府的庄园。这种生产形式组织较为严密,有利于科学地组织较大规模的生产过程,对于辟垦荒地、恢复经济起到了积极作用。为了调动生产积极性,南唐统治者还大力奖励垦田植桑,李昇同年下诏:"民三年艺桑及三千本者",赐帛 50 匹;"每丁垦田及八十亩者",赐钱 2 万;并"皆五年勿收租税"②。南唐统治者还严格限制买卖奴婢,"禁压良为贱"③。

为了改变赋税征收过程中的混乱局面,李昇"限民田物畜高下为三等,科其均输,以为定制"④。他于昇元五年(941 年)"分遣使按行民田,以肥瘠定其税",又规定每十亩蠲一亩半,以充瘠薄。此后,凡"调兵兴役及他赋敛,皆以税钱为率",民间称其平允⑤。南唐烈祖以来经济政策的调整,改革诸多流弊,促进江淮区域的经济发展,奠定了南唐国力强盛和文化繁荣的基础,于是"中外寝兵,耕织岁滋,文物彬焕,渐有中朝之风采"⑥。

南唐经济发展,具体表现在社会生产的各个方面。首先,农业发展非常迅速。杨吴及南唐政府重视水利建设,杨吴建国之初,便着手在楚州和扬州修复或新建陂塘;南唐时,筑楚州境内白水塘,淮南为之得益;又"命州县陂塘堙废者,修复之"⑦。尤其值得称道的是,南唐昇元年间重修丹阳练湖,对于农业生产和商旅运输都起到了很大作用。此外,杨吴时始将秦淮河贯于金陵城内,作为重要航道;南唐保大年间,又疏浚河道,宋江少虞《宋朝事实类苑》卷四七即云:"江南保大中,浚秦淮,得石志。"

① (宋)马令:《南唐书》卷一,《四部丛刊续编》本。
② (宋)陆游:《南唐书》卷一,《四部丛刊续编》本。
③ (宋)司马光:《资治通鉴》卷二八三,中华书局 1956 年版,第 9246 页。
④ (宋)马令:《南唐书》卷一四,《四部丛刊续编》本。
⑤ (宋)司马光:《资治通鉴》卷二八二,中华书局 1956 年版,第 9230 页。
⑥ (宋)史温:《钓矶立谈》,《知不足斋丛书》本。
⑦ (宋)马令:《南唐书》卷三,《四部丛刊续编》本。

南唐经济作物以水稻为主,麦、桑、茶、麻和水果为辅。南唐境内水稻种植面积最广,品种亦颇繁多。其中今属福建的剑、南、建、泉、汀诸州气候湿热,最适于水稻生长。宋初,南剑州水稻有金黍、赤鲜、鲜黄、金牛、青龙、虎皮、女儿、狭糖、黑林、先白等品种,泉州以生产再熟稻(即双季稻)而著称。此外,今属江苏的扬州、泰州、楚州和泗州等地,也广种稻米,不仅产量很高,品种也得到了改良,著名者如泰州香粳等。

南唐境内的江南地区有大片丘陵地带,其独特的气候及土壤条件适合茶、果等特殊经济作物的种植。南唐时期,其境内北起庐州、南至南州、东达建州、西抵鄂州的广大地区都种植茶树,南唐仅官府就有茶叶坊38处之多,专门生产高级茶品,供皇家和贵族享用,由此涌现出诸如龙凤、的乳、扬州蜀岗茶、阳羡紫笋茶等许多名品。其中宜兴产茶历史久远,"阳羡茶"向为江淮名品,早在三国孙吴时代就驰名江南,当时称为"国山茶",后来又有"阳羡贡茶"、"毗陵茶"、"阳羡紫笋"和"晋陵紫笋"等称谓。唐肃宗年间,列"阳羡紫笋"为进贡珍品,茶圣陆羽夸赞阳羡茶"芳香冠世产",可为贡品。常州刺史李栖筠采纳了他的建议,即在罨画溪旁筑造茶舍,每年采制茶叶万两进贡,品饮阳羡茶成为风行的时尚。南唐时期,阳羡茶依旧为名茶。后来随着产茶区域的南移,建州北苑茶逐渐取而代之,朝廷在建州设北苑使专理茶务。南唐保大四年(946年),"命建州制的乳茶,号曰京挺腊茶之贡。始罢贡阳羡茶"[1]此茶乃取其乳作片,又可作妇女妆饰,据陶谷《清异录》卷下《北苑妆》记载:"江南晚季,建阳进茶油花子,大小形制各别,极可爱,宫嫔缕金于面,皆以淡妆,以此花饼施于额上,时号'北苑妆'。"宋代继承了南唐植茶业的基础,其主要产茶区仍在南唐故地:"进宝、双胜、宝山、两府出兴国军;仙芝、嫩蕊、福合、禄合、运合、庆合、指合出饶、池州;泥片出虔州;绿英、金片出袁州;玉津出临江军、灵川、福州;先春、早春、华英、来泉、胜金出歙州;独行、灵草、绿芽、片金、金茗出潭州。"[2]其中尤以建州茶

---

① (清)吴任臣:《十国春秋》卷一六,中华书局1983年版,第210页。
② (元)马端临:《文献通考》卷一八,中华书局1984年版。

为茶中精品,"厥今茶自北苑上者独冠天下,非人间所可得也"①。宋初,北苑所产茶中精品被制成龙凤团,以示与普通茶之别。

杨吴与南唐地处江淮水乡,湖泊纵横,造船业十分发达。当时扬州、金陵等地是重要的造船中心,官府设置造船工场,建造各类船只。造船业的发展,既促进了粮食和成品盐的南北运输,也加强了南唐军队水上作战的实力,还推动了南唐与契丹、新罗、高丽和大食等国家的外交联系。

南唐经济政策中重视桑麻的生产,大大刺激了纺织业的发展。南唐境内桑麻遍野,盛产丝绸、布帛,如润州的方纹绫、水波绫,宣州的五色线毯等。朝廷对官员的奖赏,也多奖励帛品。监察御史张宪上书,李煜"赐帛三十段,以旌敢言"②。李后主描摹南唐宫廷生活的诸多词作中,往往充斥着红罗绮锦的美艳词句,例如"红锦地衣随步皱"(《浣溪沙》)、"绣床斜凭娇无那"(《一斛珠》)、"淡淡衫儿薄薄罗"(《长相思》)等。李煜"尝于宫中以销金红罗幂其壁,以白银钉玳瑁而押之,又以绿钿刷隔眼,中糊以红罗,种梅花于其外。又于花间设彩画小木亭子,才容二座,煜与爱姬周氏对酌于其中,如是数处。每七夕延巧,必命红白罗百匹以为月宫天河之状"。由于纺织业的发展,染色技术也有了很大改进,李煜宫人"染碧,夕露于中庭,为露所染,其色特好"③。这种若有若无、近乎青绿色的色泽效果,需要高超的印染技艺,在当时享有盛誉,金陵市内染肆之榜多题曰"天水碧"。

南唐境内矿藏丰富,种类繁多,西南面的山地是我国主要的有色金属产区之一,有悠久的矿冶业历史。南唐继续发展矿冶业,宋乐史《太平寰宇记》卷一〇三记载:"南陵利国山出铜,当涂县界赤金山亦出好铜","铜山在县南出好铜,古谓丹阳铜是也。"繁昌县"以地出石绿兼铁,由是置冶",南唐特设为县治,经营冶炼。此外,歙州的银,池州的铜、银、铅,濠州的云母,宿州、天长的铜也非常有名。在矿冶业发展的同时,南唐制瓷业也取得了不俗的成就。吴越的制瓷技术通过多种途径传到南唐境内,景德镇及皖

---

① (宋)赵汝砺:《北苑别录》,《丛书集成初编》本。

② (宋)佚名:《江南馀载》卷上,《丛书集成初编》本。

③ (宋)佚名:《五国故事》卷上,文渊阁《四库全书》本。

南兴建了多座窑场,已经开始烧造影青瓷,"改变了胎泥的性能,经高温可以烧结玻化成瓷,由一种原料改用二种黏土原料,创兴了胎泥配方技术,提高了瓷器的烧造水平,达到了瓷器的现代标准,树立起中国瓷器发展的里程碑"①。皖南繁昌窑的青白瓷,为北宋烧制青白瓷的前奏。当时人们多以宣州窑器为上品,近人认为"宣州瓷器为南唐所烧造,以为供奉之物者,南唐后主尤好珍玩,则其供奉之瓷品必极精良"②。在南唐二陵李璟墓出土的青瓷碗,胎灰色,质地坚细,口沿稍侈,斜弧腹,圈足较高,足跟平切,外壁通体施浅绿色釉,饰细长浮雕花瓣纹,内壁为刻画莲纹,造型略呈花口、瓜棱式。它吸收了瓯窑、婺州窑和越窑风格,是龙泉窑的萌发期。此时南方也出现了以烧造白瓷而闻名的瓷窑,其中著名的白瓷产地有泉州和吉州。泉州德化的软质白瓷,以色泽似奶油者为佳品,且行销海外;吉州窑以白地缀以黑色或赭色贴花,形式活泼,有浓郁的民间工艺色彩。这些制瓷工艺对于宋代制瓷业的继续发展,具有很大的影响。

在南唐的文化经济产业中,文房四宝的制造取得了别具特色的成就。邓之诚先生指出,南唐所产"龙尾砚,与澄心堂纸、吴伯玄笔、李廷圭墨,同为徽州四宝,亦南唐国宝也"③。

南唐"澄心堂纸",与蜀地"薛涛笺"齐名。澄心堂纸在南唐,已是"当时百金售一幅,后人闻此那复得"。宋人蔡襄《文房四说》云:"李主澄心堂为第一,其为出江南池、歙二郡。"皖南造纸业历史悠久,唐代已利用檀树皮制造宣纸,享有盛名。但进入五代后,宣州纸质比起蜀纸尚有差距,南唐二主刻意追求书画工具的精良,特地从蜀中延聘纸工,"既得蜀工,使行境内,而六合之水与蜀同"④,遂于扬州置务。经过改良的皖南造纸业,纸质迅速提高,后主十分珍爱,将其中精品命名为澄心堂纸。《歙县志》称澄心堂纸为"肤卵如膜,坚洁如玉,细薄光润,冠于一时"。澄心堂纸为宋代文人所

---

① 胡悦谦:《安徽江南地区的繁昌窑》,《东南文化》1994年增刊1号。

② 黄矞:《瓷史》,上海科技教育出版社1994年版。

③ 邓之诚:《骨董琐记》卷四,《骨董琐记全编》,北京出版社1996年版,第107页。

④ (宋)陈师道:《后山谈丛》卷二,《适园丛书》本。

喜爱，梅尧臣作诗道："滑如春冰密如茧，把玩惊喜心徘徊"、"澄心堂中唯此物，静几铺写无尘埃。"（《永叔寄澄心堂纸二幅》）苏轼也赞道："诗老囊空一不留，百番曾作百金收。"（《次韵宋肇惠澄心纸二首》）

南唐时期，歙州制墨业非常发达，黟县"县南十八里有墨岭……出墨石，可画"[①]唐代末年，河北易州著名墨工奚超携子廷珪徙居歙地，"南唐赐姓李氏，珪弟廷宽、宽子承宴、宴子文用皆世其业"。南唐李超之墨"坚如玉"，"其子廷珪制尤精，每松烟一斛、珍珠三两、玉屑一两、龙脑一两，和以生漆捣十万杵，故置水中三年不坏。君谟言廷珪墨可削木"[②]。廷珪墨其形制不一，"有圆饼龙蟠而剑脊者，有四浑厚长剑脊而两头尖者，又有如弹丸而龙蟠者"[③]。李廷珪墨"凡数等，其作下邽之邽者为上，作圭洁之圭者次之，作珪璧之珪者又次之，其云奚廷珪者下"。李超墨和李廷珪墨在当时就已经声名大噪，当朝常侍徐铉"尝得李超墨一挺，长不过尺，细才如筋，与弟锴，其用之，日书其五千字，十年乃尽"。到了宋代，李墨越发难得，秦观得其半锭，质如金石，潘谷见之而拜[④]。有称"至宣和年，黄金可得，李氏之墨不可得也"[⑤]。南唐李廷珪之后，有耿文寿、耿文政、盛通、盛真等制墨名家涌现。宋代郑文宝在《江表志》中记载，大儒韩熙载延歙工朱逢烧墨，命其所制曰化松堂，墨曰元中子，又自名麝香月。此后，我国制墨代有人才，但都以李廷珪墨为墨中极品与样板，难有超越者。

南唐多丘陵山地，名砚不绝。据陶谷《清异录》记载，唐朝开元年间，玄宗赐给宰相张文蔚、杨沙等人的"龙鳞月砚"，就是歙州所产的一种较为名贵的金星砚。龙尾砚产于皖南婺源（今属江西）龙尾山，多用罗纹坑、水舷坑、驴坑等料石，"其石坚劲，大地多发墨，故前世多用之，以金星为贵"[⑥]。由于歙砚石包青莹、纹理缜密、坚润如玉、磨墨无声，深得南唐元宗喜爱，故在

① （宋）乐史：《太平寰宇记》卷一〇四，文渊阁《四库全书》本。
② （清）朱栋：《砚小史》，上海科技教育出版社1994年版。
③ 邓之诚：《骨董琐记》卷五，《骨董琐记全编》，北京出版社1996年版，第154页。
④ （清）朱栋：《砚小史》，上海科技教育出版社1994年版。
⑤ （宋）邵博：《邵氏闻见后录》卷二八，中华书局1983年版。
⑥ （明）曹昭：《古砚论》，上海科技教育出版社1994年版。

第三章　南唐经济与文化风尚

歙州设置了砚务,并把雕砚高手李少微招为砚务官,令石工周全师事之,专理制砚事宜。砚务官以九品之服,月有俸廪之给,"岁为砚,造砚有数。其砚四方而平浅者,南唐官砚也"①。

宣笔为文房四宝之一。据韩愈《毛颖传》记载,公元前23年,秦国将军蒙恬南下时途经中山(今安徽泾县一带山区),发现这里兔肥毫长,便以竹为管,在原始的竹笔基础上制成改良毛笔。唐朝时,泾县便成为制笔中心,得名宣笔,被列为贡品和御用毛笔。南唐时制笔业名工辈出,尤以宣州诸葛氏一家最为出众。其中诸葛高所制的紫毫笔为名品。宋陶谷《清异录》卷下记载南唐宜春王李从谦"喜书札,学晋二王楷法,用宣城诸葛笔一枝,酬以十金,劲妙甲当时,号为翘轩宝帚"。此后吕道人、吕大渊、汪伯立等人在继承宣笔工艺的基础上又有所发展,名扬一时。

南唐经济的恢复和发展,迅速带动了社会形势的转变。

首先,表现为人口的明显增长。在中国封建社会的农耕经济背景下,由于受到战争、疾病等条件的影响,人口的多寡变化往往直接反映出社会的兴衰。南唐政府大量吸纳来自四方的战乱移民,呈现出人口增长的态势,这就跟北方地区的凋零冷落形成了鲜明的对照。由于南唐人口增长过快,导致原有州县设置与当时的人口数量不相符合,迫使政府部门设立一些新的州县。例如"大和中,以婺源、浮梁、祁门、德兴四县,茶货实多,兵甲且众,甚殷户口,素是奥区;其次乐平、千越,悉出厥利,总而管榷,少助时用,于时辖此一方,隶彼四邑,乃升婺源为郡置,兵刑课税,属而理之"②。江淮各州人口的增加,大大改变了中国古代社会的人口布局。唐代以前,中国人口以中原地区最为稠密。天宝年间,全国每平方公里平均人数为13.8,其中都畿道为58.7,居全国首位;河北道为56.76,居第二位;京畿道为46.41,居第三位;河南道为38.2,居第四位;而后来大部属于南唐的江南西道则为11.35,处于全国平均数以下。及至北宋崇宁年间,全国每平方公里平均人

① 邓之诚:《骨董琐记》卷四,《骨董琐记全编》,北京出版社1996年版,第106页。
② (宋)刘津:《婺源诸县都制置新城记》,《全唐文》卷八七一,上海古籍出版社1990年版。

数为 18.1，其中大致相当于唐代江南西道的江南东、西二路，前者为 24.9，后者为 27.7，都超过了全国平均数，跃居全国二十四路（府）之前列，中原地区则失去了原先的地位[①]。南唐人口的增长，也表明江南地区经济的迅猛发展，促使其在全国经济的整体格局中所占比重大幅度提高，五代十国时期以后，中国经济中心南移的趋势更为显著。

其次，南唐经济交易呈现出新的变化。江淮地区自然条件的多样化，带来了物产的丰富性，它在五代时期成为各国商贸活动的中心。南唐与中原划淮水为界，双方的贸易活动多集中在寿州进行，南唐用茶和帛换取北方的羊和马匹。南唐与南汉、吴越、马楚和西蜀等南方国家之间也有贸易往来。南唐伐闽之役，"翰林待诏臧循者，尝贾于闽，具知山川险易，为文徽陈进兵之计"[②]。开宝四年（971 年）冬，宋在荆南建造战舰，在当地做生意的南唐商人发现后，"上密事，请往江陵窃烧皇朝（指宋）战舰，国主（指李煜）惧事泄，不听，商人遁去"[③]。南唐也积极开展与契丹的海上贸易，购买契丹的羊马等牲畜，以及军用物资如猛火油。昇元二年（938 年），契丹"持羊三万口、马二百匹来鬻"[④]。一次贸易就有如此大的规模，可见当时双方经济交往的密切。与此同时，南唐还利用扬州这一重要的港口，积极发展海外贸易。南唐将茶叶、丝绸和瓷器等商品源源不断地出口到占城、新罗、高丽、大食等国家。各地的消费品也从海外输入南唐，在太常博士陈致雍的《奏番国使朝见仪状》中，提到了"占城国献驯象"；"元宗时，海国进象数头，皆能拜舞山呼"[⑤]。南唐皇宫内置有夜间照明用的"大宝珠"："小说载江南大将获李后主宠姬者，见灯辄闭目云：'烟气！'易以蜡烛，亦闭目云：'烟气愈甚！'曰：'然则宫中未尝点烛耶？'云：'宫中本阁每至夜则悬大宝珠，光照一室，如日中也。'"[⑥] 李煜次子仲宣年仅 4 岁时，"一日，戏佛像前，有大

① 梁方仲：《中国历代户口、田地、田赋统计》，上海人民出版社 1980 年版。
② （宋）马令：《南唐书》卷二，《四部丛刊续编》本。
③ （宋）马令：《南唐书》卷五，《四部丛刊续编》本。
④ （宋）陆游：《南唐书》卷一八，《四部丛刊续编》本。
⑤ （宋）佚名：《江南馀载》卷下，《丛书集成初编》本。
⑥ （宋）王铚：《默记》，文渊阁《四库全书》本。

琉璃灯为猫触堕地,划然作声,仲宣因惊痫得疾,竟薨"①。这里的大宝珠、大琉璃灯,都有可能是来自海外的琉璃制品。

伴随着商业贸易的日益频繁,城市经济逐渐兴起。南唐时期的金陵、扬州、润州等大城市都设有专门的商业市场。金陵城内的坊市多集中在城南地区,郑文宝在《南唐近事》中曾经提及的"鸡行",是南唐的闹市区,宋《庆元建康续志》说此地"自昔为繁富之地,南唐放进士榜于此"。又云:"戚氏《续志》云银行,今金陵坊银行街,物货所集。花行,今层楼街,又呼花行街,有造花者,诸市但名存,不市其物。"随着商品交易规模的不断扩大,一些新的自发性经营场所开始形成。润州紧临长江,南唐人王慎辟有诗赞金山江面:"淮船分蚁点,江市聚蝇声。"②江边设市,显而易见是为了适应江上便利交通而形成的商品交易集散地。徐温之子知谔在润州担任团练使时,曾经"作列肆于牙城西,躬自贸易"③。不但城市里商业繁荣,农村的草市、圩场也非常兴旺,不少圩市升格为县或者置为镇,如新置海陵东洲镇,清江、海陵、如皋等升为县,泰州则升为州,成为江北重镇。

第三,南唐经济的发展,造就了一个庞大的富商阶层。南唐开国元老周宗,具备政客与富商的双重身份,"既阜于家财而贩易,每自淮上通商,以市中国羊马"。他的商品交易规模巨大,远近闻名,以致后周世宗南下征伐之时,竟然想出了将士兵蒙上羊皮、伪为商旅的计谋④。大商人的囤积居奇,一度使南唐财富集中到了商贾手中。李煜即位之初,国库储备不足以向宋廷进贡,不得不从金陵富商那里购得绢品以充贡物。宋灭南唐前的金陵之役,到瓦棺阁避难的尽为"士大夫暨豪民富商之家"。商人与士大夫比肩于南唐的社会生活中,对国家施加了很大的影响。

与此同时,城市富商阶层的兴起,必然增强了都市的消费能力,为商品经济进一步发展提供了相对庞大的阶级基础。江淮古代城市的居民主要

① (清)吴任臣:《十国春秋》卷一九,中华书局1983年版,第284页。

② (宋)郑文宝:《江表志》卷上,文渊阁《四库全书》本。

③ (宋)司马光:《资治通鉴》卷二七九,中华书局1956年版,第9132页。

④ (宋)佚名:《五国故事》卷上,文渊阁《四库全书》本。

是官员及其家属、军队、部分商贾、城市手工业者等,随着南唐在金陵建都,以及经济与文化重心的南移,一大批中原皇家政要及其家属,经营盐、茶暴发的富豪,北方南下的士大夫、文人墨客及其家眷等成为金陵及其周边中心城市新的消费阶层。他们人数众多,经济实力雄厚,其生活状态深刻影响着城市的消费习惯,对江淮区域的城市经济繁荣起到了推波助澜的作用。宋初王禹偁说,"于时宦游之士,率以东南为善地,每刺一郡,殿一邦,必留其宗属子孙,占籍于治所,盖以江山泉石之秀异也"①。南唐正是这样,像韩熙载、卢文进、江文蔚、高越等人,尽为北人,家眷人等动辄以百计,悉居金陵。南唐注重科举,境内举子亦集中到金陵,有的长期滞留不归,成为又一个消费群体。南唐重视书画艺术,我国最早的画院就出现在南唐,顾闳中、周文矩、徐熙、卫贤、王齐翰等一大批画家活跃于画坛,他们与冯延巳等文豪才子组成了庞大的文人群体。这些文士与官僚、贵族、富商聚居在一处,使金陵平添了别样的脂粉繁华之气。

城市规模的延拓,也使城市的经济功能得到增强,城市的基础设施不断完善,适应于城市发展的各类服务性行业迅速衍生。城市人口增加后,需要建造房屋,建筑木工就出现在坊中;道路需要清扫,河道需要清淤,就出现了专门的保养人员;城市范围扩大了,路途遥远需要车船,就有了脚夫和船家;有人求佛问道,祈求平安,就有了专职相命的,木平和尚"知人祸福死生,所言辄验。倾都瞻礼,阗塞街巷,金帛之遗,日积万数"②。《大清一统志》卷二八《池州府》记载:"卖花楼,在建德县南半里许,相传唐及五代时有花楼二十四间,土人善剪绣作花簇,丹阳、浔阳、鄱阳诸郡置酒会,多至此市花。"

城市的兴起,必然带动官僚、富商、士大夫以及广大市民阶层的消费意识。为了迎合广大消费者及时行乐、纵情声色犬马的需要,南唐都市内秦楼楚馆林立,唐代即已时兴的艺伎队伍不断壮大。于是,秦淮河畔灯红酒

绿,热闹非凡,再度回荡起《玉树后庭花》的曼妙乐曲。

第二节 文化艺术成就

　　南唐所处的六朝帝王州,在 3 至 6 世纪曾经产生过辉煌的文化成就,隋唐时期仍然保持着深厚的文化底蕴,李白、杜牧等文人墨客均于此流连。南唐正式建立以前的杨吴时期,被战争破坏的各项文化设施逐渐恢复,为南唐文化的繁荣提供了物质保障和人才基础。杨行密虽是武人出身,但是为了政权建设的需要,他积极收罗各方文人高士,包括殷文圭、沈文昌、杜荀鹤等人,由此也就形成了南唐的第一代文士。其他如汪台符等人富有经纶之才,向徐知诰陈述精辟有效的治国之策,深得统治者的器重。中原南下的文士,则谙熟国家典章制度,同样受到统治者的欢迎。国家的统治,也从由武夫悍将把持的政权向以文士为主体的政权转变。

　　李昇建立南唐之后,有目的地进行全面文化建设。他积极召集人才,以重金寻觅、延揽中原士人。这为大量身逢乱世、奔走无门的文人提供了施展才干的机遇。他广泛搜集图书,下令诸郡搜集民间遗书。南唐时人记载道:"始天祐间,江表多故,洎及宁帖,人尚苟安,稽古之谈,几乎绝侣,横经之席,蔑而无闻。及高皇(指李昇,李昇谥号光文肃武孝高皇帝)初收金陵,首兴遗教,悬金为购坟典,职吏而写史籍,闻有藏书者,虽寒贱必优辞以假之。或有赍献者,虽浅近必丰厚以答之。时有以学王右军书一轴来献,因偿十余万,缯帛副焉。由是六经臻备,诸史条集,古书名画,辐辏绛帷,俊杰通儒,不远千里而家至户到,咸慕置书,经籍道开,文武并驾。暨昇元受命,王业赫然,称明文武,莫我歧及。岂不以经营之大基有素乎。"① 庐陵人鲁崇范,家境贫困,却藏有大量书籍,这时悉数献给国家,地方官欲赏以重金,鲁崇范推却道:"坟典,天下公器,世乱藏于家,世治藏于国,其实一也。

---

① (五代)刘崇远:《金华子杂编》卷上,《丛书集成初编》本。

吾非书肆,何估直以偿耶?"^①正是由于统治者的积极举措,使得南唐藏书成为当时诸国之首。

"自唐末以来,所在学校废绝"^②,故此一俟政局稳定,必先复兴学校教育。昇元二年(938年),南唐开设太学,而后各级学校纷纷兴建。马令描述南唐兴学盛况道:"南唐跨有江淮,鸠集典坟,特置学官,滨秦淮,开国子监,复有'庐山国学',其徒各不下数百,所统州县,往往有学。"^③其中影响最为深远的要数"庐山国学"。庐山白鹿洞原是唐代李渤读书处,昇元年间,李昇始在白鹿洞建学馆,称"庐山国学",由李善道任洞主,且辟有专门田地供给就学诸生。庐山国学是南唐儒学教育中心,白鹿洞书院后来成为宋代的全国四大书院之一,其意义已经远远超出南唐范围之外。除官方办学外,南唐私人讲学之风也颇为兴盛。浔阳人江梦孙弃官还乡后,每日为生徒传授生平所学,听者众多。江州陈氏、禾川颜氏家族都有聚宾客讲学的传统。

中主、后主时期,延续着李昇以来的文化政策,并且以自身文学艺术的创作,进一步引领着南唐文化风尚的发展方向,涌现出一大批卓越的文化艺术成果。

首先,在学术文化的层面,南唐取得了令人瞩目的成就。根据《新唐书·艺文志》《宋史·艺文志》等书记载,南唐传世之作有数千卷之多,其中包括周礼、春秋、乐、小学、正史、编年、实录、杂史、政事、时令、地理、儒家、杂家、小说家、阴阳家、艺术、术数、仙释、别集、总集共20类近160种。其中徐铉、徐锴兄弟堪称典范。徐锴毕生致力于为南唐收集图书,研究典章制度,尤其精研"说文学",著《说文解字系传》40卷、《说文通释》40卷。徐铉入仕宋朝后,奉旨校定《说文解字》,即利用了徐锴的研究成果。徐铉的校本刊行后流传于世,称大徐本,徐锴本称小徐本。徐氏兄弟为我国古代文字学研究作出了重要贡献。南唐统治者重视修史,史官高远与徐铉、乔匡舜、潘佑共同完成《吴录》20卷。私人修史之作有:王颜《烈祖开基志》

① (宋)马令:《南唐书》卷一八,《四部丛刊续编》本。
② (宋)司马光:《资治通鉴》卷二九一,中华书局1956年版,第9495页。
③ (宋)马令:《南唐书》卷二三,《四部丛刊续编》本。

10卷,高远《烈祖实录》20卷、《元宗实录》10卷。南唐人还颇多著唐史,如郭昭庆《唐春秋》30卷、何晦《唐摭言》15卷、刘崇远《金华子杂编》3卷、徐锴《历代年谱》1卷等。南唐灭亡以后,一些遗臣由唐入宋,追忆故国往事,也编纂了系列史书,如郑文宝《南唐近事》1卷、《江表志》3卷,徐铉、汤悦《江南录》10卷,陈彭年《江南别录》4卷、《唐纪》40卷,史虚白之孙史温又整理出《钓矶立谈》1卷。

南唐保存了大量的文化遗产。唐代号称文化鼎盛,当时国家藏书,"其著录者,五万三千九百一十五卷,而唐之学者自为之书者,又二万八千四百六十九卷"①。唐末大乱,"编帙散佚,幸而存者,百无二三"②。及至宋初,国家藏书仅万余卷,而南唐藏书竟达十余万卷,并且"雠校精审,编秩完具",以致史家以"鲁之存周礼"相誉③。

南唐时期形成了全新的学术风气。宋学有机地融合儒、佛、道三家思想,不拘经义训诂,凭己意说经之习,在南唐学界早已盛行。读书则"不知今古,然好属意于万物。有感于心,必冥而通之"④;为学则"兼览道释书,通禅寂虚无之理"⑤;讲经则"未尝敷演注疏,肆口成言"⑥。凡此种种,都深远地影响到出身南唐故地的刘敞、李觏、王安石、朱熹、陆九渊等宋学大师。南唐文坛,世所瞩目,培养了大批文化人才。著名诗人如刘洞,"长于五字唐律,自号'五言金城'"⑦;孙鲂所题金山寺诗,"一时以为绝唱"⑧;江为诗格调高古,"有风人之体"⑨;著名赋家如丘旭,"其为词赋,得有唐程度体,后人以为法"⑩;著名词家如李璟、李煜、冯延巳等人,更是一代词宗,名垂千古。

---

① (宋)欧阳修、宋祁:《新唐书》卷五七,中华书局2000年版,第935页。

② (宋)脱脱等:《宋史》卷二〇二,中华书局2000年版,第3365页。

③ (宋)马令:《南唐书》卷二三,《四部丛刊续编》本。

④ (五代)谭峭:《化书》,中华书局1996年版。

⑤ (清)吴任臣:《十国春秋》卷三〇,中华书局1983年版,第439页。

⑥ (宋)马令:《南唐书》卷二三,《四部丛刊续编》本。

⑦ (清)吴任臣:《十国春秋》卷三一,中华书局1983年版,第448页。

⑧ (清)吴任臣:《十国春秋》卷三一,中华书局1983年版,第445页。

⑨ (宋)马令:《南唐书》卷一四,《四部丛刊续编》本。

⑩ (宋)马令:《南唐书》卷二三,《四部丛刊续编》本。

故此，马令《南唐书》卷一三评价道："如韩熙载之不羁，江文蔚之高才，徐错之典赡，高越之华藻，潘佑之清逸，皆能擅价于一时。而徐铉、汤悦、张洎之徒，又足以争名于天下。其余落落，不可胜数。"

南唐文化在艺术领域同样取得了丰硕、卓越的成就。

在绘画方面，南唐堪称名家辈出。李煜本人就是一位颇有造诣的画家，其绘画成就得到了宋人的肯定："江南后主李煜，才识清赡，书画皆精，尝观所画林石飞鸟，远过常流，高出意外。"[①]他擅长工笔花鸟和墨竹。所绘墨竹，笔法借鉴"金错刀"书法遒劲与颤笔交融的技巧，显得苍劲有力、富有神韵，后人称之为"铁钩锁"。南唐设有专门的画院，汇集了当时的一批丹青高手。这些画师各展所长，共同形成了缤纷瑰丽、成就斐然的南唐画坛。卫贤善画楼观人物，是一位著名的"界画"高手，所绘《高士图》采用汉代隐士梁鸿与其妻孟光相敬如宾、举案齐眉的故事，画中人物形象生动，山石、树木都很逼真，整体构图非常精妙。王齐翰善画佛、道、鬼、神人物，传世之作《勘书图》，刻画勘书人专心致志挑耳歇息的情景，其微闭左目、脚趾跷起的神态，显得十分自然生动，整幅画面流露出人物内心萧然无物、超尘脱俗的闲逸风度。

江南布衣徐熙的工笔花鸟画独树一帜，后人称其"画草木虫鱼，妙夺造化，非世之画工形容所能及也"[②]。他与西蜀黄筌一样，对北宋花鸟画产生了很大影响。据北宋刘道醇《圣朝名画评》记载："李煜集英殿盛有熙画，（熙）后卒于家，及煜归命，尽入内府。"关于徐熙绘画的艺术风格，郭若虚《图画见闻志》根据当时的民谚，列论"黄徐体异"之处在于"黄家富贵，徐熙野逸"。同样是工笔花鸟画，黄筌与徐熙之间富贵与野逸之别，正从一个侧面折射出西蜀与南唐在文化风尚方面的本质差异。不过，尽管徐熙号称"野逸"，他也能画出两种截然不同风格的作品。一种是通过徜徉园圃写生观察，描绘出饶有质朴自然之气的汀花野竹、水鸟渊鱼，多用粗笔浓墨，设色

① （宋）郭若虚：《图画见闻志》卷三，中华书局1985年版，第102页。
② （宋）佚名：《宣和画谱》卷一七，《丛书集成初编》本。

巧妙,世称"落墨花"。据《圣朝名画评》记载,李煜降宋后奉献入宋朝御府的徐熙画作多达两百多幅,宋太宗见到徐熙所绘"安榴树"一本后嗟异久之,曰:"花果之妙,吾独知有熙矣,其余不足观也。"并将此画遍示画臣,以为范式。另一种则是强调装饰功用的工艺画。《图画见闻志》卷六《铺殿花》条载:"江南徐熙辈,有于双缣幅素上画丛艳叠石,傍出药苗杂以禽鸟、蜂蝉之妙,乃是供李主宫中挂设之具,谓之'铺殿花',次曰'装堂花',意在位置端庄,骈罗整肃,多不取生意自然之态,故观者往往不甚采鉴。"

南唐北苑副使董源擅长山水,其绘画题材多是山温水暖的江南风物,气韵高古,意境深远。他的山水画分为两种类型:水墨山水类于王维,疏林远树,平远幽深,山石作披麻皴;着色山水如李思训,皴纹甚少,用色秾古,人物多用红青衣,人面亦用粉素者。代表作《潇湘图》绘有宽而平静的江水,平远而起伏连绵的山峦,草木葱茏,洲渚交横,云雾显晦,空蒙幽深,整个画面给人虚实相生的缥缈感、湿润感。类似风格的画作还有《夏山图》、《夏景山口待渡图》等。北宋米芾在《画史》中评说董源的山水画:"峰峦出没,云雾显晦,不装巧趣,皆得天真。岚色郁苍,枝干劲挺,咸有生意;溪桥渔浦,洲渚掩映,一片江南也。"《宣和画谱》亦评之曰:"大抵元(源)所画山水,下笔雄伟,有崟绝峥嵘之势,重峦绝壁,使人观而壮之,故于龙亦然……至其出自胸臆,写山水江湖、风雨溪谷、峰峦晦明、林霏烟云,与夫千岩万壑、重汀绝岸,使览者得之,真若寓目于其处也。而足以助骚客词人之吟思,则有不可形容者。"① 董源又善画人物,宛然如生。传说后主李煜在碧落宫召冯延巳入宫议事,延巳行至宫门,逡巡不敢入。后主久待不至,遣内侍催促。延巳答曰:"有宫娥著青红锦袍,当门而立,未敢竟进。"内侍与他共谛视之,原来是嵌在八尺琉璃屏中的董源所绘夷光像②。僧人巨然,师从董源,得其神髓,善画江南湿润的山色,峰峦重叠,幽溪细路,竹篱茅舍,断桥危栈,都融化在其清润淡逸的笔墨境界中。代表作《秋山问道图》、《万壑松

① (宋)佚名:《宣和画谱》卷一一,《丛书集成初编》本。
② (清)吴任臣:《十国春秋》卷三一,中华书局1983年版,第454页。

风图》,画中崇山峻岭,一派高远;深山茅屋,一径通幽,正符合道家清静无为的理想境界,用笔轻柔秀润,于平淡静谧中显示着一派远离尘嚣的高雅情趣。南唐灭亡后,巨然随李煜来到汴京,董源一派的画风得到了很大的传扬,成为南方画派的正宗,进一步影响到元四家及明代吴门画派的创作风格。

南唐绘画作品中最为著名的传世之作,是翰林待诏顾闳中所绘的《韩熙载夜宴图》。韩熙载晚年生活颓放不羁,经常招客于府第夜宴,竭尽声色歌舞之娱。李煜遣顾闳中及另一位翰林待诏周文矩前去察看,二人回宫后,以绘画的形式向李煜汇报了在韩府的所见情景。现存《夜宴图》出自顾闳中手笔,是一幅多卷本设色长卷,由五个场景组成,即“听乐”、“观舞”、“歇息”、“清吹”和“散宴”。各段以屏风等相间隔,前后连续又各自独立,表现在时间序列中展开的事件。画面中心人物韩熙载的性格与心理刻画极为深入:超然自适,气度轩然,却又郁郁沉闷。这不仅展现了画家惊人的观察力,也显示了他对主人公命运与思想矛盾的深刻理解。这幅《韩熙载夜宴图》历经千余年以后仍然色泽艳丽,堪称我国绘画史上的珍品。

周文矩长于绘画人物、车马、屋木、山川等,尤以人物仕女为出色。他继承唐代周昉的画法而有所变化,深受后主李煜的赏识。代表作《重屏会棋图》,描绘中主李璟与其弟景遂、景达、景逿会棋的情景,所绘人物生动形象,神态逼真,线描细劲有力,多转折顿挫,有古拙之风。《宫中图》描绘宫中妇女生活的情态,表现她们懒散、忧郁的心绪,线描熟练而富于结构感,人物神情微妙,“大约体近周昉而纤丽过之”①。《文苑图》精心描绘了四位文人运思觅句的生动神情,画家驾驭人物性格、再现特定情境的功力在这一作品中得到了充分的展现。

五代十国时期是我国书法史上较为暗淡的时期,但是南唐朝野则不乏书法名家,如高越、冯延巳、韩熙载、徐锴、潘佑、王绍颜、颜诩、唐希雅等人。首先,南唐中主李璟、后主李煜即雅善书法。李璟书学羊欣,当时“钟陵清

---

① （元）夏文彦:《图绘宝鉴》,《万有文库》本。

凉寺有元宗八分题名、李萧远草书、董羽画海水,谓之三绝"①。李煜乃南唐书法一大家,他初学柳公权,博采欧、颜、褚、陆众家之长,自创多种书体,例如"金错刀"、"撮襟书"等。李煜的书法技艺对当时人颇有影响,"(唐)希雅妙于画竹,作翎毛亦工。初学南唐伪主李煜金错书,有一笔三过之法。虽若甚瘦,而风神有余"②,现存书迹有《西方诗帖》《比事帖》等。李煜在书法创作之余,对书法理论研究也颇有造诣,且撰有两篇专门谈论书法的文章:《书述》和《书评》,观点精当,文笔精美,不乏真知灼见。

宋人曾亲见李煜书法真迹:"予尝见南唐李侯撮襟,书宫人庆奴扇云:'风气渐老见春羞,到处销魂感旧游。多谢长条似相识,强垂烟态拂人头。'"③黄庭坚亦云:"观江南李主手改表章,笔力不减柳诚悬,乃知今世石刻,曾不得其仿佛。"④陆游也曾亲见李煜真迹:"清凉广慧寺……坏于兵火。旧有德庆堂,在法堂前,堂榜乃南唐后主撮襟书,石刻尚存。"⑤

另外,南唐文臣徐铉工小篆,冯延巳书学虞世南。韩熙载的书法也名盛一时,向他乞书者甚众。南唐文人以善书法为荣,"(宋齐丘)书札不工,亦自矜炫,而嗤鄙欧、虞之徒。冯延巳亦工书,远胜齐丘,佯为师授以求媚。齐丘谓之曰:'子书非不善,然不能精意,往往似虞世南,其何堪也!'"⑥这也从一个侧面反映了南唐文人精研书法风气之盛。

南唐中主、后主还是古代文物的收藏家和鉴赏家。相传他们父子所收藏的古人书画和图书多达万卷以上,其中包括钟繇、王羲之等人的稀世书法珍品。不幸的是,这些珍贵的书画、典籍最终遭到了焚毁的厄运。李煜随从陈彭年记载道:"元宗、后主皆妙于笔札,好求古迹,宫中图籍万卷,钟、王墨迹尤多。城将陷,谓所幸宝仪黄氏曰:'此皆吾宝惜,城若不守,尔可焚

---

① (清)刘承幹:《南唐书补注》卷一六,《嘉业堂丛书》本。
② (宋)佚名:《宣和画谱》卷一七,《丛书集成初编》本。
③ (宋)邵博:《河南邵氏闻见后录》卷一七,中华书局 1985 年版,第 111 页。
④ (宋)黄庭坚:《山谷题跋》卷一,《丛书集成初编》本。
⑤ (宋)陆游:《入蜀记》卷三,《丛书集成初编》本。
⑥ (宋)马令:《南唐书》卷二〇,《四部丛刊续编》本。

之,无使散逸。'及城陷,黄氏皆焚。"[①]统治者的专制霸占心理,导致珍贵文物的惨遭摧毁,给后人造成了无法弥补的损失。

南唐时期的音乐文化非常兴盛。李煜与大周后都精通音律,擅长歌舞。徐铉追记李煜道:"洞晓音律,精别雅郑。穷先王制作之意,审风俗淳薄之原。为文论之,以续乐记。"[②]李煜曾作"念家山破"、"邀醉舞"、"恨来迟破"等曲。大周后善弹琵琶,李璟赏识其才艺,将其所藏烧槽琵琶赐予她。周后更有编曲才能,"《霓裳羽衣曲》,绵兹丧乱,世罕闻者。获其旧谱,残缺颇甚。暇日与后详定,去彼淫繁,定其缺坠"[③]。李煜宫中还有善舞者,"《道山新闻》云,李后主宫娥窅娘,纤丽善舞。后主作金莲,高六尺,饰以宝物,组带缨络,莲中作五色瑞云。令窅娘以帛绕脚,令纤小屈上,作新月状,素袜舞《云中曲》,有凌云之态。唐镐诗曰:'莲中花更好,云里月长新。'是后人皆效之,以弓纤为妙,盖亦有所自也"[④]。宫女为了邀赏得宠,强硬地将自己的秀足扭曲成新月形状的三寸金莲,这是对健康人性的无情戕害,满足的是男性欣赏者病态的审美嗜好。南唐皇宫内窅娘之举,开启了千年以来妇女缠足的陋习。

与此同时,教坊乐人和豪门家妓共同营造了南唐浓厚的音乐创作环境。杨花飞、杨名高、李家明、王感化等御用乐工,虽然出身低微,却能凭借诙谐的谈吐、机敏的举动赢得君王的宠幸。吴任臣《十国春秋》卷三二记载:"王感化,建州人。善讴歌,声韵悠扬,清振林木。初隶光山乐籍,后入金陵,系乐部为歌板色……元宗尝作《浣溪沙》二阕,手书赐感化,'菡萏香销翠叶残'与'手卷珠帘上玉钩'是也。后主即位,感化以词札上,后主感动,优赏之。"南唐士大夫生活渐趋奢靡,往往蓄养着许多家妓。郑文宝《南唐近事》卷一记载:"严续相公歌姬,唐镐给事通犀带,皆一代之尤物也。唐有慕姬之色,严有欲带之心,因雨夜相第有呼卢之会,唐适预焉。严命出姬解

---

① (宋)陈彭年:《江南别录》,文渊阁《四库全书》本。

② (五代)徐铉:《李煜墓志》,《徐骑省文集》卷二九,《四部丛刊》本。

③ (宋)王灼:《碧鸡漫志》卷三,《词话丛编》,中华书局1986年版,第96、97页。

④ (宋)周密:《浩然斋雅谈》,《丛书集成初编》本。

带，较胜于一掷，举座屏气观其得失。六骰数巡，唐彩大胜。唐乃酌酒，命美人歌一曲，以别相君。宴罢，拉而偕去，相君怅然遣之。"《旧五代史》卷一三一亦云："（孙）晟以家妓甚众，每食不设食几，令众妓各执一食器，周侍于其侧，谓之'肉台盘'。"至于像韩熙载那样风流冠世的文臣，其声妓之盛更不在话下。正是由于如此数量可观、色艺俱佳的家妓环伺左右，使得文人士大夫的宴会场景越发地风光旖旎，于此环境中填制出来的小词，自然也就是应和着轻歌曼舞的节拍，起到了娱宾遣兴的功效，即如陈世修为冯延巳所撰的《阳春集序》所云："公以金陵盛时，内外无事，朋僚亲旧，或当宴集，多运藻思，为乐府新词，俾歌者倚丝竹而歌之，所以娱宾而遣兴也。"

概而言之，南唐时期取得了突出的文化艺术成就。唐末天下大乱，文化凋敝，诗、书、礼、乐皆遭摧败。然而南唐却坐拥南北贤才，"江左三十年文物，有贞元、元和之风"①，形成了文化繁盛的格局，在五代十国诸多割据政权中，俨有"一览众山小"的优势。这不仅使南唐士人在当时有资格以"一堆灰"之句嘲笑中原风物，使李璟不无自豪地感叹道："自古及今，江北文人不及江南才子之多。"②而且使江淮地区的文化乃至政治地位得以大幅度提高。宋朝官方所藏图书中，三分之一来自南唐。南唐遗臣入宋后，参与了宋代大书的编撰。"太平兴国中，诸降王死，其旧臣或宣怨言。太宗尽收用之，置之馆阁，使修群书，如《册府元龟》、《文苑英华》、《太平广记》之类。广其卷帙，厚其廪禄赡给，以役其心"③。南唐人乐史入宋后，撰《太平寰宇记》，这是我国古代最重要的地理著作之一。而且由于南唐文化的普及，促使江西成为宋代人才辈出之地，涌现出晏殊、欧阳修、王安石、曾巩、黄庭坚等大批著名文士，南北地域文化发展的态势呈现出新的转变。因此南宋人洪迈指出："古者江南不能与中土等。宋受天命，然后七闽二浙与江之西东，冠带诗、书，翕然大肆，人才之盛，遂甲于天下。"④

---

① （宋）陈彭年：《江南别录》，文渊阁《四库全书》本。
② （宋）郑文宝：《江表志》卷中，文渊阁《四库全书》本。
③ （宋）王明清：《挥麈后录》卷七，《丛书集成初编》本。
④ （宋）洪迈：《容斋四笔》卷五，《四部丛刊》本。

第三节　宗教信仰

南唐统治时代的宗教信仰对于社会文化风尚的形成产生了深刻的思想基础。

唐朝统治者自称是老子后裔，对道教非常尊崇。南唐烈祖李昪及元宗李璟，都是道教的信奉者，父子二人均对道士王栖霞优礼备至。王栖霞"从道士聂师道传道法，已又居茅山，从邓启遐受《大洞经诀》。烈祖辅吴，召至金陵，馆于元真观"，并赐号"元博大师"①。李璟继位后，又加号"贞素先生"。烈祖晚年，幻想统治的长久，更是寄希望于道士的丹药、方术，以求长生不老之道，然而终为丹药所害，昇元七年（943年）二月，疽发于背，不幸去世。他临终前嘱咐嗣主李璟说："吾服金石，欲求延年，反以速死，汝宜视以为戒。"②

元宗李璟虽然没有服食丹药，却仍然热衷于道教。据清吴任臣《十国春秋》卷一六记载，李璟"少喜栖隐，筑馆于庐山瀑布前，盖将终焉，迫于绍袭而止"。其次子庆王李茂"雅言俊德，宗室罕伦"，却未冠而薨，元宗深自哀悼，左右劝慰道："臣闻仁而不寿，仙经所谓炼形于太阴之中。然庆王必将侍三后于三清，友王乔于玉除，伏望少寝矜念。"③君臣之间以道教术语相对答，可见崇道风气之盛。

但是在南唐的历史上，更为兴盛的还是佛教。早先的杨吴政权即以奉佛为圣，顺义二年（922年），在江南名刹同泰寺一半旧基之上兴建了千佛院，南唐时改名为净居寺，后又改为圆寂寺。顺义三年（923年），徐温在金陵建造兴教寺，后因李昪常在此纳凉，改名为石头清凉禅寺；未几，发展成为金陵盛大礼佛场所。建于南齐永明年间的栖霞寺，是江南佛教三论宗的发祥地，南唐时得以重修，改名为妙因寺。此外，杨吴、南唐时期还修复、重

---

① （清）吴任臣：《十国春秋》卷三四，中华书局1983年版，第473页。
② （清）吴任臣：《十国春秋》卷一五，中华书局1983年版，第201页。
③ （宋）郑文宝：《南唐近事》卷二，《丛书集成初编》本。

建了幽栖寺、灵谷寺、无想寺等著名寺院。

南唐礼佛始于先主李昪时代。据陆游《南唐书》卷一八所载："初烈祖辅吴，吴都广陵，而烈祖居建业，大筑其居，穷极土木之工。既成，用浮屠说作无遮大斋七会，为工匠役夫死者荐福。俄有胡僧自身毒中印土来，以贝叶旁行及所谓舍利者为贽。烈祖召豫章龙兴寺僧智玄译其旁行之书，又命文房书《华严论》四十部，衮帙副焉，并图写制论李长者像班之境内，此事佛之权舆也。然烈祖未甚惑，后胡僧为奸利，遂出之，国人则浸已成俗矣。"中主李璟时期，以文益为代表的佛教法眼禅宗在金陵清凉山报恩禅院开宗传法，深受君王礼遇。文益于中兴元年（958年）圆寂，南唐公卿穿素服送殡于丹阳，建塔安葬。中主谥文益以大法眼禅师之号，后又谥大智藏大导师之号。李煜即位后，为文益立碑颂德，韩熙载撰写了塔铭。

举国大肆崇佛则是到了后主统治中后期、国势日危时。国难当头，李后主束手无策，加之性格的懦弱、家族命运的不幸、婚姻的悲剧等因素，都促使其遁入佛门，寻求解脱。此前的北方后周世宗改革的一项内容就是大规模灭佛、废寺院，逼使僧侣弃佛务农，此举对恢复中原经济起到了积极作用。南唐的状况却与之相反，佛教得到了极大的尊崇。据载："后主罔恤政务，晓于禁中卧听内道场行童撞钟有节数，喜而召之，与剃度为僧。而童子奸滑，对曰：'不敢独受恩泽，愿陛下如佛慈悲，广罩诸郡。'于是普度焉。"[①]及至大周后和幼子仲宣夭折后，李煜与小周后越发沉溺于浮屠，"命境内崇修佛寺，又于禁中广署僧尼精舍，多聚徒众"。他参禅拜佛极其虔诚，"与后顶僧伽帽，衣袈裟，诵佛经，拜跪顿颡，至为瘤赘"[②]。文益嗣法弟子文遂、泰钦、行言、智筠、匡逸、智依、慧济等，都受到后主的礼遇，在南唐名胜寺院或都会禅寺传法。

上有所好，下必效之，南唐群臣纷纷崇信佛教，由此导致"上下狂惑，不恤政事"。张泊善于揣摩李煜心理，一伺机会便与其谈论佛理，由此得到赏

① （宋）龙衮：《江南野史》卷三，文渊阁《四库全书》本。
② （宋）马令：《南唐书》卷五，《四部丛刊续编》本。

识,地位迅速提升。歙州进士汪涣上封事,言:"梁武惑浮屠而亡,陛下所知也,奈何效之?"后主虽然擢升他为校书郎,但"终不能用其言"[1]。

南唐后期,崇佞佛教成为举国的风尚,佛寺及僧尼极其泛滥。"宫中造佛寺十余,出金钱募民及道士为僧,都城至万僧,悉取给县官"。这种风尚的一味泛滥,也必然带来统治秩序的混乱,社会风气的日益堕落。"僧尼犯奸淫,狱成,后主每曰:'此等毁戒,本图婚嫁,若冠笄之,是中其所欲。'命礼佛百而舍之"。个人对佛教的礼敬凌驾于国家法律之上,严重地影响了朝廷正常司法程序的执行,"奏死刑日,适遇其斋,则于宫中佛前燃灯以达旦为验,谓之命灯,未旦而灭,则论如律,不然,率贷死。富人赂宦官,窃续膏油,往往获免"[2]。李后主所谓的宽恕、仁爱之举,如同南朝梁武帝萧衍舍身奉佛那样滑稽可笑,自以为是地以命灯的燃烧来判决人之生死,而全然将法律的尊严视同儿戏。孰不知奸佞小人会在膏油里面做起手脚,自己的虔诚拜佛又变成了"皇帝的新衣",遭受人们的讥嘲和愚弄。正是由于后主的极度佞佛,使得僧侣成为一个受到特别优待的阶层,整个国家供养着无数不劳而获的寄生僧尼。同时,兴修佛寺又须花费大量资财,这些无疑都令南唐国库入不敷出,经济如雪上加霜。

南唐末年的疯狂崇佛,也被宋朝所利用,成为消灭南唐的重要手段。北方僧侣小长老乘机潜入南唐,他携有大量奇珍异宝,贿赂权贵,得以接近李煜。李煜对他佩服不已,称其为一佛出世。在其怂恿蛊惑下,李煜耗费巨资广造佛塔佛像,另在牛头山(今南京市牛首山)造寺千余间,容纳僧众千余人,"日给盛馔。有食不能尽者,明旦再具,谓之'折倒',盖故造不祥语,以摇人心"[3]。恰恰是这些牛头山佛寺,成为后来宋军攻打南唐时的重要兵营。开宝八年(975年),宋军围困金陵城,李煜退兵无策,遂将军政大事交托给陈乔、张洎等人,自己退回宫中,率僧侣道士们诵经祈祷,对战况不闻不问。他曾经召小长老问祸福,小长老保证:"臣当以佛力御之。"乃登城

第三章 南唐经济与文化风尚

---

① (宋)陆游:《南唐书》卷一八,《四部丛刊续编》本。
② (宋)陆游:《南唐书》卷一八,《四部丛刊续编》本。
③ (宋)陆游:《南唐书》卷一八,《四部丛刊续编》本。

大呼,"周麾数四。后主令僧俗军士念救苦菩萨,满城沸涌。未几,四面矢石俱下,复召小长老麾之,称疾不起,始疑其诞,遂杀之"①。在城破之前最危急的时候,后主无计可施,只得躲在佛堂中向神祷告,并许愿在兵退之后为佛像重塑金身并广建庙宇。但是上苍不会眷顾软弱无能的君主,南唐王朝终于在一片青烟梵声中灭亡了。对此,南宋陆游不由感叹道:"呜呼!南唐褊国短世,无大淫虐,徒以浸衰而亡,要其最可为后世鉴者,酷好浮屠也。"②

---

① (宋)马令:《南唐书》卷二六,《四部丛刊续编》本。
② (宋)陆游:《南唐书》卷一八,《四部丛刊续编》本。

中编

南唐词研究

第一章　南唐词的由来与特征

第一节　江南文化基础

五代吴及南唐境内遍布许多历史悠久、经济富庶的城市,其中尤以扬州和金陵为代表。这些城市文化的特征,对于南唐文学尤其是南唐词风格魅力的形成具有重要的作用。

历史文化名城扬州,春秋时为小国干之都城,《管子·内业》有"昔吴、干战"之语。周敬王三十四年(前486年),灭于吴。吴王夫差为争霸中原,筑邗城,开邗沟,通江淮,扬州成为南北水路要冲。战国时属楚,怀王十年(前319年)改称广陵。秦置广陵县。西汉时,先后为吴、江都、广陵王等诸侯国封地。其地西汉前位于长江口近海处,波涛汹涌如今之钱塘江潮,甚为壮观,枚乘《七发》之"广陵观涛",即绘写其景。东汉为广陵郡。三国属吴,为广陵县;东晋复为广陵郡。汉、魏、晋三代,扬州"当昔全盛之时,车挂辖,人驾肩;廛闹扑地,歌吹沸天。孳货盐田,铲利铜山;才力雄富,士马精妍"(鲍照《芜城赋》)。南朝梁殷芸《小说》卷六记载,三国时"有客相从,各言所志。或愿为扬州刺史,或愿多资财,或愿骑鹤上升。其一人曰:'腰缠十万贯,骑鹤上扬州。'欲兼三者。"南朝宋元嘉二十七年(450年)、大明三年(459年),两遭兵祸,残破不堪。北周大象(579—580年)中改吴州。隋开皇九年(589年)改扬州(后置江都郡),今扬州之名由此确定。大业元年至六年(605—610),凿通大运河,改造邗沟,扬州成为水运枢纽。隋炀帝曾三次巡幸,并广建宫苑,穷尽奢华,定为"行都"。唐权德舆《广陵》诗云:"广陵实佳丽,隋季此为京。八方称辐辏,五达如砥平。大旆映空色,笳箫发连营。层台出重霄,金碧摩颢清。"唐时,扬州商业及手工、造船、运输业非常发达,雄富冠天下,为全国最大都会之一,有"扬一益二"之说。宋人洪迈《容斋随笔》卷九《唐扬州之盛》即称:"唐世盐铁转运使在扬州,尽斡利权,判官多至数十人,商贾如织,故谚称'扬一益二',谓天下之盛,扬为一而蜀次之也。"杜荀鹤《送蜀客游维扬》诗也有"维扬景物胜西川"之咏,李绅《宿扬州》诗有"夜桥灯火连星汉,水郭帆樯近斗牛"句,极写其繁华盛况。五代十国时,扬州屡遭兵燹。杨行密建吴国以此为都,称江都府。南唐为东都江都府。后周仍称扬州。

扬州城历经两千多年世事沧桑,几度废兴,引发了无数文人墨客的歌咏、慨叹。早在南北朝初期,扬州作为南北交通枢纽,曾经非常繁盛。但在宋文帝末,却在十年之间先后两次遭到严重破坏。先是元嘉二十七年(450年)十二月,魏太武帝拓跋焘率军追击大败南逃的宋军,在回军路上,曾在广陵地区大肆杀戮:"丁壮者即加斩截,婴儿贯于槊上,盘舞以为戏。"[①]接着是大明三年(459年),宋孝武帝刘骏的弟弟竟陵王刘诞(时任南兖州刺史)据广陵反叛,刘骏派沈庆之领兵进攻。城破后,下诏广陵城中士民无论大小,悉命杀之,经沈庆之请,五尺童子以下得以保全,其余男子皆遭屠戮,丁壮被杀者有三千多人。不到十年,经过这两次战乱,广陵繁华荡尽,庐舍丘墟,凄惨荒凉。此年文人鲍照正客居江北,刘诞乱平不久,他途经广陵,目睹满城疮痍的惨象,不禁悲从中来,感发而为《芜城赋》,通过今昔盛衰巨变的对照,重点描绘如今荒凉冷落的广陵城,所以称为"芜城"。作品描写登城时所见荒凉残破的景象:"通池既已夷,峻隅又以颓。直视千里外,唯见起黄埃。凝思寂听,心伤已摧。"广陵城池颓坏陈废,草木丛生,无边无际;极目千里,只有尘土漫天飞扬。这种情景,令人伤心至极!作者接着慨叹

① (宋)司马光:《资治通鉴》卷一二六,中华书局1956年版,第3966页。

广陵盛时的豪华生活一去不复返了："若夫藻扃黼帐,歌堂舞阁之基,璇渊碧树,弋林钓渚之馆,吴蔡齐秦之声,鱼龙爵马之玩,皆薰歇烬灭,光沉响绝。东都妙姬,南国丽人,蕙心纨质,玉貌绛唇,莫不埋魂幽石,委骨穷尘,岂忆同舆之愉乐,离宫之苦辛哉?"一切的欢乐往事,都无影无踪,永远销声匿迹了,字里行间渗透着作者无限的叹惋,寄寓着对国家前途命运的深沉隐忧。

中唐以来,伴随着社会经济重心向南转移,在南方涌现了大批繁华的都市,如扬州、益州(即成都)、杭州等。扬州更被认为是除了长安之外最繁华的城市,白居易、刘禹锡、王建、张祜、李绅、徐凝、赵嘏、杜牧、温庭筠、罗隐等文人墨客冶游于此,沉醉于扬州城秀美的风光和绮艳的生活,创作了大量歌咏之作,如"人生只合扬州死,禅智山光好墓田"(张祜《纵游淮南》)、"天下三分明月夜,二分无赖是扬州"(徐凝《忆扬州》)、"夜市千灯照碧云,高楼红袖客纷纷"(王建《夜看扬州市》)、"花发洞中春日永,月明衣上好风多"(韦庄《过扬州》)、"北塔凌空虚,雄观压川泽"、"雨飞千栱雾,日在万家夕"(刘长卿《登扬州栖灵寺塔》)、"江蹙海门帆散去,地吞淮口树相依"(罗隐《广陵开元寺阁上作》)、"落日低帆影,归风引棹讴"(刘绮庄《扬州送人》)、"晚帆低荻叶,寒日下枫林"(蒋涣《途次维扬望京口寄白下诸公》)、"紫泉宫殿锁烟霞,欲取芜城作帝家"(李商隐《隋宫》)等。特别是晚唐著名诗人杜牧,曾经在扬州担任淮南节度推官,游历扬州各处景点,并且与美貌歌妓滋生恋情,创作了大量歌咏扬州的佳作,其中许多诗句千古以来为人传诵,已经成为扬州美景的标志,例如"谁知竹西路,歌吹是扬州"(《题扬州禅智寺》)、"二十四桥明月夜,玉人何处教吹箫"(《寄扬州韩绰判官》)、"十年一觉扬州梦,赢得青楼薄幸名"(《遣怀》)、"谁家唱《水调》,明月满扬州"(《扬州》)、"春风十里扬州路,卷上珠帘总不如"(《赠别二首》其一)等。由此可见,唐朝歌咏扬州的诗歌大多是华美旖旎的,真实地再现了扬州城繁花似锦的热烈景象。

扬州文化自古以来就有喜好歌舞艺术的传统,清代"扬州八怪"之一郑板桥即夸示这座古城"千家养女先教曲,十里栽花算种田"(《扬州》四首其一),欣赏其"长夜欢娱日出眠,扬州自古无清昼"(《广陵曲》)的风俗民情。消费型的城市经济状况,促使扬州人形成了休闲享乐、清雅精致的生活方式和文化风俗,扬州瘦西湖的园林艺术、鲜美味浓的淮扬菜肴和小吃,以及精美繁复的漆器工艺等,都足以证明扬州文化的特色所在。唐杜佑《通典》卷一八二《州郡·古扬州下》对此做了详细的阐述:

> 扬州人性轻扬,而尚鬼好祀。每王纲解纽,宇内分崩,江淮滨海,地非形势,得之与失,未必轻重,故不暇先争。然长淮、大江,皆可拒守。闽越遐阻,僻在一隅,凭山负海,难以德抚。永嘉之后,帝室东迁,衣冠避难,多所萃止,艺文儒术,斯之为盛。今虽闾阎贱品,处力役之际,吟咏不辍,盖因颜、谢、徐、庾之风扇焉。

扬州人性情轻扬,才气外露,浪漫多情,喜好冶游之事;六朝以来文人萃集于此,更加提升了该地居民的文化素养和欣赏品位,趋尚风雅,有利于精美雅丽的"诗客曲子词"的流行和传播。南唐刘崇远《金华子》卷下有谓:"淮南,巨镇之最,人物富庶,凡所制作,率精巧;乐部俳优,尤有机捷者。"这里也就概括出扬州经济之繁盛,扬州人技艺之精巧,以及音乐文化发达的景况。

与扬州文化的富丽、轻扬相比,金陵文化则带有更多深厚的历史底蕴和沉稳典雅的风格。"江南佳丽地,金陵帝王州。"(谢朓《入朝曲》)历史文化名城金陵,古为吴国地。相传春秋末吴王夫差曾冶铸于此,因有"冶城"之称。公元前473年,越灭吴,范蠡于此筑土城,后世称"越城"。公元前333年,楚灭吴,设金陵邑。秦改金陵为秣陵。东汉建安十三年(208年),诸葛亮使吴经此,观察地形,有"钟阜龙盘,石头虎踞"之语,后遂以"龙盘虎踞"言金陵形胜。建安十六年(211年),孙权又从京城(今镇江)徙治于此,翌年改为建业,依山临江筑城,后世称"石头城"。公元221年东吴迁治武昌。公元229年,孙权称吴大帝后,复迁都于此,在石头城东修筑建业城,在北部筑后苑城,后名"台城"。西晋太康元年(280年),复改建业为秣陵,分置临江县,翌年改临江为江宁,为"江宁"一名之由来;三年,分秣陵置建邺。建兴元年(313年),为避愍帝司马邺讳,改称建康。后四年,晋室南渡,定都于此。因筑白下垒于北郊,故又有"白下"之称。咸和三年(328年),苏峻叛乱,焚掠宫禁台省,都邑荒残。次年乱平,重建建康宫和御园禁苑。宋、齐、梁、陈均建都建康,史称南朝,与前之孙吴、东晋合称六朝,故金陵有"六朝古都"之称。公元589年,隋军攻陷建康,杨坚下令毁城,六朝古都化为废墟,仅存石头城,设蒋州。隋大业中,改蒋州为丹阳郡,后为江宁县。唐朝的金陵,曾先后称蒋州、升州、丹阳和归化、金陵、白下、江宁县。五代十国时,后梁乾化四年(914年)称升州,后为钱吴地,武义二年(920年)建造新城,升州为金陵府,大和四年(932年)再次扩建金陵城。吴天祚三年(937年)改金陵府为江宁府。李昪灭吴称帝,建都于此,国号"大齐",后改国号为"唐",史称"南唐"。

东晋时期,金陵经济发展迅速,交通便利,商业繁荣,玄武湖、鸡鸣山、覆舟山一带辟为皇家园林区。王、谢等大族聚居于乌衣巷、朱雀桥一带,并均建有后园,供人日夜游赏。谢安与王羲之共登冶城,"悠然远想,有高世之志"[1],诗人郭璞、孙绰,画家顾恺之、戴逵,书法家"二王",小说家干宝等均曾游居建康。齐梁之际,建康已是拥有百万人口的全国最大城市,秦淮河沿岸大小市场百余处,街景繁阜,经济发达。海上交通便利,"贡使商旅,方舟万计"[2],波斯、印度、日本、高句丽和东南亚诸国,均有商人、使者前来。梁武帝时,穷奢极欲,广建宫室城垣,且虔诚佞佛,城内外佛寺多达七百多座,唐朝诗人杜牧《江南春绝句》即云:"南朝四百八十寺,多少楼台烟雨中"。太清三年(549年),侯景叛乱,金陵城惨遭兵燹。承圣元年(552年),梁军攻克建康,萧绎纵兵劫掠,"都下户口,百遗一二"[3]。庾信《哀江南赋》乃为侯景之乱与江陵之陷而作,赋中所写"大盗移国,金陵瓦解"、"中兴道

---

① 徐震堮:《世说新语校笺·言语第二》,中华书局1984年版,第71页。

② (南朝·梁)沈约:《宋书》卷三三,中华书局2000年版,第638页。

③ (唐)李延寿:《南史》卷八〇,中华书局2000年版,第1343页。

销,穷于甲戌",皆表达出作者无限沉痛之意。陈后主时又大兴土木,广建寺观,起临春、结绮、望仙三座高阁,饰以金玉珠翠,日夜与宠妃、狎客荒淫游乐,所作《玉树后庭花》曲,被后世视为亡国之音。南朝帝王和贵族子弟大多文化素养较高,对推动我国文化艺术的发展起到了重要作用。中国诗歌在此期间完成了由玄言转向山水的历史进程。齐梁时期的建康,为我国近体诗的发源地,声律说、永明体、吴歌、宫体诗均产生于此。但是公元589年,隋军攻陷建康,六朝古迹遭受到灭顶之灾。古城兴亡更迭、悲欢相续的历史,最能警策后人,催生出唐宋以来金陵怀古题材诗歌的大量出现。

唐朝天宝年间,李白离开长安,南游金陵,创作了堪与崔颢《黄鹤楼》争胜的七律《登金陵凤凰台》:

> 凤凰台上凤凰游,凤去台空江自流。
> 吴宫花草埋幽径,晋代衣冠成古丘。
> 三山半落青天外,一水中分白鹭洲。
> 总为浮云能蔽日,长安不见使人愁。

凤凰台,在金陵凤凰山上,相传南朝刘宋永嘉年间有凤凰萃集于此山,乃筑台。诗人登台怅望,慨叹凤去台空,顿感六朝的旖旎繁华已一去不返!"三山半落青天外,一水中分白鹭洲"为极目远眺,看到三山和白鹭洲山水相连、若隐若现的景象,写得气象壮丽,境界空阔,成为千古传诵的名句。李白《留别金陵诸公》一诗赞美金陵的人文荟萃:"六代更霸王,遗迹见都城。至今秦淮间,礼乐秀群英。地扇邹鲁学,诗腾颜谢名。"他还在其《金陵三首》中进一步歌咏金陵"地即帝王宅,山为龙虎盘"的山川形胜,神往此地六朝"当时百万户,夹道起朱楼"的鼎盛繁阜,也发出了"亡国生春草,离宫没古丘"的深沉喟叹。如此的喟叹,到了中唐刘禹锡的诗里,表现得更加强烈。宝历二年(826年)冬,刘禹锡由和州返回洛阳,途经金陵,目睹六朝古都衰残的景象,不禁悲从中来,创作了一组影响深远的怀古诗歌。他在《金陵怀古》诗里感慨:"兴废由人事,山川空地形。《后庭花》一曲,幽怨不堪听。"诗人思接千古,总结出六朝灭亡的深刻教训:国家的兴亡,取决于现实人事,正是由于南朝君王凭恃长江天险,纵情声色享乐,最终导致了国家的灭亡。这样的卓识成为后人咏此古事的思想基调,王安石《金陵怀古》四首其二:"天兵南下此桥江,敌国当时指顾降。山水雄豪空复在,君王神武自难双。"即由此化出。刘禹锡还创作了更为著名的《金陵五题》,同样将六朝的灭亡归咎于统治者的荒淫奢靡:"万户千门成野草,只缘一曲《后庭花》。"其《石头城》云:"山围故国周遭在,潮打空城寂寞回。淮水东边旧时月,夜深还过女墙来。"《乌衣巷》亦曰:"朱雀桥边野草花,乌衣巷口夕阳斜。旧时王谢堂前燕,飞入寻常百姓家。"这两首绝句都通过明月、燕子的依旧,反衬出现实景象的衰败,抒发出繁华易逝、故国萧条的凄凉之感。晚唐著名诗人杜牧泊船秦淮河畔,所作《泊秦淮》描绘桨声灯影里的秦淮河朦胧淡雅的美景:"烟笼寒水月笼沙,夜泊秦淮近酒家。"但是诗人由景物风光的柔丽旖旎,自然地联想到金陵往事,有感于南朝灭亡的伤心教训,发出了深沉的喟叹:"商女不知亡国恨,隔江犹唱《后庭花》。"说明在当今的时代,人们仍然酣歌醉舞,寻欢作乐,沉醉于靡靡之音当中。南朝的可悲结局难道就不会重演吗?字里行间渗透着诗人深沉的忧患意识。唐末诗人韦庄避乱金陵,凭吊六朝遗迹,抒发出更加凄凉的情感:"江雨霏霏江草齐,六朝如梦鸟空啼。无情最是台城柳,依旧烟笼十里堤。"(《台城》)无限的历史空幻之感溢于诗间,无情的台城碧柳见证了人世间的沧桑巨变。诗人感伤于此,也感伤于晚唐衰落的悲凉!

南唐词的涌现,与江南城市文化传统密切相关,当然也离不开江南秀美柔静的水乡风情的深刻影响,它表现在词人的作品当中,就处处闪现出波光粼粼、清新淡雅的色泽:"回首绿波三峡暮"、"西风愁起绿波间"(李璟《摊破浣溪沙》),"碧波池皱鸳鸯浴"(冯延巳《鹊踏枝》),"小塘春水漪漪"(冯延巳《临江仙》)。素雅清淡的自然景观,给人以野逸疏朗的审美感受,也使得曲子词作的格调显得非常空灵清远。南唐词清丽疏淡风格的生成,也受到了南朝时期流行于长江下游的吴歌的影响。吴歌的特点是抒情细腻,语言清新,大多描写爱情相思和离愁别恨。这种文学遗产影响到南唐君臣词体创作中言情的内容和技巧。清人江顺诒《词学集成》卷一《词上薄风骚》条引述徐巨源语曰:"古诗者,风之遗。乐府者,雅之遗。苏李变而为黄初,建安变而为选体,流至齐梁排律,及唐之近体,而古诗遂亡。乐府变为吴趋越艳,杂以《捉搦》《企喻》《子夜》之属,以下逮于词,而乐府亦衰。然《子夜》《懊侬》,善言情者也。唐人小令,尚得其意。则诗余之作,不谓之直接古乐府不可。"南唐词受到《子夜》《懊侬》等吴歌的影响,注重表达细腻的内心感受,吐属清华,含蓄蕴藉。尤其是李煜词出语天然,言短情长,更加具备南朝吴歌的神韵。南唐词基本上都是君主和权贵大臣娱宾遣兴之作,自然跟南朝梁、陈两代宫体诗具有一定的类似性。尤其是李煜前期词的创作,更加显示出华贵富丽的生活环境、美女如云的声色享受和及时行乐的情趣态度,这些内容与宫体诗可谓颇为接近。但是,从整体而言,南朝宫体诗侧重对于宫女秀色的静态描摹,将之作为华美的器物一般肆意地把玩,欣赏者本人对那些美貌的宫女并没有应有的尊重和爱意。南唐词则通过对身边美女的细致描摹,渲染出宫廷生活的富足、美妙,如李煜的《浣溪沙》(红日已高三丈透);同时在他的《菩萨蛮》(花明月暗笼轻雾,蓬莱院闭天台女)等词作中,则非常形象逼真地表露出真挚炽热的爱情。另外如冯延巳《谒金门》(风乍起)、《鹊踏枝》(几日行云何处去)等词作,于女子相思愁怨的表象之外,又似乎蕴含着比兴寄托的政治感怀。因此,南唐词较之南朝吴声歌曲以及梁、陈宫体诗歌,内涵更加复杂,意蕴更加深厚,格调也更加清雅,从而开创了江南文学发展的新局面。

第二节　南唐词与花间词

《汉书·地理志》(下)指出:"凡民函五常之性,而其刚柔缓急,音声不同,系水土之风气,故谓之风;好恶取舍,动静无常,随君上之情欲,故谓之俗。"五代时期的花间词与南唐词,是早期词史上盛开的两朵奇葩,虽然较多表现离别相思、儿女情怀，但是却展现出各自不同的气质风貌、艺术魅力。两者风格特征的区别，与巴蜀和江南地域文化的差异密切相关。

首先，花间词与南唐词的创作主体很不相同：花间词主要出自晚唐冶游词人以及前蜀、后蜀朝廷当中的文臣；南唐词则出自南唐君王及其身边的显贵宰臣，两者的精神气质、文化品位存在着显著的差异。花间词的产生，得力于五代之际西蜀地域相对和平的生存环境、繁华富庶的经济背景，以及巴蜀文士倾城游乐的习俗风尚。花间词人身处一个刻意追求感官享乐的时代，纷纷沉迷在对醇酒美人的追逐之中。建立前蜀政权的王建，出身于无赖，以盗驴、屠牛、贩私盐而被号为"贼王八"。张唐英《蜀梼杌》曾载其公然向臣下索要绝色姬妾之事，杨湜《古今词话》还记载他曾夺走臣子韦庄的宠姬，致使韦有《谒金门》（空相忆）等作。后主王衍更是奢纵无度，"酷好靡丽之辞，尝集艳体诗二百篇，号曰《烟花集》"；"日与太后、太妃游宴贵臣之家，及游近郡名山，所费不可胜纪"。乾德二年（920年）秋，从成都出发，"以同平章事王锴判六军诸卫事。帝披金甲，冠珠帽，执戈矢而行，旌旗戈甲，连亘百余里不绝，百姓望之谓为灌口祆神"。三年夏五月，"命宣华苑内延袤十里，构重光、太清、延昌、会真之殿，清和、迎仙之宫，降真、蓬莱、丹霞、怡神之亭，飞鸾之阁，瑞兽之门，土木之功穷极奢巧。帝时与诸狎客妇人嬉戏其中，为长夜之饮"。五年夏四月，"幸浣花溪，龙舟彩舫，十里绵亘。自百花潭至万里桥，游人士女，珠翠夹岸"①。王衍身边还聚集着一批词人狎客，相与嬉乐，如"以佞臣韩昭等为狎客，杂以妇人，以恣荒宴。或自旦至暮，继之以烛"②。张唐英《蜀梼杌》卷上亦载，"穷极奢巧，衍数于其中（宫中）为长夜之饮，嫔御杂坐，舄履交错"。贵为君王，他却"好私行，往往宿于娼家，饮于酒楼，索笔题曰'王一来'云"，平时还"自为尖巾，士民皆效之，皆服妖也。又每宴怡神亭，妓妾皆衣道衣、莲花冠，酒酣，免冠，鬏髻为乐，因夹脸连额，渥以朱粉，号曰'醉妆'"③。其《醉妆词》写道："者边走，

① （清）吴任臣：《十国春秋》卷三七，中华书局1983年版，第533—538页。
② （宋）薛居正等：《旧五代史》卷一三六，中华书局1976年版，第1819页。
③ （宋）吴处厚：《青箱杂记》卷七，中华书局1985年版，第69页。

那边走,只是寻花柳。那边走,者边走,莫厌金杯酒。"如此只知享乐的狎客哪里有半点君王的心志和威仪!后蜀后主孟昶的浮薄实不亚于王衍。他以奢侈自娱,"至于溺器,皆以七宝装之";"好打球走马,又为方士房中之术,多采良家子以充后宫"①。孟昶每次出游,都乘步辇,垂以重帘,环结珠香囊,垂于四角,香闻数里。在其身边有欧阳炯、鹿虔扆、阎选、毛文锡、韩琮这"五鬼"时常献小词供奉②。他也染上此一风习,其《洞仙歌》词云:"冰肌玉骨,自清凉无汗。贝阙琳宫恨初远。玉栏干倚遍,怯尽朝寒,回首处,何必留连穆满。芙蓉开过也,楼阁香融,千片红英泛波面。洞房深深锁,莫放轻舟瑶台去,甘与尘寰路断。更莫遣流红到人间,怕一似当时,误他刘阮。"字里行间充斥着类似于南朝宫体诗那样香软柔弱的风味。

在统治者奢靡风气的熏染之下,寄生于西蜀的广大词人也便沉湎于声色、歌舞的逸乐,寻求乱世之中的心理慰藉和感官享受,导致了花间词作的内容题材带上了鲜明的艳情化、享乐化倾向。欧阳炯在《花间集序》中指出:"唱《云谣》则金母词清,挹霞醴则穆王心醉"、"家家之香径春风,宁寻越艳;处处之红楼夜月,自锁嫦娥",非常形象地展现出西蜀整个社会的享乐风尚。在这样的时风濡染之下,文人们不免行为放纵而不拘礼法,以狎游宴饮为乐,"逐弦吹之音,为侧艳之词"。这些花间词人纵游于秦楼楚馆,于酒筵樽畔为歌妓填制艳丽小词,聊以佐欢取乐,正如《花间集序》所云:"则有绮筵公子,绣幌佳人,递叶叶之花笺,文抽丽锦;举纤纤之玉指,拍按香檀。不无清绝之辞,用助娇娆之态。"在觥筹交错的酒筵席间,营构出一种热烈而惬意的情感氛围。在此创作背景下,不少花间词作也敢于大胆地表露作者自己的狂放狎游之乐。孙光宪的《菩萨蛮》(月华如水笼香砌)、(花冠频鼓墙头翼)、(小庭花落无人扫)三首词,即非常连贯地描述了词人一次偷情嫖宿的经历。"曲子相公"和凝则颇为风流自赏,他在《柳枝》词中写道:"鹊桥初就咽银河,今夜仙郎自姓和。不是昔年攀桂树,岂能月里索姮娥。"

① (宋)欧阳修:《新五代史》卷六四,中华书局1974年版,第803页。
② (明)杨慎:《词品》卷二,《词话丛编》,中华书局1986年版,第457页。

他"自报家门",并且为自己能够得到佳人的爱慕而得意非凡。他还非常逼真地描摹女子醉后的娇媚:"倖弄红丝蝇拂子,打檀郎"(《山花子》)、"醉来咬损新花子,拽住仙郎尽放娇。"(《柳枝》)因此李冰若《栩庄漫记》指出:"唐进士及第多冶游,如《北里志》所载可考。和词盖夫子自道耳。"另如"鬟乱四肢柔,泥人无语不抬头"、"看看湿透缕金衣"(顾敻《荷叶杯》)、"缓揭绣衾抽皓腕,移凤枕,枕潘郎"(韦庄《江城子》)、"玉楼冰簟鸳鸯锦,粉融香汗流山枕"(牛峤《菩萨蛮》)、"兰麝细香闻喘息,绮罗纤缕见肌肤,此时还恨薄情无"(欧阳炯《浣溪沙》)等,也都不避香艳,充满了性诱惑。这是声色大开的特定时代所产生出来的俗艳化的文学倾向,体现出鲜明的"伶工之词"的功能与特质。

南唐时期的妓乐文化同样非常兴盛。中主李璟"嗣位之初,春秋鼎盛,留心内宠,宴私击鞠,略无虚日"[1]。后主李煜性尚奢侈,"大展教坊,广开第宅。下条制则教人廉隅,处宫苑则多方奇巧","以户部侍郎孟拱辰宅与教坊袁承进"[2]。他还"常微行倡家,乘醉大书石壁曰:'浅斟低唱偎红倚翠大师,鸳鸯寺主,传风流教法。'"[3]后主的昭惠皇后周氏,"通书史,善歌舞,尤工琵琶。尝为寿元宗前,元宗叹其工,以烧槽琵琶赐之。至于采戏、弈棋,靡不妙绝……创为高髻纤裳及首翘鬟朵之妆,人皆效之。尝雪夜酣燕,举杯请后主起舞。后主曰:'汝能创为新声,则可矣。'后即命笺缀谱,喉无滞音,笔无停思。俄顷谱成,所谓'邀醉舞破'也"。又有宫人流珠者,"性通慧,工琵琶。后主演《念家山破》,及昭惠所作《邀醉舞》、《恨来迟》二破,久而忘之。后主追念昭惠,问左右,无知者,流珠独能追忆,无所忘失,后主大喜"[4]。中书侍郎韩熙载,"后房蓄声妓,皆天下妙绝。弹丝吹竹、清歌艳舞之观,所以娱侑宾客者,皆曲臻其极。是以一时豪杰,如萧俨、江文蔚、常梦锡、

① (宋)郑文宝:《南唐近事》卷二,文渊阁《四库全书》本。
② (五代)张宪:《谏后主书》,《唐文拾遗》,中华书局 1983 年版。
③ (清)吴任臣:《十国春秋》卷一七引《诗话类编》,中华书局 1983 年版,第 256 页。
④ (宋)陆游:《南唐书》卷一六,《四部丛刊续编》本。

冯延巳、冯延鲁、徐铉、徐锴、潘佑、舒雅、张泊之徒,举集其门"①。正是在如此娱乐文化的背景下,南唐君臣所填制的曲子小词,也便如同花间词一样,具备了侑酒佐欢、娱宾遣兴的功能,即如宋人陈世修在《阳春集序》中所指出的那样:"公(指冯延巳)以金陵盛时,内外无事,朋僚亲旧,或当燕集,多运藻思,为乐府新词,俾歌者倚丝竹而歌之,所以娱宾而遣兴也。"李煜亡国之前的宫廷词作,如《一斛珠》(晓妆初过)、《浣溪沙》(红日已高三丈透)、《菩萨蛮》(花明月暗笼轻雾)诸作,轻靡华艳丝毫不逊于花间词,因此明人沈际飞评价曰:"后主、炀帝辈,除却天子不为,使之作文人荡子,前无古,后无今。"②

但是南唐君臣的文化品位、艺术修养要远远高于花间词人。烈祖李昪出身微贱,笃志向学:"时江淮初定,州、县吏多武夫,务赋敛为战守,昪独好学,接礼儒者",仕吴期间"起延宾亭以待四方之士","士有羁旅于吴者,皆齿用之"③;建立南唐之后,他宽仁修政,广施恩信,通过保境安民的政策而得到了久经战乱的江淮人士的拥护。因此众多有名才士汇聚在南唐境内,为以后由李璟、李煜主持的南唐文苑储备了雄厚的创作队伍。李璟幼承其父儒雅之风,"趣尚清洁,好学而能诗。然天性儒懦,素昧威武"④,"多才艺,好读书,便骑善射"⑤。他精通诗词,书学羊欣,尤善八分,尽显清雅的韵致。宋史温《钓矶立谈》称赞李璟"天性雅好古道,被服朴素,宛同儒者。时时作为歌诗,皆出入风骚,士人传以为玩,服其新丽"。后主李煜比起乃祖乃父,更有青出于蓝的风姿。他"广颡隆准,风神洒落"⑥,"幼而好古,为文有汉魏风"⑦,能够校雠编秩图书,题跋书画,"精究六经,旁综百氏"⑧;工书,学

---

① (宋)史温:《钓矶立谈》,《知不足斋丛书》本。
② (明)沈际飞:《草堂诗馀别集》,明万贤楼刊本。
③ (宋)欧阳修:《新五代史》卷六二,中华书局 1974 年版,第 765、766 页。
④ (宋)龙衮:《江南野史》卷二,《豫章丛书》本。
⑤ (宋)陆游:《南唐书》卷二,《四部丛刊续编》本。
⑥ (宋)史温:《钓矶立谈》,《知不足斋丛书》本。
⑦ (宋)陈彭年:《江南别录》,《学海类编》本。
⑧ (五代)徐铉:《李煜墓志铭》,《徐公文集》,《四部丛刊初编》本。

86

柳公权,传钟、王"拨镫法",续羊欣《笔阵图》,有"聚针钉"、"金错刀"、"撮襟"诸书体,尤其喜作行书,"落笔瘦硬,而风神溢出"[1];善画,尤工翎毛墨竹,"所画林石飞鸟,远过常流,高出意外"[2];收藏之富,笔砚之精,冠绝一时。他更"洞晓音律,精别雅郑"[3],"凡度曲莫非奇绝"[4],为南唐倚声填词第一高手。因有这祖孙三代儒雅风流之君连续主政,南唐举国人文精神高涨,正如南唐刘崇远《金华子》卷上所赞:"六经臻备,诸史条集,古书名画,辐凑绛帷;俊杰通儒,不远千里而家至户到,咸慕置书。"

在南唐二主的风尚引领之下,朝中众多"俊杰通儒"积极参与曲子词作的填制,他们的笔法、格调自然要较之花间词人显得更为高雅别致。冯延巳出身官宦之家,"有辞学,多伎艺"[5],宋史温《钓矶立谈》称其"学问渊博,文章颖发,辩说纵横,如倾悬河,暴而听之,不觉膝席之屡前,使人忘寝与食"。他工诗,虽贵且老不废,"识者谓有元和词人气格"[6];又擅书法,似虞世南;尤喜乐府小词,是李璟文学创作的主要唱和伙伴。其词平视温、韦,下开欧、晏,为南方词家鼻祖。南唐君臣这样的儒雅风流、才富学赡的上层文化人来从事小词写作,势必将自身的学识襟抱自觉不自觉地熔铸到此类原先只属"下里巴人"的流行歌曲之中,提升其审美品位,使其风格趋向高雅,呈现出比花间词更为士大夫化的体貌。李煜的宫廷享乐词作《玉楼春》(晚妆初了明肌雪)描摹宫中歌舞升平的景象,然而结末两句写道:"归时休放烛花红,待踏马蹄清夜月。"一场酒宴结束之后,君王就要回后宫歇息了。他不让侍从们点上蜡烛在前面引路,破坏那美丽朦胧的月色,他想骑马踏月,尽情地享受清夜之下潇洒清幽的情趣。宋人李清照在《词论》一文中,即对南唐词作的文雅表示出格外的称赞:"五代干戈,四海瓜分豆剖,斯文道熄,独江南李氏君臣尚文雅。"南唐君臣特有的极为高雅丰富的"学识襟

① (宋)佚名:《宣和书谱》卷一二,《丛书集成初编》本。
② (宋)郭若虚:《图画见闻志》卷三,中华书局1985年版,第102页。
③ (五代)徐铉:《李煜墓志铭》,《徐公文集》,《四部丛刊初编》本。
④ (宋)邵思:《野说》,《说郛》卷四十,涵芬楼本。
⑤ (宋)马令:《南唐书》卷二一,《四部丛刊续编》本。
⑥ (宋)陆游:《南唐书》卷一一,《四部丛刊续编》本。

抱",为艳体小词输入了抒情新质,使南唐词成为词体文学发展演变新阶段的标志。

与此同时,南唐所处的地缘政治环境和行将亡国的危殆形势,又使得李璟、李煜、冯延巳等词人产生了鲜明的忧患意识。南唐虽然在十国当中号称"大邦",但是它地处江淮平原、丘陵区域,不像西蜀那样四境有山川之险可以倚仗,与中原只隔一条淮河,简直无险可守,面对北方政权的虎视眈眈,南唐君臣和广大百姓始终处在惶恐、忧惧之中。而且江南山青水秀,使得当地民众性情温厚柔静,尚文厌武,缺乏北方人雄健强悍的习性。烈祖颇有自知之明,立国之初就"志在守吴旧地而已,无复经营之略也"①。到了中主时代,南唐更是屡遭北方后周世宗大军的侵扰和挤压,不得不割地称臣,削去国号,成为退处江南的外藩小邦。及至后主时代,北方建立了赵宋政权,对南唐造成了更大的威胁。面对严峻的政治、军事形势,南唐风雨飘摇,岌岌可危,后主李煜"快快以国蹙为忧,日与臣下酣宴,愁思悲歌不已"②。公元975年,享国39年的南唐政权终于在宋朝军队的打击下凄然灭亡。身处在如此凄迷无奈的政治环境中的南唐君臣,他们在填制小词时,虽然仍以词作为娱宾遣兴的工具,但是却始终难以忘怀放达、竭尽欢娱,在他们的作品中已大量浸染了花间词中较少表现的彷徨、感伤、忧患色彩,充溢着浓重的悲剧气氛。陈洵《海绡说词》深刻地揭示出南唐整体的精神风貌:"天水(宋朝)将兴,江南(南唐)日蹙,心危音苦,变调斯作,文章世运,其势则然。"南唐词人在短小的令词创作中,较之花间词,增添了一层深沉的身世感慨、一种凄迷的忧患意识和一腔哀伤的时代情调,李清照在《词论》中即概括南唐词"语虽甚奇,所谓'亡国之音哀以思'也"。清冯煦在《阳春集序》中认为冯延巳的大量词作都流露出一种"类劳人思妇、羁臣屏子郁伊怆恍之所为"的忧生忧世之情,并且指出:当时"周师南侵,国势岌岌","翁负其才略,不能有所匡救,危苦烦乱之中,郁不自达者,一于词发之"。忧患意识、

---

① (宋)欧阳修:《新五代史》卷六二,中华书局1974年版,第768页。
② (宋)欧阳修:《新五代史》卷六二,中华书局1974年版,第779页。

感伤之情融入其中,促使南唐词的创作带上了更为明显的士大夫的情调和意味,使词体从纯粹的娱乐文学向抒情文学迈出了关键的一步。对此,乔象钟、陈铁民主编的《唐代文学史》作了深入、全面的阐述:"南唐君臣并非一味寻欢逐乐,纸醉金迷,'中兴唐祚'的愿望时有萌动。因此国家的由兴盛转衰亡和党争的无情倾轧,给他们造成的精神创伤就显得格外重大。繁乱危苦的境遇,使他们心中普遍积郁着一种欲言而又难于直言的苦衷。同时南唐君臣不只是把词作为歌酒享乐的消遣品,而能视其为新声'乐府',词体渐尊,地位提高,以词言志的意念增强。同时南唐重视整饬文风,伶人唱词谏中主和潘佑作词讽后主等,都与南唐人的文艺主张、创作倾向相一致。"①

在宗教信仰方面,南唐与西蜀也存在着明显的区别。西蜀地区盛行道教,注重世俗的现实快乐,往往通过各种道术,满足人们现世生活中的主要欲望:长生、求财、享乐。唐朝社会里的女冠(女道士)普遍地具有半娼化的性质,花间词里不少以《天仙子》《女冠子》等为词调的作品,都隐晦地描绘出文人狎妓的放荡生活。南唐则盛行佛教,充满着人间苦海无边的悲悯和感伤,这份感伤又适逢国势衰微的现实,更加增添出无法排解的郁苦和愁绪。透过宗教因素的影响,我们可以发现:花间词比较轻巧、靡丽,注重现世的冶艳柔情,适足以表现秦楼楚馆、巫山神女的曼妙姿态和缠绵情意;南唐词则更为沉着深致,传递出某种阴郁感、空寂感,适足以表达士大夫文人对于国家前途、生命意义的深沉思索和忧患意识。

第三节　南唐词的审美特征

从艺术角度上看,南唐词与花间词也存在着相当大的差异,并且形成了自身独特的审美特征,具体表现在以下几个方面。

首先,南唐词注重情绪的直接渲染和流露。在词体创作由"伶工之

---

① 乔象钟、陈铁民主编:《唐代文学史》,人民文学出版社 1995 年版,第 720 页。

词"向"士大夫之词"的演进过程中,虽然花间词人韦庄的作品已经开始融入了自身的乱世之悲、伤情之痛,初步显现出"士大夫之词"的端倪,但是花间词的整体风貌还是沿袭温庭筠以来应歌娱人的特质,带有明显的类型化、普适化的倾向,这也从一个侧面反映了西蜀享乐文化的时尚风味。南唐词则更多抒写创作主体内在情感的内容,词中的主人公也由花间词代言体的第三人称,转变为第一人称,也即是词人本身,更为直接酣畅地展露出词人丰富复杂的情感世界。相对于花间词对于外在物象凝定式的刻画,南唐词则更多灵动流畅的内在情绪脉络的描摹;如果说花间词属于客观"代言"式的再现艺术,那么南唐词则属于主观"自叙"式的表现艺术。南唐词人从此前花间词"冷静之客观,精美之技巧"的静物摹写的藩篱中解脱出来,在叙事和描写中融入了"热烈之感情及明显之个性"[1],加强了主观意绪的表达,为词添加上了浓郁的主观感情色彩,这就使得词的主观抒情性特征凸现了出来。即如王国维在《人间词话》中对花间词人温庭筠、韦庄和南唐词人冯延巳的创作风格所作的形象比较:"'画屏金鹧鸪',飞卿语也,其词品似之。'弦上黄莺语',端己语也,其词品亦似之。正中词品,若欲于其词句中求之,则'和泪试严妆',殆近之欤。"罗宗强在《隋唐五代文学思想史》中也指出,南唐词人的文学思想和"花间派"词人的文学思想到底还是有区别的。"这区别,就表现在他们较少侧重于浅斟低唱,较多着眼于内心细腻感情的追求,较少用于玩乐而较多用于抒发真情,变秾艳为本色自然,变俗为雅"。[2]

歌德曾经指出:"一切倒退和衰亡的时代都是主观的","衰亡时代的艺术重主观。"[3]这恰好印证了李清照《词论》中对南唐词的评析:"五代干戈,四海瓜分豆剖,斯文道熄。独江南李氏君臣尚文雅,故于'小楼吹彻玉笙寒'、'吹皱一池春水'之词,语虽奇甚,所谓'亡国之音哀以思'也。"[4]南

---

① 叶嘉莹:《迦陵论词丛稿》,河北教育出版社1997年版,第18页。

② 罗宗强:《隋唐五代文学思想史》,上海古籍出版社1986年版,第441页。

③ (德)歌德:《歌德谈话录》,人民文学出版社1978年版,第95、97页。

④ (宋)魏庆之:《魏庆之词话》,《词话丛编》,中华书局1986年版,第202页。

唐词作,不论是"花前失却游春侣,独自寻芳,满目悲凉,纵有笙歌亦断肠"(冯延巳《采桑子》)的凄苦诉说,还是"穿帘海燕双飞去"(冯延巳《鹊踏枝》)、"菡萏香销翠叶残,西风愁起绿波间"(李璟《浣溪沙》)的凄清景象的描摹,无不渗透着人们心灵所共有的孤独寂寞。即便是描写少女思妇伤春惜别的题材,南唐词家也往往别有寄寓,诸如冯延巳的《鹊踏枝》(梅花繁枝千万片)、(秋入蛮蕉风半裂),李璟的《浣溪沙》(手卷真珠上玉钩)、(菡萏香销翠叶残),李煜的《清平乐》(别来春半)、《临江仙》(樱桃落尽春归去)等等词作,都于其深层蕴含着俯仰人生的叹息与不尽的家国身世之慨。冯延巳词多抒忧写愁,如其《鹊踏枝》词中写道:"昨夜笙歌容易散,酒醒添得愁无限"、"缭乱春愁如柳絮,悠悠梦里无寻处"、"谁道闲情抛掷久?每到春来,惆怅还依旧"、"河畔青芜堤上柳。为问新愁,何事年年有?"这些词作皆以愁苦为抒情主调,带有强烈的感伤色彩,集中地反映了当时一批生活在衰乱时代的士大夫的忧愁悲哀情绪和彷徨迷乱心理。南唐后主李煜亡国之后的词作中,诸如"往事已成空,还如一梦中"(《子夜歌》)、"世事漫随流水,算来一梦浮生"(《乌夜啼》)、"流水落花春去也,天上人间"(《浪淘沙》)等等词句,都饱含着极其深沉的人生忧患感,传达出震撼人心的悲剧力量。作者所郁结在胸的满腔政治悲恸和身世感慨,就像"一江春水向东流"那样深沉似海、绵延不尽、奔腾不息,其思想的深度和感情的力度,都绝非过去花前月下的花间词作品所能望其项背。

其次,在艺术技巧方面,南唐词显示出雅丽清畅、疏朗有致的特色。

一、中心意象的突显。南唐词人有意摒弃了晚唐以来文人词意象繁密的通病,而是在每一句、每一片、每一章的组接安排中使中心词语、意象突显出来,从而显得脉络清晰、意旨明确。整个南唐词都突出忧愁的意绪,与之相关的意象群随处可见。例如冯延巳《南乡子》:"细雨湿流光,芳草年年与恨长。烟锁凤楼无限事,茫茫。鸾镜鸳衾两断肠。 魂梦任悠扬,睡起杨花满绣床。薄幸不来门半掩,斜阳。负你残春泪几行。"整首词作都在着力抒写绵长无尽、沉痛断肠的愁与恨,最后一句中的"泪"字是全词结穴,宣泄出主人公难以消解的春愁闺思。李煜的词作里更是愁如乱丝,挥之不去:"剪不断,理还乱,是离愁"(《相见欢》)、"问君能有几多愁?恰似一江春水向东流"(《虞美人》)、"离恨恰如春草,更行更远还生"(《清平乐》)……他还缘事生情,直接袒露心情意绪,别见沉着痛快的词境。例如《浪淘沙》:"往事只堪哀!对景难排。秋风庭院藓侵阶。一任珠帘闲不卷,终日谁来? 金锁已沉埋,壮气蒿莱!晚凉天静月华开。想得玉楼瑶殿影,空照秦淮。"这首词上片劈头就是一句"往事只堪哀",抒发出激昂沉痛的感情。紧接着"对景难排"四个字,表明对于往事的悲怨愁苦只能郁结在胸而无法排遣、宣泄。接下来通过对眼前孤寂的囚禁生活场景的描写,烘托了无限的凄凉和寂寞。而"一任"和"终日"两句之中,更显露了他复杂矛盾的心态。下片最后三句再度描写夜晚秋风萧瑟、月华如水的景致,然后不由得产生联想:玲珑的秋月,此刻一定正映照在南唐的"凤阁龙楼"之上,它们的倒影投映在空荡冷寂的秦淮河水中了吧!如此的美景,令人神往,饱含着词人的无限深情,但是一个"空"字,又蕴涵着难言的凄凉。这首词真幻结合,虚实相生,据事言情,情切言质,表达出繁华如梦、往事如烟的惆怅。正是这种疏朗而中心突出的意象构成,形成了李煜词天然本色的艺术个性和创作成就,使得词体从晚唐以来雕缋满眼、堆脂叠粉的狭窄境界中拓展开来,焕发出强劲、夺目的艺术生命力。

二、结构清晰,层次井然。南唐词的整体结构比较疏朗从容,节奏张弛有度。明胡应麟说:"后主一目重瞳子,乐府为宋人一代开山祖。盖温、韦虽藻丽,而气颇伤促,意不胜辞,至此君方为当行作家,清便宛转,词家王、孟。"[①]王世贞亦云:"花间犹伤促碎,至南唐李王父子而妙矣。"[②]例如李璟的《摊破浣溪沙》(手卷真珠上玉钩),表现主人公登楼远眺,顿生春恨,思绪翩翩,愁肠百结,章法的安排和切换非常顺畅自然,因果搭配亦合理恰切。清黄苏评价云:"'手卷珠帘',似可旷日抒怀矣。谁知依然'恨锁重楼',

---

① (明)胡应麟:《诗薮·杂编》卷四,上海古籍出版社 1979 年版,第 291 页。
② (明)王世贞:《艺苑卮言》,《词话丛编》,中华书局 1986 年版,第 387 页。

所以恨者何也？见落花无主，不觉心共悠悠耳。且远信不来，幽愁空结，第见三峡波接天流，此恨何能自已乎！清和婉转，词旨秀颖。"①

三、句式、语汇的抒情化。南唐词人一改花间词单一平直的叙述腔调，大量运用疑问句、感叹句等抒情句法，带有更为鲜明的感情色彩。冯延巳的《鹊踏枝》组词中，几乎首首用问句："谁道闲情抛掷久？""为问新愁，何事年年有？""烦恼韶光能几许？""谁把钿筝移玉柱？"更有通篇大量使用疑问句者："几日行云何处去？忘却归来，不道春将暮。百草千花寒食路，香车系在谁家树？　泪眼倚楼频独语。双燕来时，陌上相逢否？缭乱春愁如柳絮，悠悠梦里无寻处。"这首词三次运用问句的形式，一次比一次问得迫切，表达出女子对情郎的牵挂和思念，急切地盼望他早日归来，从一开头的"行云何处去"到最后的"梦里无寻处"，她的感情始终在怨叹与期待、苦闷与寻觅的交织中徘徊，层层深入地揭示出内心的一片痴情，而且越到后来越濒临绝望。李煜的词中也是问句连连："春花秋月何时了？往事知多少！"（《虞美人》）、"一任珠帘闲不卷，终日谁来？"（《浪淘沙》）、"一壶酒，一竿纶，世上如侬有几人？"（《渔父》），不论是抒写家国之恨，还是表达世外情怀，均有着浓烈的抒情色彩。李煜还大量使用感叹句式，更加直接倾泻出喷薄而出的激情，例如"秋风多，雨相和，帘外芭蕉三两窠，夜长人奈何！"（《长相思》）、"想得玉楼瑶殿影，空照秦淮！"（《浪淘沙》）、"人生愁恨何能免？销魂独我情何限！"（《子夜歌》）。

在语汇使用上，南唐词人不仅善于择用清疏淡雅的意象，一扫花间词纤秾华艳的色彩，而且将大量的虚词衬字引入词中。例如冯延巳《鹊踏枝》词开头一句："谁道闲情抛掷久？""谁道"两字领起反问，宣泄出词人强烈的怨愤感情。"每到春来，惆怅还依旧"，进一步落到实处，点明这份闲情、这种"惆怅"怎么也难以摆脱、挥之不去，"每"、"还"、"依旧"这些虚词的使用，越发展现出作者的无奈和悲苦。李煜词中虚词的普遍使用，越发真切地表达出内心的凄苦激烈情致："桃花谢了春红，太匆匆"（《相见欢》）、"流

第一章　南唐词的由来与特征

---

① （清）黄苏：《蓼园词评》，《词话丛编》，中华书局 1986 年版，第 3029 页。

水落花春去也,天上人间"(《浪淘沙》)、"雕栏玉砌应犹在,只是朱颜改"(《虞美人》)……这些虚词的使用,既疏散了实词之间的距离,使得词作呈现出疏朗的风致;也能够为词作涂抹上口语化的色彩,缩短了作品与读者的距离;并且产生出顿挫之致,进一步强化了语言的抒情意味和主观化、流动性特征。因此,林庚先生的《中国文学简史》对花间词和南唐词作了精彩的比较,他指出:

> 词到了南唐,风格又转。从花间的鲜明,一变而为奔放。花间派是词的创始,不得不把全副力量用在追求表现上,便无形中停留在凝静与刻画。到了南唐,驾轻就熟,乃有了更多感情的直接流露。前者是比较近于描绘的,所以大体以赞美的对象为主,偏重抒写女性的柔情;后者则往往直抒胸臆,加进自我的表现。这是浪漫风格在较小范围内的复活。这都是新的情调,都是儿女情中自然地流露。不过前者更精致,后者更酣畅罢了。①

---

① 林庚:《中国文学简史》,北京大学出版社1995年版,第393页。

第二章　论冯延巳词

———

冯延巳(903—960年)，一名延嗣，字正中，先世彭城(今江苏徐州)人，唐代末年随其父令頵迁居寿春(今安徽寿县)。不过夏承焘先生《冯正中年谱》根据《历代诗馀》定冯延巳为广陵(今江苏扬州)人，又说"或云彭城人，未详何据"。现在依据宋代王禹偁《冯氏家集前序》所云"其先彭城人也，唐末避地徙家寿春"来判定他的籍贯。冯延巳早年担任五代吴国秘书郎，与宰相徐知诰之子李璟交往密切。南唐代吴(937年)之后，他以驾部郎中的官职，担任齐王李璟元帅府掌书记。943年，南唐中主李璟即位。冯延巳先拜谏议大夫、翰林学士，后升任户部侍郎、翰林学士承旨，又进中书侍郎。保大四年(946年)官至宰相。

关于冯延巳的人品，人们历来褒贬不一，而且贬大于褒。因为他和李璟关系亲密，且富有文学才华，所以在朝廷当中春风得意；但是这种依靠裙带关系爬上政坛的背景，又使他遭到了许多大臣的鄙夷和斥责。据《五代诗话》所载，"南唐元宗优待藩邸旧僚，冯延巳自元帅府书记，至中书侍郎，遂相，时论以为非才"①。当时南唐的政坛当中，出现了激烈的党争：以孙晟和宋齐丘为代表的两大政治集团互相攻击、水火不容，冯延巳则在其中渔

---

① （清）王士禛、郑方坤《五代诗话》卷三，人民文学出版社1989年版，第150页。

翁得利，占据高位。他是一个不甘寂寞、执著自信的才辩之士，身为不懂军事的一介书生，却喜好空谈军事，大话连篇。他对于唐烈祖李昪生前提出的休养生息、保境安民的国策非常不屑，竟然嘲笑李昪不思进取，鼠目寸光，龌龊无大略："安陆之役，丧兵数千，辍食咨嗟者旬日。此田舍翁，安能成天下事？"由此再诏誉中主李璟："今上暴师数万于外，宴乐击鞠，未尝少辄，此真英雄主也。"①为了独揽大权，他自许"文行饰身，忠信事上"，声称自己的才略，足以应付天下大事，所以许多政务都是越过皇帝，专行独断，最终导致朝廷乌烟瘴气。他和以谋士出身的宋齐丘党关系比较密切，却经常讥讽孙晟没有学问，因而被孙党骂作"诏佞险诈"，是帝王的"声色犬马之友"，"适足以败国家"。孙晟曾经面数冯延巳："君常轻我，我知之矣。文章不如君也，技艺不如君也，谈谐不如君也。然上置君于亲贤门下，期以道义相辅，不可以误国朝大计也。"对此，"延巳失色，不对而起"②。此后，他与其弟冯延鲁，跟宋齐丘党的魏岑、陈觉、查文徽交往密切，侵损时政，被当时人贬称为"五鬼"，冯延巳更被视作"五鬼"之首。

保大五年（947年），冯延鲁、陈觉率领南唐军队兵败福州，损兵折将多达万人。御史中丞江文蔚上疏弹劾，请黜延巳；乃出镇抚州，亦无善政。五年之后，他再度入朝拜相，并且与孙晟争权夺势，结果因贪功夺利、固执己见，又丧失了湖湘之地。后周军队大举南侵，南唐尽失江北之地。冯延巳面对强敌，手足无措，只得换来屈辱的和议；旋即遭到罢相，贬为太子少傅，心情孤寂抑郁，于北宋开国的同年（960年）病卒于金陵。

由此可见，冯延巳确实是一个志大才疏（主要指政治才能）而又不幸陷入复杂政治环境难以自拔的悲剧性文人。他的悲剧结局既是自身投机政治的行为所导致，也与南唐中期复杂多变的政治格局以及国家形势的衰弱相关。当然，南唐的由盛转衰，冯延巳也有不可推卸的责任。早在南唐烈祖时期，时论多非之，"给事中常梦锡屡言延巳小人，不可使在王左右。烈

---

① （宋）陆游：《南唐书》卷一一，《四部丛刊续编》本。
② （宋）史温：《钓矶立谈》，《知不足斋丛书》本。

祖感其言,将斥之,会晏驾"。等到中主李璟即位之后,冯延巳更是喜形于色、有恃无恐,"未听政,屡入白事",致使中主非常讨厌,曰:"书记自有常职,余各有司存,何为不惮烦也?"但是即便如此,中主李璟还是对他宠信有加,甚至"悉委以政,凡事奏可而已"①。据宋代无名氏《江南馀载》卷上记载:"延鲁之败,御史中丞江文蔚上疏请黜延巳,上曰:'相从二十年,宾客故寮独此人在中书,亦何足怪!云龙风虎,自古有之,且厚于旧人,则于斯人亦不得薄矣。'"正是因为冯延巳与中主深厚的私交旧谊,以及他突出的文学才华,因此他能够处处得到皇帝格外的恩遇。朝廷大计受到裙带关系的左右,必然带来污浊和衰乱的时世。宋人史温《钓矶立谈》对冯延巳的人品及其危害作出了精到的评价:"(冯)所养不厚,急于功名,持颐竖颊,先意希旨,有如脂腻,其入人肌理也,习久而不自觉。卒使烈祖之业,委靡而不立。"

二

冯延巳固然人品多遭疵议,但是大家对他的文学才华却是共同推崇的。史温《钓矶立谈》即曰:"冯延巳之为人,亦有可喜处。其学问渊博,文章颖发,辩说纵横,如倾悬河,暴而听之,不觉膝席之屡前,使人忘寝与食。"冯延巳诗词和散文的成就都很高;但是诗、文流传下来的很少,词则基本上都保存了下来,著有《阳春集》,他也成为五代时期存词最多的重要词人。

冯延巳为什么要写曲子词呢?他的外孙陈世修在《阳春集序》中加以解释:"公(指冯延巳)以金陵盛时,内外无事,朋僚亲旧,或当燕集,多运藻思,为乐府新词,俾歌者倚丝竹而歌之,所以娱宾而遣兴也。日月浸久,录而成编。观其思深辞丽,韵律调新,真清奇飘逸之才也。"这"娱宾遣兴"四字,实在是对词,特别是自《尊前》《花间》以来晚唐五代乃至整个北宋前期词的主要价值功能的最佳概括。当时词体基本用于宴席之上应歌按曲、

---

① (宋)陆游:《南唐书》卷一一,《四部丛刊续编》本。

佐餐侑酒，以满足主宾双方的娱乐需要。在五代时期南唐的小朝廷里，充满着文人化的享乐风气，南唐著名画家顾闳中所绘《韩熙载夜宴图》，就非常真切地描摹出当时达官贵人家庭豪华奢侈的生活。据史温《钓矶立谈》记载，韩熙载"后房蓄声妓，皆天下妙绝。弹丝吹竹、清歌艳舞之观，所以娱侑宾客者，皆曲臻其极"。冯延巳就是他家的常客，所以在他的词里面，就有将近一半的艳情之作，同花间词一样，表现出香艳、纤柔的风格。例如《采桑子》词云："樱桃谢了梨花发，红白相催。燕子归来，几度春风绿户开。人间乐事知多少，且酹金杯。管咽弦哀，慢引萧娘舞袖回。"《三台令》词曰："春色，春色，依旧青门紫陌。日斜柳暗花蔫，醉卧谁家少年。年少，年少，行乐直须及早。"其中的主题不外乎醇酒和美人。

不过，冯延巳的这类词作却又往往具有自身的特色。由于西蜀和南唐不同的文化背景，冯延巳不可能真正与绝色歌妓有太多的接触和交往，他就不可能像西蜀词人那样，真切地抒发出对歌妓的感情纠葛和深沉思念。在他的词里面，"翠袖"、"鲛绡"、"珠泪"这些字眼，都只是作为词人吟咏性情的工具，他实际想要表达的是：借助男女相别相思的形式，抒写自己复杂的身世感受，也就是身处衰乱时代之中的危苦隐忧。

例如《鹊踏枝》词写道：

　　梅落繁枝千万片。犹自多情，学雪随风转。昨夜笙歌容易散，酒醒添得愁无限。　　楼上春山寒四面。过尽征鸿，暮景烟深浅。一晌凭栏人不见，鲛绡掩泪思量遍。

从这首词结尾的"鲛绡掩泪"来看，似乎是为艳情而作，但是它又潜伏着对于生命有限、好景不长的忧患之情。梅花本是无情之物，正当它"繁枝千万片"，开得十分茂盛的时候，寒风一起，花瓣随之飘落，它却也懂得依恋枝头而无限"多情"。在这样的写景之中，饱含着作者面对人生衰残命运的深沉感伤和无奈，由此他慨叹人世间的一切美好都是那样短暂："昨夜笙歌容易散，酒醒添得愁无限"，最后只能"鲛绡掩泪思量遍"。张尔田《曼陀罗襄词序》评析此词云："正中身仕偏朝,知时不可为,所为《蝶恋花》(即《鹊踏枝》)诸阕,幽咽恼恍,如醉如迷,此皆贤人君子不得志发愤之所作也。"

另如同调词云:

> 几日行云何处去? 忘却归来,不道春将暮。百草千花寒食路,香车系在谁家树? 泪眼倚楼频独语。双燕来时,陌上相逢否? 缭乱春愁如柳絮,悠悠梦里无寻处。

此词以女子的口吻抒写愁怨与期盼交织的心绪。开头一句,探问情郎前往何处,其中的情致有疑惑,更多叹息和怨恼。"忘却归来,不道春将暮",责怨情郎四处游荡,却辜负了大好春光,使得自己的青春随之消逝。接下来,女子进一步想象情郎的行踪:在这百草千花、美女如云的游春路上,冶游郎的香车究竟系在哪一家的芳树上? 她的内心充满着嗟怨和不满,同时也流露出对情郎的思念和牵挂。下片首句,女子满含热泪,倚楼眺望,等待对方的归来;"频独语",嘴里喃喃自语,若有所思,内心充满着期待。于是,她再度向飞来的双燕探问情郎的行踪,俞平伯先生评价这里"想得极痴,却未必真有这话"[1];而且又是以"双燕"的相亲相伴,反衬出女子孤居独处的凄凉。女子的无限春愁如同纷繁缭乱的柳絮那样,剪不断,理还乱;最后她只有将对情郎的缠绵思念寄托到梦境里面,可是"悠悠梦里无寻处",即便是在梦中,也难以寻觅到情郎的踪迹。这样的愁苦真正让人肝肠寸断! 这首词三次运用问句的形式,一次比一次问得迫切,表达出女子对情郎的牵挂和思念,急切地盼望他早日归来,从一开头的"行云何处去"到最后的"梦里无寻处",她的感情始终在怨叹与期待、苦闷与寻觅的交织中徘徊,层层深入地揭示出内心的一片痴情,而且越到后来越濒临绝望。

关于这一首词的创作本意,是不是仅仅描写男女相思之情,后人有不同的看法。清朝常州词派领袖张惠言在《词选》中评价道:"忠爱缠绵,宛然《骚》、《辨》之义。延巳为人,专蔽嫉妒,又敢为大言。此词盖以排间异

---

[1] 俞平伯:《唐宋词选释》,人民文学出版社 1979 年版,第 54 页。

己者，其君之所以信而弗疑也。"认为冯延巳固为小人，而此一作品却写得"忠爱缠绵"，含有《离骚》《九辨》之义，其具体目的在于排间异己，使中主对自己信而弗疑。常州词派的后继者谭献也说："行云、百草、千花、香草、双燕，必有所托。"①民国时期的陈秋帆《阳春集笺》认为："此词牢愁郁抑之气，溢于言外，当作于周师南侵，江北失地，民怨丛生，避贤罢相之日。不然，何忧思之深也。"刘永济《唐五代两宋词简析》也指出："此词因心中所思之人久出不归，遂疑其别有所欢，故曰'香车系在谁家树'。后半阕前三句，言消息不知，后二句，言愁思甚苦也。其中既有猜忌，又有留恋与希冀之意。其情感极其曲折，此张惠言所谓'忠爱缠绵'，能使其君信而弗疑也。"他们都认为冯延巳的这首词在表面的爱情相思的题材之外，寄托了词人政治当中的感触。

自从屈原《离骚》以来，构成了中国文人的"臣妾心态"，也产生了香草美人、比兴寄托的文学传统。冯延巳大量描写女子的愁怨，是否就寄托了像张惠言所说的"忠爱缠绵"的"《骚》《辨》之义"呢？这涉及冯延巳词是否具有类似于屈原《离骚》那样的忠贞的政治品格和执著的爱国热情。以冯延巳后裔自居的清代词论家冯煦在《阳春集序》中称冯延巳词"俯仰身世，所怀万端，缪悠其词，若显若晦……《蝶恋花》（即《鹊踏枝》）诸作，其旨隐，其词微，类劳人思妇、羁臣屏子郁伊怆恍之所为"。他还联系南唐的时代背景，进一步揭示冯延巳词的主题思想："周师南侵，国势岌岌，中主既昧本图，汶暗不自强，强邻又鹰瞵而鹗睨之……翁负其才略，不能有所匡救，危苦烦乱之中郁不自达者，一于词发之。其忧生念乱，意内而言外，迹之唐、五季之交，韩致尧之于诗，翁之于词，其义一也。"如果我们联系冯延巳的生平经历，就可以发现这些都是对其人品和词品的溢美拔高之辞；而像张惠言等常州词家专门从政治寄托出发来解读冯延巳的词，硬要挖掘其中的所谓"微言大义"，亦不免显得穿凿附会，与冯延巳的实际状况存在着比较大的差距。固然，冯延巳借鉴了香草美人、比兴寄托的传统，借爱情题材的词

---

① （清）谭献：《复堂词话》，《词话丛编》，中华书局 1986 年版，第 3990 页。

作,抒写了一些身处乱世以及复杂政治形势当中的无奈和愁闷,但是他自身的道德操守和胸襟情怀,远远没有达到应有的水准,因此这些作品就必然带有故意为之、自我标榜的味道,其目的当然就是以忠贞爱国的屈原来自比,进一步得到南唐中主的信任。因此,陈廷焯《白雨斋词话》卷七指出:"诗词原可观人品,而亦不尽然……冯正中《蝶恋花》四章,忠爱缠绵,已臻绝顶,然其人亦殊无足取,尚何疑于史梅溪耶?诗词不尽能定人品,信矣!"刘永济《唐五代两宋词简析》也认为:"昔人论文,每以'言为心声',似当表里如一。然苟作者艺术甚高,则必能为巧言以饰其伪,故读者必当联系作者之行为与时代背景,全面观察,而后可得其真相。盖巧伪之言,可以欺当世,不可以欺后世也。"①

所以说,我们不能认同冯延巳为人和词作当中忠贞的情怀,但是也不能完全否定冯延巳内心深广的忧患和迷惘。冯延巳在江南小王朝身居宰相要职,在北方后周的威逼下,感到强大的压力,一直被浓郁的悲剧意识所笼罩,陆游《南唐书》卷一七即指出:"冯延巳苦脑中痛,累日不减。"其词所言歌筵酒席、男女悲欢之情事,就极其自然地和国势日衰、敌国威逼的不安之感水乳交融在一起。而且他肩负国家安危治乱重任,却于困境之时难以有所作为,又不断遭受朝廷当中政敌的指责批评,心情之焦虑烦乱可想而知;加之冯延巳个性多愁善感,因此在其词篇中除了抒发好景难长的不祥预感外,还夹杂着种种忧谗畏讥、瞻前顾后的凄婉愁郁之情。据曾昭岷、曹济平等人所编《全唐五代词》收录的冯延巳112首词统计,表达忧患、感伤、愁苦情绪的词作至少在2/3以上。其中有"悲"、"忧"、"愁"、"恨"或"啼"、"泪"、"断肠"等字样出现的作品多达54首。所以说,冯延巳词是以愁苦为抒情主调,带有强烈的感伤色彩,集中地反映了当时一批生活在衰乱时代的士大夫的忧愁悲哀情绪和彷徨迷乱心理。

冯延巳有不少词作较为明显地流露出南唐时局背景下的寄托之情。这些作品有的表现了词人政治上的阿谀和伪饰,通过小词的填制,巧妙地

第二章 论冯延巳词

---

① 刘永济:《唐五代两宋词简析》,上海古籍出版社1981年版,第26页。

取悦中主李璟。例如《谒金门》(圣明世)以独折丹桂的春狂兴致,来祝愿君王千秋万岁;《寿山曲》(铜壶滴漏初尽)则通过群臣上朝情状的描摹,勾画圣殿的庄严肃穆:"鸳瓦数行晓日,鸾旗百尺春风";并且表达出对君王的虔诚礼拜:"侍臣舞蹈重拜,圣寿南山永同"。在遭到朝中政敌攻讦之时,他又摆弄出一副自命清高、超然物外的神情。例如《金错刀》词所云:

> 双玉斗,百琼壶。佳人欢饮笑喧呼。麒麟欲画时难偶,鸥鹭何猜兴不孤。 歌宛转,醉模糊。高烧银烛卧流苏。只销几觉懵腾睡,身外功名任有无。

此词借歌舞喧呼,醉酒使气,显露出虚伪矫饰之态。刘永济先生知人论世,一针见血地揭示出冯氏的本质:"正中本功名之士,而故为此放任旷荡之言。本多猜忌,而曰'鸥鹭何猜';本于国政无所措施,而曰'麒麟欲画时难偶';本贪禄位,而曰'身外功名任有无'。如只读其词,必为所欺。故孟子论诵诗读书者当知人论世也。知人,则考其人之生平行事;论世,则证以所处之时世背景。如此,则纵有诡诈巧言,而无从逃过读者之目矣。"[①]

冯延巳身陷南唐政党漩涡的中心,时时处处都充满着猜疑、嫉妒的心理。他习惯于大权独揽,得到君王的专宠:"与君同饮金杯,饮余相取徘徊。次第小桃将发,轩东莫厌频来。"(《清平乐》)一旦别人得到君王重用,他便妒火中烧,就像是一位痴情宫妃遭到了君王的无情抛弃:"昭阳旧恨依前在,休说当时。玉笛才吹。满袖猩猩血又垂。"(《采桑子》)另如《采桑子》词写道:

> 昭阳记得神仙侣,独自承恩。水殿灯昏。罗幕轻寒夜正春。
> 如今别馆添萧索,满面啼痕。旧约犹存。忍把金环别与人。

全词托宫词以寄怨,通过今昔的鲜明对照,抒发出强烈的猜疑嫉妒之意。

---

① 刘永济:《唐五代两宋词简析》,上海古籍出版社 1981 年版,第 28 页。

冯延巳词的政治寄托还表现在热切期盼与失望后的怨怼惆怅："心若垂杨千万缕。水阔花飞，梦断巫山路。开眼新愁无问处。珠帘锦帐相思否？""屏上罗衣闲绣缕。一晌关情，忆遍江南路。夜夜梦魂休谩语。已知前事无寻处。"（《鹊踏枝》）另如《谒金门》词云：

　　风乍起，吹皱一池春水。闲引鸳鸯香径里，手挼红杏蕊。
　　斗鸭栏干独倚，碧玉搔头斜坠。终日望君君不至，举头闻鹊喜。

　　这首词通过一个贵族女子在等待心上人到来，由春情萌动到无精打采的心理演变，表现了词人盼望君王眷顾恩宠的微妙心绪，因此吴世昌先生认为此词有曹植《洛神赋》"托微波以通辞"的意旨。刘永济《唐五代两宋词简析》引述中主李璟诘问"'吹皱一池春水'，干卿甚事"故事，指出："此事昔人以为南唐君臣以词相戏，不知实乃中主疑冯词首句讥讽其政务措施，纷纭不安，故责问与之何干。冯词首句，无端以风吹池皱引起，本有讽意，因中主已觉，故引中主所作闺情词中佳句（'小楼吹彻玉笙寒'），而自称不如，以为掩饰。意谓我亦作闺情词，但不及陛下所作之佳耳。二人之言，针锋相对，非戏谑也。试以史称冯作相对，不满于'人主躬亲庶务，宰相备位'之语证之，二人言外所指之意，自然分明。"[①]

　　在冯延巳遭到贬谪期间，失望、悲怨之情表现得更为突出，例如《鹊踏枝》词所云：

　　秋入蛮蕉风半裂。狼藉池塘，雨打疏荷折。绕砌蛩声芳草歇，愁肠学尽丁香结。　　回首西南看晚月。孤雁来时，塞管声呜咽。历历前欢无处说，关山何日休离别。

　　陈秋帆《阳春集笺》评价此词："玩味其意，多凭吊凄怆之慨。"屈原《离骚》咏道："制芰荷以为衣兮，集芙蓉以为裳。"在屈原的作品当中，荷花

---

　　① 刘永济：《唐五代两宋词简析》，上海古籍出版社1981年版，第24页。

意象往往象征着美好的修养和高洁的品格。冯延巳词中共出现了三处"荷"的意象,如《谒金门》:"圣明世,独折一枝丹桂。学着荷衣还可喜"、"杨柳陌,宝马嘶空无迹。新着荷衣人未识,年年江海客。"这两处"荷衣"均表现出主人公美好的修养和情操。然而上词中的"狼藉池塘,雨打疏荷折",则渲染出一派凄凉残败的景象,由此象征着词人仕途遭受挫折和打击的不幸命运,给人造成"众芳芜秽、美人迟暮"的感情体验。

这方面最杰出的代表作当数《鹊踏枝》:

谁道闲情抛掷久? 每到春来,惆怅还依旧。日日花前常病酒,不辞镜里朱颜瘦。 河畔青芜堤上柳。为问新愁,何事年年有? 独立小桥风满袖,平林新月人归后。

这首词不再依托男女相思的表现手法,而是词人直接抒发出无限的愁绪。开头一句"谁道闲情抛掷久",陡然一句反问,表达出想要抛开闲情而不得的盘旋郁结的心曲。"抛掷久",即长久地为摆脱闲情而努力挣扎;但是这种努力挣扎最终归于失败。"谁道"两字领起反问,宣泄出词人强烈的怨愤感情。唐圭璋先生指出:"此种起法,是从千回百折之中,喷薄而出。故包含悔恨、愤激、哀伤种种情感,读之倍觉警动。"[1] "每到春来,惆怅还依旧",进一步落到实处,点明这份闲情、这种"惆怅"怎么也难以摆脱、挥之不去,"每"、"还"、"依旧"这些虚词的使用,越发展现出作者的无奈和悲苦。他只得借酒浇愁,而且是"花前常病酒",面对着烂漫的春花,更加感受到人生的短促,心情愈加沉重,于是饮酒无度,甚至伤害身体。但是作者无怨无悔:"不辞镜里朱颜瘦",被这份闲情折磨得身形憔悴。"不辞"二字,不是他喜欢这样,而是故作洒脱,在他的心底里透露出深切的抑郁愁绪。下片首句描写春天的景色:"河畔青芜堤上柳",同时作者也是融情入景,他一看到绵绵不尽的芳草、轻轻飘拂的柳丝,就会勾起对美好往事的追忆,产生出无比凄凉、寂寞的愁苦。所以他再度怨叹:"为问新愁,何事年年有?"最后描

---

[1] 唐圭璋:《词学论丛·论词之作法》,上海古籍出版社 1983 年版,第 855 页。

写词人在万籁俱寂的氛围中，独自面对苍茫的自我形象："独立小桥"，显示出他的孤单寂寞，"风满袖"，寒风侵袭他宽大的衣袖，更加显得凄凉寒冷。这一句描写似乎也暗示着词人独处在南唐的政治漩涡之中，遭受政敌的打击，显得势单力薄、孤立无援，犹如柳宗元《登柳州城楼寄漳、汀、封、连四州》诗中所云："惊风乱飐芙蓉水，密雨斜侵薜荔墙。"词人冯延巳在这新月如钩、游人归去的空寂之中，独自体会着郁结在胸中的深浓的"闲情"、"惆怅"和"新愁"。陈廷焯《白雨斋词话》卷八评析此词曰："可谓沉着痛快之极，然却是从沉郁顿挫来，浅人何足知之。"

　　王国维《人间词话》评价冯延巳："冯正中词虽不失五代风格，而堂庑特大，开北宋一代风气。"所谓"堂庑特大"，也就是说，冯延巳的词在抒写男女艳情的同时，已经相当多地融入了深广的时代忧患意识。冯延巳凭借其特有的高度敏锐的艺术感受，深刻地体味和把握住了人生中蕴藏着的悲凉的一面，写出了封建时代文人所共同怀有的对于"人生无常"和"世事难料"的悲哀。刘永济在《唐五代两宋词简析》中指出，冯延巳"词中表达之情极复杂，有猜疑者，有希冀者，有留恋者，有怨恨者，有放荡者，而皆能随意写出，艺术甚高"。正因为如此，冯延巳的词容易引起后代士大夫文人的共鸣和联想，并且被清代常州词派赋予了许多比兴寄托的意义。关于这一点，施蛰存先生非常透辟地指出："冯延巳则初无此情此志，其作词也，固未尝别有怀抱，徒以其运思能深，造境能高，遂得通于比兴之义，使读者得以比物连类，以三隅反，仿佛若有言外之意耳。"[①]这正如谭献所说的那样："作者之用心未必然，而读者之用心何必不然。"[②]后代阐释者淡化了冯延巳的实际人品，却从他词作当中演绎、衍生出诸多香草美人、忠爱缠绵的深刻意义。这样，冯延巳也就脱离了他原初的样貌，带上了符号化的面具。

三

---

①　施蛰存：《读冯延巳词札记》，《词学研究论文集(1949—1979)》，上海古籍出版社 1982 年版，第 264 页。
②　（清）谭献：《复堂词录序》，《词话丛编》，中华书局 1986 年版，第 3987 页。

冯延巳在词的艺术境界方面，较之温庭筠和韦庄，都有很大的突破。王国维《人间词话》说："张皋文（张惠言）谓飞卿之词深美闳约，余谓此四字唯冯正中足以当之。"并且指出，如果说温庭筠词风用一句"画屏金鹧鸪"加以概括，韦庄词风用一句"弦上黄莺语"加以概括的话，那么冯延巳词的风格，则可以用他词中的一句"和泪试严妆"来进行概括。

首先，冯延巳词与温庭筠词之间存在着比较大的差异。在创作意旨方面，温庭筠词基本上是"伶工之词"，通过大量类型化的创作，营构出秾丽绮怨的审美境界，但是往往很少融入作者本人的真情实感和独特个性。冯延巳词则较多个性化情感的抒写，表达出特定时代士大夫文人丰富复杂的内心世界。在艺术表现方面，温词藻华艳，铺叙堆叠，从而给人以雕缋满眼并且浓得化不开的视觉膨胀感，就像是"画屏金鹧鸪"那样凝固滞塞。冯延巳词则通过淡雅清秀的字眼，叙写具体可感的情事，非常生动形象地展示出感情的脉络，体现了流畅、灵动的美。

韦庄与冯延巳，同为五代时期小国的宰相，他们的人生经历、内心感情也有许多相似的地方，他们的词作都擅长描摹深婉、细腻的情事，具有明净淡雅的美，体现出士大夫文人的真实情感，不过两人的词作风格还是存在着鲜明的差异。即如刘大杰《中国文学发展史》评述冯词"较之韦庄要更曲折，更天真，更深入，同时又更含蓄。在他作品中所表现出来的情感，一点儿没有怨恨和追悔，也没有希望和期待，只是把一切的苦痛放在自己的肩上，不怨天不尤人地承受着。因此显得格外缠绵动人，使读者生出无限的同情。他的词给予北宋诸家的影响，实较'花间'为大"①。大致说来，韦庄的词写得更为青春，带有风流倜傥的意气，他的《应天长》（记得那年花下）、《女冠子》（四月十七）等词作，都是非常明白真切、落到实处地描写一段曾经发生过的情事，由此抒发出刻骨铭心的愁绪。冯延巳的词则极力淡化创作的背景，并不明确交代所抒发的到底是怎样的情感。例如《鹊踏枝》（谁道闲情抛掷久）当中，这些"闲情"、"惆怅"、"新愁"到底指的是什

① 刘大杰：《中国文学发展史》下卷，百花文艺出版社1999年版，第34页。

么？郭预衡《中国古代文学史》分析道："冯延巳是个极敏感的诗人,在狂欢享乐之后,往往乐极生悲","他并非为赋新词强说愁,而是确有末世与日俱增的幽愁暗恨。南唐小朝廷风雨飘摇,他本人在党争中升沉不定,所以每一片落花枯叶、每一声风吹鹤唳都会触动他好景不长、人事无常的悲叹和对前途国运的忧伤,这就是他的'新愁'的内涵。"①但是作者并没有加以说明,从而就给人造成了惝恍迷离的审美感受,正如叶嘉莹在《灵谿词说》中的比较分析:"至于韦庄词,则清简劲直,极富有直接感动之力,然而又因其对于词中之人物、地点、情事,叙述过于明白,遂反而为情事所拘限,不易引起读者更深远之联想。至于冯延巳词,则既富于主观直接感发之力量,而又不为外表事件所拘限,故评者每以'惝恍'称之。'惝恍'者,不可确指之辞也。惟其不可确指,故其所写者,乃但为一种感情之境界,而非一种感情之事件。此冯延巳词与韦庄词之一大差别,亦为词之境界在发展中之一大进展。后之婉约词能以幽微之辞见宏大之义者,皆由于词中可以写出此一种感情境界之故。"②在这一点上,冯延巳词又具备了温庭筠词含蓄蕴藉的特色,如其《鹊踏枝》所云:"六曲阑干偎碧树。杨柳风轻,展尽黄金缕。谁把钿筝移玉柱？穿帘海燕双飞去。 满眼游丝兼落絮。红杏开时,一霎清明雨。浓睡觉来莺乱语,惊残好梦无寻处。"这首词写得相当优美、精致,用笔非常细腻,满眼的游丝、缤纷的落絮、轻盈的海燕、娇美的莺语,杨柳在春风中摆动着金黄的丝缕,红杏在微雨里绽开花瓣……所有这些优美的意象,综合营造出一幅"金碧山水,一片空濛"③的幽眇意境,其中所蕴藏着的情思着实令人寻味。因此,刘扬忠先生在《唐宋词流派史》中评述道:"他(指冯延巳)虽有政治家之地位,却无政治家之才能,也没有政治家的情怀,他充其量只是一个生于衰乱之世的感伤词人,一个以自己浓得化不开的感伤忧思色彩为五代词坛提供了一种悲哀之美,从而建立了逸出'花间'风调的新词派的词人"。他"把自身在风雨飘摇的衰乱时局中体味产生的忧

---

① 郭预衡:《中国古代文学史》,上海古籍出版社1998年版,第484、485页。
② 缪钺、叶嘉莹:《灵谿词说·论冯延巳词》,上海古籍出版社1987年版,第70、71页。
③ (清)谭献:《谭评词辨》,《词话丛编》,中华书局1986年版,第3990页。

生忧世抑郁彷徨之情熔铸而成'愁苦之辞',以沉哀入骨的笔调,创立了一种以艳美之表、以感伤哀痛的主观情怀为里的新词风"①。

在悲怨情感境界的建构方面,冯延巳非常善于处理情景关系,择用色调凄冷的典型意象,收到了情景浑融的艺术表达效果。他特别喜欢用"寒"字,在其112首词中,使用"寒"字的词作就有四十多首,如"寒风"、"寒衣"、"寒月"、"寒桃"、"寒山"、"寒鸡"、"寒蛩"、"寒屏"、"寒江"、"寒鸿"、"寒漏"、"寒草"、"寒灯"、"寒窗"、"寒虫"等。有些词不用"寒"字,同样给人以凄寒入骨之感,如"西风半夜帘栊冷,远梦初归"(《采桑子》)、"云雨已荒凉,江南春草长"(《菩萨蛮》)、"冷红飘起桃花片"(《临江仙》)等。王国维《人间词话》有云:"有我之境,以我观物,物皆著我之色彩。"冯延巳偏爱选择荒寒萧条的景色并且喜欢用凄寒的色调去描绘,实际上是其悲凉心境的外化表现。例如《鹊踏枝》词写道:

> 萧索清秋珠泪坠。枕簟微凉,辗转浑无寐。残酒欲醒中夜起,月明如练天如水。 阶下寒声啼络纬。庭树金风,悄悄重门闭。可惜旧欢携手地,思量一夜成憔悴。

作品借独守空闺的思妇之悲,来寄托词人对君王的等待和失望的愁怨。枕簟微凉,月华如水,寒声凄切,重门紧闭,秋风萧瑟,种种景象都渲染着凄清孤寂、寒气逼人的情感氛围,渗透着作者深切浓郁的憔悴惆怅之意。俞陛云《唐五代两宋词选释》评价此词:"写景句含婉转之情,言情句带凄清之景,可谓情景两得。"

冯延巳词的"堂庑特大",不仅表现为内在意韵上的深致丰富,而且也包含其词艺术境界上的开阔延拓,较之花间词作具备更为广远、野逸和雅致的韵味。例如《归国遥》所云:

> 江水碧,江上何人吹玉笛,扁舟远送潇湘客。 芦花千里霜

---

① 刘扬忠:《唐宋词流派史》,福建人民出版社 1999 年版,第 116、118 页。

月白，伤行色，来朝便是关山隔。

此词兼有李白《春夜洛城闻笛》之情与《诗经·秦风·蒹葭》之致，意境空灵疏阔，情致绵邈苍凉。此种清淡广远的词境，迈出花间词绣帷深院的窄小空间，带来词体艺术表现的重大拓展。俞陛云在《唐五代两宋词选释》中评析道："挥毫直书，不用回折之笔，而情意自见。格高气盛，嗣响唐贤。"冯词的结尾技巧也营造出了深远的意境，例如"昭阳殿里新翻曲，未有人知。偷取笙吹，惊觉寒蛩到晓啼"、"朦胧却向灯前卧，窗月徘徊。晓梦初回，一夜东风绽早梅"、"玉娥重起添香印，回倚孤屏。不语含情，水调何人吹笛声"、"忍更思量，绿树青苔半夕阳"、"凭仗东流，将取离心过橘洲"（《采桑子》）等，或从殿内的"笙吹"引向殿外"寒蛩"的"惊觉"啼声，或从"朦胧"卧睡的室内引向大自然的浩浩"东风"、初绽"早梅"，或从空寂的"孤屏"引向空中荡漾的"笛声"，或将思绪引向夕阳西下、橘子洲头，整个画面给人以疏阔悠远的审美感受，不但笔法空灵，而且风度嫣然，寄慨良深。

冯延巳有些词作写得极其精美，例如《抛球乐》写道：

酒罢歌余兴未阑。小桥秋水共盘桓。波摇梅蕊当心白，风入罗衣贴体寒。且莫思归去，须尽笙歌此夕欢。

词人在宴会结束之后，仍然没有尽兴，于是来到幽静的小桥秋水之处观赏风景。是他一个人独赏风景吗？"共盘桓"三个字就透露出：他与美人携手同游。下面就描写倒映在桥下秋水之中的美人倩影："波摇梅蕊当心白"。叶嘉莹在《唐宋词十七讲》中认为此处的"梅蕊"不可能是落到水里的梅花，而应该是树上的梅花映照在水里面的倒影；其实这里未必是树上梅花的倒影，而应该是水中映出的美人如花似玉的秀靥。即如陆游《沈园》所云："城上斜阳画角哀，沈园非复旧池台。伤心桥下春波绿，曾是惊鸿照影来。"朱彝尊《桂殿秋》亦曰："思往事，渡江干。青蛾低映越山看。共眠一舸听秋雨，小簟轻衾各自寒。"梅蕊，相传南朝宋武帝之女寿阳公主一

109

第二章 论冯延巳词

日躺卧在含章殿的屋檐下,恰好梅花飘落到她的额头眉尖之上,拂之不去,此后女子便竞相摹仿,成为"梅花妆"。这里"波摇梅蕊",是写美人额头上梅花妆的倒影在水波的荡漾中摇曳生姿,这样的表现手法富有神韵,给人以优美、缥缈的审美感受。下面"风入罗衣贴体寒",又是直接描写女子的曼妙体态。"罗衣"一般是由女子所穿,《古诗十九首》中就有"燕赵多佳人,美者颜如玉。被服罗裳衣,当户理清曲"。冯延巳《鹊踏枝》(几度凤楼同饮宴)词写歌女,也是"偷整罗衣,欲唱情犹懒"。这里描写夜晚清冷的风透过薄如蝉翼的罗衣,吹到女子的身上,"贴体寒",显示出美人细瘦、袅娜的身姿,同时也流露出词人对她的无比爱怜之情。这两个句子从不同的角度,描写女子的优美姿态,非常细腻精致,表现出词人心细如发的艺术感觉,以及"深美闳约"的含蓄意境。

冯延巳也有一些模仿民歌风味的词作,例如《薄命女》:"春日宴,绿酒一杯歌一遍,再拜陈三愿: 一愿郎君千岁,二愿妾身长健,三愿如同梁上燕,岁岁长相见。"关于这首词,语本于白居易的诗歌《赠梦得》:"为我尽一杯,与君发三愿:一愿世清平,二愿身强健,三愿临老头,数与君相见。"但是冯延巳词却把原本用于表达友谊的内容,改作爱情的誓言,而且更加富有形象性;另外大量数字词的运用,给人以眼花缭乱、诙谐幽默的表达效果;在节奏上快慢结合,参差错落,富有喜剧的气氛和情韵,因此比起白居易的诗歌是青出于蓝而胜于蓝。到了宋代,有人改动冯延巳的词意,写作了一首《雨中花》:"我有五重深深愿:第一愿且图久远,二愿恰如雕梁双燕,岁岁得长相见。 三愿薄情相顾恋,第四愿永不分散,五愿奴哥收因结果,做个大宅院。"这样的跟风创作,真正是狗尾续貂、大煞风景。宋人吴曾在《能改斋漫录》卷一七中发出感慨:"味冯公之词,典雅丰容,虽置在古乐府,可以无愧。一遭俗子窜易,不惟句意重复,而鄙恶甚矣。"作者夸赞冯延巳词作"典雅丰容",饶有古乐府的格调情韵,并对"俗子窜易"冯词深致鄙夷,由此体现出南宋词坛崇雅黜俗的鲜明理论倾向。因此,蔡嵩云《柯亭词论》评价道:"正中词,缠绵悱恻,在五代别具一种风格。秾艳如飞卿,清丽如端己,超脱如后主,均与之不同家数。其词最难学,出之太易,则近率滑;过于锻炼,又伤自然,总难恰到好处。"

概括而言,冯延巳是五代时期非常卓越的词人,许多词论家都认为他的词"领袖于南唐"[①],"为五代之冠"[②]。跟李煜相比,冯延巳的词没有李煜的不谙世故、真诚坦率、清新畅达;但是他和中主李璟所代表的,正是士大夫文人面对衰乱政治环境的孤独、惆怅的复杂心态。少岳山人(项元淇)《〈阳春集〉〈南唐二主词〉〈简斋词〉跋》即云:"南唐君臣竞尚浮靡,逐于声律技艺,而不复知政理之事,其遂败亡晚矣。然其词调,往往逸丽流畅,无不可诵。至其怨声,鲜不呜咽,要亦变风之余习也。知音之士当不弃焉。"他们的词在艺术方面表现得更加深婉含蓄、精致细腻,带有浓厚的文人典雅气质。这一点也更加能够被后代士大夫文人所接受和倡导。尤其值得关注的是,对北宋前期词影响最著者即为冯延巳。他曾经贬官到江西担任昭武军抚州(今江西临川)节度使,对于北宋前期江西词人晏殊、欧阳修词的创作具有直接的先导作用。宋人刘攽《中山诗话》云:"晏元献尤喜江南冯延巳歌词。其所自作,亦不减延巳。"清人陈廷焯称:"正中词如摩诘之诗,字字和雅,晏、欧之祖也。"[③]刘熙载亦曰:"冯延巳词,晏同叔得其俊,欧阳永叔得其深。"[④]尤其是"冯在南唐的处境和政治心情与欧阳修相似,他们是社会上同一阶层的人物,所以作品的思想内容便难分彼此,而风格亦复近似。他们以士大夫胸襟学问入词,虽写男女爱情,而能以诗人娴雅语言出之,这就和《花间集》有了区别"[⑤]。况周颐《历代词人考略》卷四进一步分析指出:"《阳春》一集,为临川、珠玉所宗,愈瑰丽,愈醇朴。南渡名家,沾丐膏馥,辄臻上乘。冯词如古蕃锦,如周、秦宝鼎彝,琳琅满目,美不胜收。词之境诣至此,不易学,并不易知,未容漫加选择,与后主词实异曲同工也。"因此龙

① (清)缪荃孙:《宋元词四十家序》,《唐宋人词话》,河南文艺出版社1999年版,第88页。
② (清)陈廷焯:《云韶集》卷一,南京图书馆藏清钞本。
③ (清)陈廷焯:《云韶集》卷一,南京图书馆藏清钞本。
④ (清)刘熙载:《艺概·词概》,《词话丛编》,中华书局1986年版,第3689页。
⑤ 夏承焘:《唐宋词欣赏·冯延巳和欧阳修》,北京出版社2002年版,第56页。

榆生在《唐宋名家词选》中指出："延巳在五代为一大作家，与温、韦分鼎三足，影响北宋诸家者尤巨。南唐歌词种子，向江西发展，辙迹可寻，冯氏实其中心人物，治词史者所不容忽也。"冯煦在《唐五代词选序》中，概括冯延巳词的地位和影响，说："吾家正中翁，鼓吹南唐，上翼二主，下启欧、晏，实正变之枢纽，短长之流别也。"认为他在词风的转变中起到了关键的作用，是长短句中形成流派的重要人物。

第三章 论李璟词

南唐中主李璟(916—961),字伯玉,原名景通,后改名为"璟"。他"音容闲雅,眉目若画,趣尚清洁,好学而能诗。然天性儒懦,素昧威武。自嗣立以来,常欲脱去机务,游泳淡寂,以保社稷,不获其意"①。他性情宽厚,无心竞逐,却被推上国君的宝座,颇有身不由己的无奈。他即位后把年号改为"保大",希冀对内对外都能止息干戈和保持太平。但是此后不久,李璟在身边奸佞小人的蛊惑之下,向闽、楚等地轻启兵端,使南唐一度成为拥有35州的"大国";然而好景不长,很快就导致了丧师虚国的危局。公元955年以来,后周世宗多次兴兵南伐,尽得南唐江北大片国土。李璟只得削去帝号,改称"江南国主",成为北方后周的"附庸"。与此同时,南唐国内党争不断,皇族成员为了争夺权位互相厮杀。种种内忧外患交织在一起,使得勉强维持了19年王位的中主李璟,承受着极大的心理压力,内心充斥着面对危局无可奈何的愁绪。961年,他因惧怕金陵难守,匆忙将国都迁于洪州(今江西南昌);但仅过一月,朝中大臣怨情丛生,李璟也心生悔意,仍想重返金陵,意绪越发悲苦。据李颀《古今诗话》记载:"南唐元宗割江之后,金陵对岸即是敌境,因迁都豫章。每北望,忽忽不乐。有诗曰:'灵槎思浩荡,老鹤忆崆峒。'又《庐山百花亭刊石》云:'苍苔迷古道,红叶乱朝霞。'"诗句之中充满着凄凉厌世、世路迷惘的苦闷。结果就在此年六月,中主李璟病故于南昌,后被李煜迎枢回金陵,安葬于城郊牛首山。

---

① (宋)龙衮:《江南野史》卷二,《豫章丛书》本。

宋史温《钓矶立谈》云:"元宗神采精粹,词旨清畅,临朝之际,曲尽姿致。湖南尝遣廖法正将聘,既还,语人曰:'汝未识东朝(指南唐)官家,其为人粹若琢玉。南岳真君恐未如也。'……天性雅好古道,被服朴素,宛同儒者。时时作为歌诗,皆出入风骚,士人传以为玩,服其新丽。"李璟富有文艺才华,擅长书法,喜好读书和作诗。据马令《南唐书》卷二记载,李璟"甫十岁,吟《新竹诗》云:'栖凤枝梢犹软弱,化龙形状已依稀。'人皆奇之"。中主朝内有韩熙载、冯延巳、李建勋、徐铉等饱学之士侍奉左右,相与谈论文艺,更加营造了浓郁的学术文化气氛。李璟现存的文学作品不多,仅有17篇书、表、小札,《全唐诗》存诗2首、断句3联。宋人陈振孙《直斋书录解题》卷二一录有《南唐二主词》1卷,并加以注明:"(其)卷首四阕:《应天长》、《望远行》各一,《浣溪沙》二,中主所作,重光(李煜)尝书之。"李璟虽然存世的词作只有4篇,却首首精致,充分体现出词人独特的艺术风格。

一、感慨遥深,哀婉沉至

李璟的这四首词具备较为统一的抒情模式,即以一位女性主人公的视角,通过或彻夜难寐、或午夜梦回、或登楼远眺的情节画面,流露出伤怀念远、春愁春恨的意绪,字里行间又隐约展露出某种沉痛的政治忧患。例如《浣溪沙》写道:

> 菡萏香销翠叶残,西风愁起绿波间。还与韶光共憔悴,不堪看!   细雨梦回鸡塞远,小楼吹彻玉笙寒。多少泪珠何限恨,倚栏干。

据马令《南唐书》卷二五记载:"王感化,善讴歌,声韵悠扬,清振林木。系乐部,为'歌板色'。元宗嗣位,宴乐击鞠不辍。尝乘醉命感化奏《水调》词,感化唯歌'南朝天子爱风流'一句,如是者数四。元宗辄悟,覆杯叹曰:'使孙、陈二主得此一句,不当有衔璧之辱也!'感化由是有宠。元宗尝作

《浣溪沙》二阕，手写赐感化，曰：'菡萏香销翠叶残（略）。'"由此可见，这首看似纯属悲秋怀人的词作，可能隐含着政治的感怀。上片开头两句描绘萧瑟凄寂的荷塘景象：荷花早已凋谢，清香早已消散，只剩下断梗残叶在西风绿波间飒飒作响。晚唐诗人杜牧在《齐安郡中偶题》诗中写道："两竿落日溪桥上，半缕轻烟柳影中。多少绿荷相倚恨，一时回首背西风。"萧瑟的秋风吹过荷塘的绿波，亭亭玉立的绿荷纷纷翻转荷叶，渲染出一片凄凉、哀怨的愁绪，在这样的景物描摹当中，也渗透着诗人自身美人迟暮的感伤。李璟词中也由这衰败的景象，引逗着观荷思妇内心的悲怨："还与韶光共憔悴"。她联想到自身的如花美貌、青春年华也会像那秋风中的残荷一样黯然憔悴、无情消逝，由此抒发出沉痛无比的悲慨："不堪看！"清人陈廷焯读到这里，不禁感叹道："沉之至，郁之至，凄然欲绝。后主虽善言情，卒不能出其右也。"[1]上片即是通过触景生情的手法，抒写出深浓沉至的悲秋之意。

下片转写思妇的凄苦怀人之态：她在睡梦中见到了远在边塞（鸡塞，即鸡鹿塞，在今内蒙古自治区杭锦后旗西北部）从军的丈夫。但是在清冷的夜雨之中，她从缱绻的梦境中醒来，更觉孤寂难耐、愁绪万端；于是独上小楼，轻吹起玉笙，排遣自己无限的幽思。然而一曲吹罢，思妇却愈觉心境凄凉寒瑟，不由得潸然泪下；最后只有独自倚靠着栏杆，形影相吊的寂寞、无所依傍的愁苦，都蕴含在这无言静态的画面之中。下片通过细雨梦回后的行动描摹，细腻地表达出了思妇雨夜怀人的怅惘情思和哀怨心态。

关于这一首词作的评赏，曾经引起前人的分歧和争议。宋人胡仔《苕溪渔隐丛话》前集卷五九引《雪浪斋日记》曾记载王安石与黄庭坚的一段论词对话："荆公问山谷云：'作小词曾看李后主词否？'云：'曾看。'荆公云：'何处最好？'山谷以'一江春水向东流'为对。荆公云：'未若"细雨梦回鸡塞远，小楼吹彻玉笙寒"，又"细雨湿流光"最好。'"（按：文中所举"细雨梦回鸡塞远"两句，出自南唐中主李璟《浣溪沙》（菡萏香销翠叶残），"细雨湿流光"则为冯延巳《南乡子》词的首句，皆非李后主词，当是王氏误

---

① （清）陈廷焯：《白雨斋词话》卷一，人民文学出版社1959年版，第7页。

记。)王安石赞赏的是李璟词中的"细雨梦回鸡塞远,小楼吹彻玉笙寒"两句。但是近代大学者王国维则颇不以为然,他说:"'菡萏香销翠叶残,西风愁起绿波间',大有众芳芜秽、美人迟暮之感,乃古今独赏其'细雨梦回鸡塞远,小楼吹彻玉笙寒',故知解人正不易得。"[①]王安石与王国维对李璟此词的品赏,是站在不同的层面和视角展开议论,故而得出不同的结论。王安石是立足文本自身的评价,着眼于挖掘出文雅幽细的艺术美感。"细雨"两句恰正透过极其幽约飘忽的画面描绘,抒写出惝恍迷离的情感境界,将思妇孤寂难奈、酸楚难诉的悲绪表露得深细幽婉、典雅蕴藉。此一名句在当时引起了很大反响,据马令《南唐书》卷二一记载:"元宗乐府辞云'小楼吹彻玉笙寒',延巳有'风乍起,吹皱一池春水'之句,皆为警册。元宗尝戏延巳曰:'"吹皱一池春水",干卿何事?'延巳曰:'未如陛下"小楼吹彻玉笙寒"。'元宗悦。"由此可见,李璟对这一名句是颇为得意的。

王国维对李璟词则进行了"借题发挥"式的评论。他抛开了原词抒写秋思怀人的本意,单独从中摘取体现人生体验的词句来加以品赏。从接受美学的角度来看,任何读者都能从文学作品当中,融入自身的感情体验、哲理思索,进行艺术的再创造,从而产生"形象大于思维"的特殊效果。也许李璟本人在创作此词之时,并没有刻意要表达多么深刻的人生感慨,但是作品意象本身的文化积淀,会非常自然地引发读者进行此一向度的联想和体悟。"菡萏"两句的描写,令人联想起屈原《离骚》中的名句"惟草木之零落兮,恐美人之迟暮"和"虽萎绝其亦何伤兮,哀众芳之芜秽",故此王国维能够从中挖掘出更为深邃的哲学思想底蕴。尽管李璟并没有刻意表现这样的思想,但作为一个处于敌国威胁之下的小国之君,同时又是一位性情敏感的柔情词人,其内心的危苦可想而知。他是在填制小词之时,不知不觉地将自己的身世之感触融入到思妇的愁绪中去,给予广大读者多向理解的意旨内涵和美感特质。正如况周颐所云:"词贵有寄托。所贵者流露于不自知,触发于弗克自已。身世之感,通于性灵即性灵,即寄托,非二物相

---

① (清)王国维:《人间词话》,《词话丛编》,中华书局1986年版,第4242页。

比附也。"① 李璟正是借这样的词作体现出感慨遥深、哀婉沉至的内涵特色。

二、意境阔大，气象庄重

李璟与冯延巳的词作都表达出浓郁的忧患意识，但是相对于冯词意境的深隐狭窄，李璟的词在意象选择等方面则显示出意境阔大、气象庄重的特征。例如《望远行》所云：

> 玉砌花光锦绣明，朱扉长日镇长扃。夜寒不去梦难成，炉香烟冷自亭亭。　　辽阳月，秣陵砧，不传消息但传情。黄金窗下忽然惊，征人归日二毛生。

此词与《浣溪沙》（菡萏香销翠叶残）词一样，表达思妇孤寂念远的愁绪。上片明媚的花光反衬思妇的深闺幽闭，由此映现出女子闭塞郁苦的心绪。她度日如年、彻夜难寐，唯有呆呆地凝视着炉烟袅袅升腾，一个"冷"字显示出幽闺环境的清冷，以及思妇内心的寂寞和凄凉。上片着重描摹室内的画面，给人以冷寂、幽怨的感受。下片则拓开词境，笔分两端，以"辽阳月"与"秣陵砧"两个意象牵系征夫与思妇，即如张若虚《春江花月夜》所云："玉户帘中卷不去，捣衣砧上拂还来。"李白《子夜吴歌》亦曰："长安一片月，万户捣衣声。"夫妻之间远隔万里，音信杳然，只能祈求明月千里寄相思，正像盛唐边塞诗人王昌龄所称："更吹羌笛关山月，无那金闺万里愁。"（《从军行》）中唐边塞诗人李益也说："碛里征人三十万，一时回首月中看。"（《从军北征》）结句词意陡转，情绪大跌：尽管征夫会建立功勋，但是等到他得胜归来也已然是两鬓斑白、垂垂老矣。这里所抒发的怨悔之悲，正如同王昌龄《闺怨》诗所表达的一样："忽见陌头杨柳色，悔教夫婿觅封侯。"下片词描写的空间从狭小的闺阁扩展到广袤的辽阳边塞，使得先前幽闭冷寂的词境，陡然增添了苍凉悲壮的格调；摆脱了花间尊前的柔情蜜意，带上了

---

① 况周颐：《蕙风词话》卷五，《词话丛编》，中华书局 1986 年版，第 4526 页。

疏朗豪旷的抒情力度。另如"回首绿波三峡暮"、"细雨梦回鸡塞远"（《浣溪沙》）等词句,也都通过广远阔大的意象画面,拓开了词境;并且运用"菡萏"、"玉笙"、"玉钩"、"玉砌"、"朱扉"、"真珠"等等芳洁名物,更加营造出庄重脱俗的气象。

三、结构精巧，开合自如

李璟善用对照、映衬的手法,形成灵活跳荡、开合自如的多层结构转折,显示出高超的艺术功力。例如《浣溪沙》写道:

> 手卷真珠上玉钩,依前春恨锁重楼。风里落花谁是主? 思悠悠。　青鸟不传云外信,丁香空结雨中愁。回首绿波三峡暮,接天流。

首句描写重楼中的女主人公手卷珠帘,凭栏眺望。这里的画面非常精美,可以显示出词中女子典雅华贵的气质。接下来一句并没有直接写景,却是一声无奈的叹息:"依前春恨锁重楼"。"春恨"两字点出了全词的主旨,流露出女子无限惆怅郁塞的悲绪。而且"依前"二字表明这份春恨由来已久,无时无刻都在深深地折磨着眼前的痴情怨妇。开头两句女子本拟赏景释怀,却更增一番愁绪,结构一开一合,跌宕有致。接下来,"风里落花谁是主? 思悠悠",则又把意境进一步拓宽:思妇触目所见,落花狼藉,随风飘荡,如此衰残的景象不由得使她产生出浓烈的美人迟暮之感。如果说"风里"句是深情叹问,造成语句表达上的一顿,那么"思悠悠"三字又宕开一笔,将思绪引向更为绵邈悠远的境界。

下片开头"青鸟不传云外信",具体补写"思悠悠"的内容,同时也联系"谁是主"的叹问。它化用了《山海经·大荒西经》和《汉武故事》中西王母派青鸟给汉武帝捎信的典故,意在表达情人长期不归、音信全无的愁闷。"丁香空结雨中愁",则与上片"风里落花"相映衬,画面瑟缩凄迷。它在李商隐"芭蕉不展丁香结,同向春风各自愁"(《代赠二首》之一)的基础上加以变化,用丁香花蕾在雨中愁蹙不展的形象,来映衬思妇那如同丁香般郁结难舒的愁心,而且一个"空"字更加显示出人生凄苦空幻的悲凉。最后两句"回首绿波三峡暮,接天流",再一次宕开词境,将视角从凝视楼前拓展为纵目骋望:但见浩荡江流正从三峡奔流而下,而暮色苍茫,又将这浑天一色的绿波全部笼罩在黯淡之中。这里的境界格外阔大而深远,也将思妇的一腔春恨充斥于茫茫天地之间。专从艺术的角度出发,李璟这首词含蕴之深厚,风发之闳远,堂庑之阔大,大有摒除《花间》,开启宋调之功绩。唐圭璋《唐宋词简释》评价曰:"通首一气蝉联,刀挥不断,而清空舒卷,跌宕昭彰,洵可称词中神品。"

如果说《浣溪沙》(手卷真珠上玉钩)是从空间上不断转换的话,那么他的《应天长》词则注重时间上的前后变化:

> 一钩初月临妆镜,蝉鬓凤钗慵不整。重帘静,层楼迥,惆怅落花风不定。　　柳堤芳草径,梦断辘轳金井。昨夜更阑酒醒,春愁过却病。

此词通过含蓄蕴藉的笔法,抒写出思妇一片春愁怀人的意绪。上片从清晨的临镜梳妆写起,"蝉鬓凤钗慵不整"点出女子倦怠慵懒的神态,即如温庭筠《菩萨蛮》词所云:"懒起画蛾眉,弄妆梳洗迟。""重帘静,层楼迥"二句交代女子居住环境:她被深锁在高楼重帘之中,独自忍受着寂寞幽闭之苦。她触目所见:"惆怅落花风不定",面对着春花的凋零飘落,更加引逗出自身青春消逝的感伤。宋人张先有一篇著名的《天仙子》词,结末写道:"重重帘幕密遮灯,风不定,人初静,明日落红应满径。"同样是抒写伤春感怀的愁绪,但是张词里的"明日落红应满径"尚属对明日之景的臆揣,李璟词内的"惆怅落花风不定"则是摆在眼前的凄惨景象。而且这里还由风里落花飘忽不定,暗示着女子内心纷乱如麻的复杂情态。

过片以下,用逆写法,时间转回到昨夜。"柳堤芳草径",似乎是纯乎写景,实则暗示着在昨夜的梦境里思妇与情郎在芳草如茵、柳荫路曲之处携手同游,情意缱绻。但是这一场美梦却被无情地打断:"梦断辘轳金井",内心的凄苦愈加浓重。思妇借酒浇愁,怎奈"昨夜更阑酒醒",令她在漫漫长夜孤枕难眠。古代诗词经常用梦断、酒醒的景致表达相思、愁苦之情,晏几道《临江仙》词上片即写道:"梦后楼台高锁,酒醒帘幕低垂。去年春恨却来时。落花人独立,微雨燕双飞。"李璟词也由这梦断、酒醒之后,悲叹道:"春愁过却病。"女主人公因伤春而愁,因思人而愁,表露出痴迷如醉、恹恹无绪的凄寂情怀。上、下两片时间逆转,相互映衬,更加渲染出整首词作凄绝幽苦的韵致。清人陈廷焯评价云:"'风不定'三字中有多少愁怨,不禁触目伤心也。结笔凄婉,元人小曲有此凄凉,无此温婉,古人所以为高。"[①]俞陛云《唐五代两宋词选释》分析此词云:"通首由黄昏至晓起回忆,次第写来,柔情宛转,与周清真之《蝶恋花》词由破晓而睡起、而送别,亦次第写来,同一格局。其结句点睛处,周词云'露寒人远鸡相应',从行者着想;此言春愁兼病,从居者着想,词句异而言情写怨同也。"

四、语言清雅,声情并沛

李璟词语言一扫浮艳,自然清雅,语句间很少修饰,彻底摆脱了花间词"镂玉雕琼"的习气。他的词较之冯延巳词的刻意深隐,要更为显豁明快;较之李煜词的尽情倾泻、一往无还,则更为文雅清秀、含蓄蕴藉。吴梅《词学通论》第六章即指出:"余尝谓二主词,中主能哀而不伤,后主则近于伤矣。"这主要表现其词意象的选择方面,在传统小词题材的创作中,有意识地采用了相对典雅的词汇,甚至给人造成香草美人、比兴寄托的联想。尤其是两首《浣溪沙》词上、下片结句的描写非常精妙。"风里落花谁是主?思悠悠。"结句宕开一笔,引起悠悠遐思,收到了"含不尽之意见于言外"的艺术效果;"回首绿波三峡暮,接天流",画面更加宽阔广大,营造出深远清旷

① (清)陈廷焯:《云韶集》卷一,南京图书馆藏清钞本。

的词境;而且"七、三"句式的组接,使得词情的表达越发雄浑疏荡。俞陛云评曰:"其结句加'思悠悠'、'接天流'三字句,申足上句之意,以荡漾出之,较七字结句,别有神味。"① 另一首词作中"还与韶光共憔悴,不堪看!"下语格外沉痛,"不堪看"三字铿锵有力,为变徵之音,令人凄然欲绝,其表情效果如同李白《蜀道难》中所歌咏的诗句:"又闻子规啼夜月,愁空山。""多少泪珠何限恨,倚栏干",所有的愁情悲绪统统聚焦在这样一位独倚栏杆的幽美而孤寂的女性形象之上,以至淡之语,承至浓之情,含蕴不尽,感人至深。

综上所述,李璟词在中唐"诗客曲子词"的基础上,在传统闺怨、相思、春愁、秋恨的题材创作中,融入了时代的悲感、清雅的格调,给人以优雅而伤感的艺术美感。他的作品在五代词坛别具个性,为扭转花间习气、开启宋词风韵起到了重要作用。

121

第三章 论李璟词

---

① 俞陛云:《唐五代两宋词选释》,上海古籍出版社 1985 年版,第 114 页。

第四章　论李煜词

一

　　历史上常常有这样的恶作剧:亲手酿成安史之乱的唐玄宗李隆基,在音乐方面堪称行家里手;断送了北宋大好江山的宋徽宗赵佶,却又擅长瘦金体书法、工笔花鸟画。南唐后主李煜亦是这类人物的典型代表。王国维在《人间词话》中评价李煜词,有两段相当著名的论断:"词人者,不失其赤子之心者也。故生于深宫之中,长于妇人之手,是后主为人君所短处,亦即为词人所长处。""客观之诗人,不可不多阅世。阅世愈深,则材料愈丰富、愈变化,《水浒传》《红楼梦》之作者是也。主观之诗人不必多阅世。阅世愈浅,则性情愈真,李后主是也。"清人郭麐概括李煜的一生,说:"作个才人真绝代,可怜薄命作君王。"他在政治上碌碌无为,却能以赤子之心创作了许多绝妙好词,被后人赞誉为一代词宗。

　　李煜(937—978),初名从嘉,字重光,号钟隐、莲峰居士等等。他是中主李璟的第六个儿子,也是五代时南唐的末代君王,被称为李后主。他"丰额骈齿,一目重瞳子"[①],天资聪慧,喜好读书,精通音乐、诗文、书画,尤其擅长填词,可以说是一个全面发展的艺术天才。18岁时与贵族女子娥皇结婚,即昭惠皇后(大周后),夫妻之间情深意笃。公元961年,父亲李璟病逝,李

---

① (宋)欧阳修:《新五代史》卷六二,中华书局1974年版,第777页。

煜在金陵即位,当时年仅 25 岁,改名为"煜",开始了偏安江南 15 年的小朝廷生活。李煜起初也曾励精图治,希望有所振作,但是自从他登上南唐国主之位,就直接面临着北方宋朝的严重威胁。他的努力纷纷化为泡影,只得在风雨飘摇之中无可奈何地打发自己的帝王生活。他派遣大臣带着大量金银财宝向大宋王朝奉表进贡,企求得到苟且的安逸。其间,还曾被迫将自己的胞弟李从善充任使者前往宋朝,而从善则被宋朝当做人质扣押不放,以此来要挟李煜投降。公元 974 年,宋朝在灭亡了荆南、后蜀、南汉等南方小国之后,就开始着手来收拾南唐。宋太祖赵匡胤先是派遣使者到金陵,邀请李煜到宋朝都城汴京参加皇帝的祭祀活动,准备乘机把他扣押,逼其投降。李煜借口身体抱恙再三推辞,送别时竟然死活不敢登上宋朝使者的船只。宋太祖见招降的手段行不通,就派遣大将曹翰等人率兵攻打南唐。李煜手忙脚乱,一面组织抵抗,一面又恐惧万分。及至次年(975 年)十一月二十七日半夜,金陵即被攻破。李煜先是在宫中堆放了干柴准备自焚殉国,但是临到头来却又胆小怕死,于是只得肉袒出降,与王室子弟及属下官员 45 人全部成了俘虏,被宋朝军队押送到了汴京。从此之后,他就以降王的身份待于明德楼下,被宋廷辱封为"违命侯",授左千牛卫上将军,在一座小院落内遭受软禁,过着十分屈辱的生活。但是即便如此,宋太宗赵光义也没有放过这位软弱无能的亡国之君,在李煜 42 岁生日的前夜,终于用牵机药把他毒杀。据史书记载,他填了几首词,其中《虞美人》《浪淘沙》等作品流传了出来,被人们广为传诵,这使得宋太宗赵光义非常嫉恨,于是赐给他牵机药。"牵机药者,服之前却数十回,头足相就如牵机状也"[1]。李煜服此毒药,全身不断抽搐,直至痉挛而死,李煜死时的情状是极其痛苦悲惨的。年仅 42 岁的李后主,就这样结束了南唐末代小皇帝的短命而又悲惨的一生。死后被追封吴王,葬之洛阳之北邙山。"江南人闻之,巷哭设斋"[2]。

---

[1] (宋)王铚:《默记》,《知不足斋丛书》本。
[2] (宋)马令:《南唐书》卷五,《四部丛刊续编》本。

二

李煜的词作内容,以 975 年的南唐灭亡为界,区分为前后两个阶段,表现出不同的描写题材和情感境界。

欧阳修《新五代史》卷六二称李煜"性骄侈,好声色,又喜浮图,为高谈,不恤政事"。他从小出生在帝王富贵之家,后来又做了江南富庶之国的君主,生活自然是极其豪华奢靡的。他的前期词中有不少内容,就是描写南唐皇宫内歌舞宴乐的场景,即如《浣溪沙》所云:

> 红日已高三丈透,金炉次第添香兽,红锦地衣随步皱。　　佳
> 人舞点金钗溜,酒恶时拈花蕊嗅,别殿遥闻箫鼓奏。

这首词非常真实地记录了帝王之家的生活景象。"红日已高三丈透",首先点明时间,皇宫之内昨天夜里已经进行了通宵达旦的狂欢,现在刚刚酣睡起床。皇帝意犹未尽,于是命令"金炉次第添香兽",再度添香温酒,尽快准备接下来的歌舞宴乐。于是各位宫女赶紧忙活了起来,大家在皇宫内走来走去,弄得这些织锦地毯都被纷至沓来的凌乱脚步踏得起皱了。这两句非常形象地刻画了华贵、奢靡的宫廷生活。下片写君王、后妃的醉舞狂欢:"佳人舞点金钗溜",跳舞的后妃按照舞曲的节拍,翩翩起舞,跳到节奏欢快的时候,头发松散,一枝金钗滑落了下来,这是写歌舞之乐。"酒恶时拈花蕊嗅",喝醉酒的君王醉眼朦胧,顺手摘下一朵花,放在鼻子上闻着,希望解些酒气,这是写纵酒狂欢之乐。最后一句又添上了重要一笔:"别殿遥闻箫鼓奏。"别的宫殿内箫鼓管弦也演奏了起来,那边的嫔妃宫娥又在演出什么新鲜花样的歌舞来讨皇上的欢心呢? 他当然要即刻起驾前去观赏一番。这样就显示了一个时间的延展,表明这种纵情欢乐是日以继夜、无休无止的。

李煜作为南唐的国君,他在皇宫里面的享乐,与西蜀花间词人的纵情享乐还是有所不同的。李煜富有高雅的艺术情趣,学识非常渊博,曾经撰写过讨论六经的《杂说》,多达数千万言,人称有汉魏之风。他又是一位著

名的书法家，"其作大字，不事笔，卷帛而书之，皆能如意，世谓'撮襟书'。复喜作颤掣势，人又目其状为'金错刀'。尤喜作行书，落笔瘦硬，而风神溢出"①。《宣和画谱》卷一七称其"金错刀"书体"作颤笔樛曲之状，遒劲如寒松霜竹"。周应合《景定建康志》卷五〇亦云李煜书法"大字如截竹木，小字如聚针钉"。除了书法创作，李煜还是一位书法理论家，撰有两篇专门谈论书法的文章：《书述》和《书评》，观点精当，文笔精美，不乏真知灼见。魏泰《东轩笔录》卷一五载："江南李后主善书，尝与近臣语书，有言颜鲁公端劲有法者，后主鄙之曰：'真卿之书，有法而无佳处，正如扠手并脚田舍汉耳。'"他还擅长绘画，尤其擅长工笔花鸟和墨竹。他画的墨竹，笔法借鉴"金错刀"书法遒劲与颤笔交融的技巧，画得笔画苍劲、富有神韵，后人称之为"铁钩锁"。宋人郭若虚《图画见闻志》卷二称："江南后主李煜，才识清赡，书画兼精。尝观所画林石飞鸟，远过常流，高出意外。金陵王相家有《杂禽花木》，李忠武家有《竹枝图》，皆希世之珍也。"他还是一位古代文物的收藏家和鉴赏家。据说他和父亲中主所收藏的古人书画和图书多达万卷以上，其中包括钟繇、王羲之等人的稀世书法珍品。不幸的是，当北宋军队攻破金陵的时候，李煜赶紧命宫娥黄氏把所收藏的珍贵书画古籍付之一炬，给后人造成了无法弥补的损失。他又洞晓音律，并能亲自制作乐曲。他的昭惠皇后也精通音乐，擅长弹奏琵琶，他们夫妻曾经根据所获得的盛唐《霓裳羽衣曲》的旧谱，重新加以整理和修订，足以见出他们的音乐才华。与此同时，南唐所管辖的区域，文人气息非常浓郁，中国古代的文房四宝：纸、笔、砚、墨，无一不与南唐密切相关。李煜写字选用宣州（今安徽宣城）制笔世家诸葛氏特制的紫毫笔，又将其妻娥皇所使用的特别精致的紫毫笔命名为"点青螺"。他使用的墨是被称为南唐一宝的著名墨工李廷珪创制的松烟墨，当时就有"天下第一品"的美誉。李煜还亲自主持制造了一种质地细薄光润的澄心堂纸。这种纸被誉为"众纸之冠"，到了北宋时期身价倍增，欧阳修编撰《新唐书》和《新五代史》，李公麟绘制《五马图》、《醉僧图》这些

---

① （宋）佚名：《宣和书谱》卷一二，《丛书集成初编》本。

名画,用的都是澄心堂纸。李煜使用的歙州生产的造型优美、质地温润的龙尾砚,更是南唐一宝。尤其值得一提的是,李煜得天独厚,收藏了一座天下罕见的宝石砚山。这个砚山利用天然奇石精心制作而成,四周参差错落地矗立着形状像手指一般大小的 36 座奇峰,两侧倾斜舒缓,如同丘陵连绵起伏,中间有一块平坦之处,在这里制成砚池,与周围的山峰相映成趣。整个砚山就是一个鬼斧神工、妙手天成的艺术品。天下神笔、奇墨、名纸、宝砚,尽为一人独占拥有。这样一位具有深湛文化修养和高雅审美趣味的词人提起笔来写诗填词,其文学风格自然也就不同于流俗。

126

他的高雅情趣也表现在对于皇宫环境的艺术化改造。据史书记载,在南唐皇宫里面,有专门的主香宫女,负责根据不同的环境燃起不同的香料,御用的香料都是用丁香、檀香、麝香等以梨汁蒸干精制而成。宫室里的装修更加考究别致,宫中妃子的装束,尤其争奇斗艳。昭惠周后创制高髻,许多妃嫔又用天然的露水染成色彩浅淡的碧纱,称为"天水碧"。还有女子为了得到李煜的宠幸,把自己的脚束裹成三寸金莲。陶宗仪《南村辍耕录》卷一〇引《道山新闻》云:"李后主宫嫔窅娘,纤丽善舞。后主作金莲,高六尺,饰以宝物细带缨络,莲中作品色瑞莲,令窅娘以帛绕脚,令纤小,屈上作新月状,素袜舞云中,回旋有凌云之态。唐镐诗曰'莲中花更好,云里月长新',因窅娘作也。由是人皆效之,以纤弓为妙。"在李煜的词里,享乐的生活也便增添了高雅的情调。其《玉楼春》写道:

晚妆初了明肌雪,春殿嫔娥鱼贯列。笙箫吹断水云间,重按《霓裳》歌遍彻。　临风谁更飘香屑?醉拍栏干情未切。归时休放烛花红,待踏马蹄清夜月。

整首词还是描写歌舞升平的景象,值得注意的是最后两句。一场酒宴结束之后,君王就要回后宫歇息了。他不让侍从们点上蜡烛在前面引路,破坏那美丽朦胧的月色,原来他还想骑马踏月,尽情地享受清夜之下潇洒清幽的情趣。据宋人王铚《默记》记载,"江南大将获李后主宠姬者,见灯辄闭目云：'烟气！'易以蜡烛，亦闭目云：'烟气愈甚！'曰：'然则宫中未尝点烛耶？'云：'宫中本阁每至夜，则悬大宝珠，光照一室，如日中也。'"由此可见，李煜皇宫之中是别样的奢侈和豪华。

此外，李煜还学习中唐张志和以来隐逸词的创作传统，写有两首《渔父》词：

> 阆苑有情千里雪，桃李无言一队春。一壶酒，一竿身。世上如侬有几人。
>
> 一棹春风一叶舟。一纶茧缕一轻钩。花满渚，酒盈瓯。万顷波中得自由。

烟波江上，春风和美，举酒垂钓，逍遥自在。词人俨然成为忘却尘世的高雅隐士，通过对自然美景的由衷赞赏，流露出内心当中的潇洒情韵。苏轼对此评析道："李主好书神仙隐遁之词，岂非遭罹多故，欲脱世网而不得者耶？"[①]

在感情生活方面，李煜可以说是一个"多情的种子"。他18岁时纳大司徒周宗之女为妻。宋马令《南唐书》卷六记载："后主昭惠后周氏，小字娥皇，大司徒宗之女。甫十九岁，归于王宫。通书史，善音律，尤工琵琶。元宗赏其艺，取所御琵琶时谓之'烧槽'者赐焉……唐之盛时，《霓裳羽衣》最为大曲，罹乱，簨师旷职，其音遂绝。后主独得其谱，乐工曹生亦善琵琶，按谱粗得其声，而未尽善也。后辄变易讹谬，颇去洼淫，繁手新音，清越可听。"多才多艺的昭惠皇后深得后主的宠爱，夫妻之间情深意笃。可惜偏生红颜自古多薄命，昭惠皇后年纪轻轻就身染重病，29岁时不幸病故。这时，大周后的妹妹（即此后的小周后）进入皇宫探视，多情的李后主又和她发生了私情。在大周后病重期间，这种关系处在偷偷摸摸的状态之中。热恋中的李后主，便写下了一些表现幽会之情的词作。例如《菩萨蛮》写道：

127

第四章 论李煜词

---

① （宋）苏轼：《书李主诗》，《东坡题跋》卷二，上海远东出版社1996年版，第98页。

花明月暗笼轻雾，今宵好向郎边去。划袜步香阶，手提金缕

鞋。　　画堂南畔见，一向偎人颤。奴为出来难，教君恣意怜。

据马令《南唐书》卷六记载："后主继室周氏，昭惠之母弟也。警敏有才思，神采端静。昭惠感疾，后常出入卧内，而昭惠未之知也。一日，因立帐前，昭惠惊曰：'妹在此耶？'后幼，未识嫌疑，即以实告，曰：'既数日矣。'昭惠恶之，返卧，不复顾……后自昭惠殂，常在禁中。后主乐府词有'划袜步香阶，手提金缕鞋'之类，多传于外。至纳后，乃成礼而已。翌日，大宴群臣，韩熙载以下皆为诗以讽焉，而后主不之谴。"这首词以小周后的身份和口吻来描写：在一个花明月暗、轻雾笼罩的夜里，自己偷偷地与情郎幽会，因为害怕惊动别人，所以只穿着袜子，手提着绣鞋向画堂南畔走去。一见到了情郎就猛地扑进他的怀中，激动得身子连连颤抖。想想奴家出来一趟真不容易，所以请您千万珍惜这一机会，尽情地爱怜我吧。这首词有三点值得注意：第一是大胆直率，把一位青年女子对于爱情的渴望淋漓尽致地表现了出来。第二是曲折传神地刻画出了她的心理状态，既写了她的紧张，又写了她的害羞，更写了她的内心像火苗一样窜涌而起的激动情绪。第三是恰如其分，见好就收。我们可以举出许多花间词作品来跟它进行比较，例如牛峤《菩萨蛮》："柳阴烟漠漠，低鬓蝉钗落。须作一生拼，尽君今日欢。"顾夐《荷叶杯》："记得那时相见，胆战。鬓乱四肢柔，泥人无语不抬头。羞么羞，羞么羞。"他们所写的男女偷情就显得非常露骨，带有比较明显的色情味道。李煜却能写到紧要关头煞住了笔，从而显得比较文雅和缠绵。此种情状正如同现代著名抒情诗人徐志摩写给恋人陆小曼的名诗《春的投生》："不觉得脚下的松软，／耳鬓间的温驯吗？／树枝上浮着青，／潭里的水漾成无限的缠绵；再有你我肢体上，／胸膛间的异样的跳动；　桃花早已开上你的脸；／我在更敏锐消受，／你的媚，吞咽／你的连珠的笑；／你不觉得我的手臂，／更迫切的要求你的腰身，／我的呼吸投射到你的身上，／如同万千的飞萤投向光焰？"

昭惠皇后去世三年后，李煜正式册封小周后为皇后，两人过着更加奢侈华贵的生活。他的《一斛珠》词描写了小周后与李后主成婚后闺房调笑的情态：

晓妆初过，沉檀轻注些儿个。向人微露丁香颗，一曲清歌，暂引樱桃破。　罗袖裛残殷色可，杯深旋被香醪涴。绣房斜凭娇无那，烂嚼红茸，笑向檀郎唾。

这首词写小周后的恃宠撒娇，写得绘声绘色、惟妙惟肖。一上来先写她早晨梳妆完毕，小巧的嘴唇上还抹上了一层深红色的唇膏，显得分外妖媚。接着又写她先向人微露一下像丁香花蕾那样的尖尖舌头，然后轻启樱桃小口，唱出美妙的清歌。"向人微露丁香颗，一曲清歌，暂引樱桃破。"这三句写得非常细致形象，尽显出女性的娇嫩和性感；而且这种性感用"丁香"、"樱桃"这些美好的植物意象曲折地加以暗示，又能给人以美好的艺术想象。下片写她唱歌以后饮酒的情形：由于酒喝了很多，喝的时候又不当心，所以罗袖就被酒所沾污，染上深红的酒色和扑鼻的酒香。最后三句就更加生动和富有戏剧性了：她酒醉之后，斜靠着绣床，显得异常的娇媚，先是把红茸（即红绒）盘在小嘴里烂嚼，然后又笑着把它向心上人身上唾去，全词便在这男女调笑的欢乐气氛中结束。关于这首词，清人贺裳《皱水轩词筌》激赏其情态入神，但是李渔则在《窥词管见》中，对此进行了激烈的批评：

此娼妇倚门腔，梨园献丑态也。嚼红绒以唾郎，与倚市门而大嚼，唾枣核、瓜子以调路人者，其间不能以寸。优人演剧，每作此状，以发笑端，是深知其丑，而故意为之者也。不料填词之家，竟以此事谤美人，而后之读词者，又止重情趣，不问妍媸，复相传为韵事，谬乎不谬乎！

由此体现出李氏尚雅黜俗、扭转明词淫鄙流弊的努力。但是我们还是必须充分肯定李煜这首作品，它极为生动形象地展示了李后主与小周后婚

129

第四章　论李煜词

后生活中甜蜜温馨的一幕。

　　不过，我们不能认为李煜从即位君王到国家沦亡的十几年时间内，就一直是花天酒地、纵情声色。其实，在他的心灵深处，充满着种种的无奈和感伤。李煜是中主李璟的第六个儿子，按理说做皇帝怎么也轮不到他，他从小生活在皇宫内院、脂粉堆中，沉迷于文学艺术的爱好之中，根本无心于政治，但是他前面的几位兄长却纷纷死去，他是被迫推上了历史的舞台。而且他也知道这个皇帝不好做，为了这个王位，曾经发生过许多残酷的争斗。在他23岁时，他的兄长弘冀(时为太子)就派人在酒中下毒杀死了自己的叔叔景遂，以图消除争夺皇权的后患，而弘冀本人却又在一个月后不明不白地暴卒。这些情况都给胆小懦弱却性情温厚的李煜投下了可怕的阴影。当上君王之后，李煜的家庭生活充满着不幸和悲哀。先是在他28岁时，次子仲宣突然夭折，给他带来了沉重的感情打击。这位小王子"敏慧特异，眉目神采若图画。三岁能诵《孝经》及古杂文。煜置膝上，授之以数万言。因作乐，尽别其节。宫中宴侍，自然知事亲之礼，见士大夫揖让进退，皆如成人"①。可是就在他4岁时，"一日，戏佛像前，有大琉璃灯为猫触堕地，划然作声，仲宣因惊痫得疾，竟毙"②。这样的打击令李煜悲痛欲绝，他常默坐饮泣，亲自撰写《悼仲宣铭》寄托哀思，文曰："呜呼！庭兰伊何，方春而零；掌珠伊何，在玩而倾。珠沉媚泽，兰陨芳馨；人犹沮恨，我若为情？萧萧极野，寂寂重扃。与子长诀，挥涕吞声。噫嘻，哀哉！"真是字字血泪，声声悲泣。又撰诗云："永念难消释，孤怀痛自嗟。雨深秋寂寞，愁重病增加。咽绝风前思，昏朦眼上花。空王应念我，穷子正迷家。"更令李煜伤心欲绝的是，就在爱子夭折之后的一个月，他所挚爱的昭惠皇后也一命呜呼。李煜"悼痛伤悲，哽躄几绝者数四，将赴井，救之获免"③。昭惠皇后死后，李煜悲伤过度，"哀苦骨立，杖而后起"，每日花朝日夕，无不伤怀，"前哀将后感，无泪可沾巾"(《挽辞》)。他为昭惠皇后亲制洋洋数千言的《昭惠皇后诔》，

---

①　(宋)释文莹：《玉壶清话》卷一〇，中华书局1984年版，第103、104页。

②　(清)吴任臣：《十国春秋》卷一九，中华书局1983年版，第284页。

③　(宋)释文莹：《玉壶清话》卷一〇，中华书局1984年版，第104页。

详尽地描绘周后的美貌和聪慧,追忆自己和她甜美的夫妻生活,最后则倾诉了无限悲痛的情意。其中写道:"木交枸兮风索索,鸟相鸣兮飞翼翼。吊孤影兮孰我哀?私自怜兮痛无极。呜呼哀哉!夜寤寐感兮何响不哀,穷求弗获兮心堕催。"他将诔言刻之石上,与昭惠后所钟爱的烧槽琵琶同葬,又作书焚之,并且自称为"鳏夫煜"。他又用诗痛悼昭惠后:"浮生共憔悴,壮岁失婵娟。汗手遗香渍,痕眉染黛烟。"(《书灵筵手巾》)"又见桐花发旧枝,一楼烟雨暮凄凄。凭栏惆怅人谁会,不觉潸然泪眼低。"(《感怀》)应该说,李煜的这些感情都是非常真挚的,并不因为他与小周后的偷情而有所稀释和造作,他确实是一位真性情的人。

虽然李煜跟小周后结婚之后,生活更加豪华奢侈,但是毕竟难以排遣精神的空虚。于是,他醉心于佛教,每次下朝后就跟小周后穿上袈裟,念诵佛经,其《病中书事》诗咏道:"赖问空门知气味,不然烦恼万途侵。"他的词作也因之染上了浓厚的感伤色彩。其胞弟郑王从善出使宋朝,被强行扣留。"后主天性友爱,自从善不还,岁时宴会皆罢,惟作《登高赋》以见意,曰:'原有鸰兮相从飞,嗟我季兮不来归。'"[1]李煜经受着生离死别的痛苦,于是创作了一些感伤怀人的词作。例如《清平乐》:

> 别来春半,触目柔肠断。砌下落梅如雪乱,拂了一身还满。
> 雁来音信无凭,路遥归梦难成。离恨恰如春草,更行更远还生。

131

这首词不假雕琢,纯粹是触目伤怀、触景生情。它所取的景,例如台阶下乱落如雪和袭满一身的梅花、天上飞过的大雁,以及举目望去无边无际的春草,都是"就地取材"的常见景物,然而在这里,却统统变成了表达离愁别绪的绝好"道具"。特别是最后两句:"离恨恰如春草,更行更远还生。"比喻非常巧妙,把那割舍不断的离恨愁思,比喻为绵延不尽的春草,化抽象为具体,化情感为物象,写得非常成功;而且这里特别使用了两个"更"字和一个"还"字,构成了一种层层递进的关系,有力地衬托了离恨的绵绵不

第四章 论李煜词

---

[1] (宋)陈彭年:《江南别录》,《学海类编》本。

尽、愈转愈深。宋人范仲淹《苏幕遮》"山映斜阳天接水,芳草无情,更在斜阳外",欧阳修《踏莎行》"离愁渐远渐无穷,迢迢不断如春水"、"平芜尽处是春山,行人更在春山外",同样采用此种翻进一层的写法,产生出加倍的抒情效果。这里的形象比喻,也与其后来创作的《虞美人》中"问君能有几多愁? 恰似一江春水向东流",具有异曲同工之妙。

在此期间,他的词作也染上了许多感伤的愁绪,例如《捣练子令》:

> 深院静,小庭空,断续寒砧断续风。无奈夜长人不寐,数声和月到帘栊。

词人在凄凉的环境中,夜闻寒砧,辗转难寐,字里行间都传递出他难以排遣的郁闷愁思。唐圭璋先生在《屈原与李后主》一文中分析道:"后主始无奋斗之志,后亦不思奋斗,平居贪欢作乐,国危则日夜感伤。其《捣练子》云:'无奈夜长人不寐',《相见欢》云:'无奈朝来寒雨晚来风',朝朝暮暮,只觉无奈。"[1]

三

宋开宝七年(974 年),宋太祖赵匡胤派遣曹翰率领军队,大举进攻南唐。宋军就要造浮桥渡过长江了,南唐朝廷议论此事,大臣告诉李煜:从来没有听说过长江可以造浮桥的事。李煜也不相信宋朝军队会轻易渡过长江天险,说:"吾亦以为儿戏耳。"[2]结果宋军顺利渡江,围困了金陵城。南唐军队不堪一击,节节溃败,形势危急万分。宋兵从四面八方猛攻金陵,金陵城内横尸遍地,南唐朝廷一片惊慌。李煜命大臣徐铉两次向宋朝企求退兵。徐铉首先对赵匡胤诘责道:"李煜无罪,陛下师出无名。"并且指出:"李煜以小事大,如于事父,未有过矣,奈何见伐?"宋太祖答道:"尔谓父子者

---

① 唐圭璋:《词学论丛·屈原与李后主》,上海古籍出版社 1986 年版,第 919 页。
② (元)脱脱等:《宋史》卷四七八,中华书局 2000 年版,第 10713 页。

为两家可乎？"铉不能对。第二次就回答得更加干脆："不须多言！江南亦有何罪？但天下一家，卧榻之侧，岂容他人鼾睡乎！"铉惶恐而退①。在城破之前最危急的时候，后主无计可施，只得躲在佛堂中向神祷告，并许愿在兵退之后为佛像重塑金身并广建庙宇。但是城池终于被攻破，李煜肉袒出降，结束了风流君王的生涯。城破之后，李煜白衫纱帽拜见宋朝大将曹彬、潘美。"二公先登舟，召煜饮茶，船前独设一木脚道。煜向之国主，仪卫甚盛，一旦独登舟，徘徊不能进。曹命左右掖而登焉"。曹彬对李煜严加训斥了一番，命令他回宫整备行装，以便押解北上。宋将潘美向曹彬进言，称此举不妥，万一李煜回去自杀，如何向宋太祖交代？曹彬听后，哈哈一笑，说道："适来独木板尚不能前，畏死甚也。既许其生赴中国矣，焉能取死？"②这么一句话，就一针见血地道出了后主胆小怕死、怯懦无能的本性。在《破阵子》词里，李煜描述了自己当年离别故国的情景：

四十年来家国，三千里地山河。凤阁龙楼连霄汉，玉树琼枝作烟萝。几曾识干戈？　一旦归为臣虏，沈腰潘鬓消磨。最是仓皇辞庙日，教坊犹奏别离歌。垂泪对宫娥！

往昔的荣华富贵与如今的屈辱生活形成鲜明的对照，他的内心是非常痛苦的。正当他辞别太庙之时，教坊偏又奏起了别离之曲，此情此景，使他格外悲楚感伤。他在此时最放心不下的依然是美貌的宫娥，忍不住热泪纵横，与她们依依惜别。北宋文豪苏轼曾对李后主的创作态度颇多微词。他认为一国之君自当励精图治，奋发有为，而如李后主"好书神仙隐遁之词"，本已失其人主之道；尤其对这首《破阵子》词加以诘责："后主既为樊若水所卖，举国与人，故当恸哭于九庙之外，谢其民而后行。顾乃挥泪宫娥，听教坊离曲哉！"③意在批评他不顾祖宗和百姓，却仍迷恋于宫娥和教坊。如

①　（宋）李焘：《续资治通鉴长编》，中华书局1979年版，第348、350页。
②　（宋）赵溍：《养疴漫笔》，《说郛》卷四七，宛委山堂本。
③　（宋）苏轼：《跋李主词》，《东坡志林》卷四，学苑出版社2000年版，第233页。

此政治礼仪的标准,自然无法匡衡李后主的个性。他本属"风流才子,误作人主"①,长期生活于脂粉堆里,故其动情必对宫娥,将此深情不加掩饰地表白出来,恰正显示出其人性之真淳,更加真切地表达出词人深浓的人生悲慨和故国之思。如此真情实感的自然抒发,远远胜过诸多矫揉造作、道貌岸然的伪饰。所以清梁绍壬《两般秋雨庵随笔》卷二云:"若以填词之法绳后主,则此泪对宫娥挥为有情,对宗社挥为乏味也。"宋陈鹄《西塘集耆旧续闻》卷三载李煜《临江仙》(樱桃落尽春归去)词后亦有苏辙题云:"凄凉怨慕,真亡国之声也。"郑振铎先生也认为:"此正后主至情流露处。他心里不愿哭庙谢民,便不哭庙谢民。此种举动,实胜于虚伪的做作万万。好的作品,都是心里想什么,便写什么的。"②

李煜被押解到汴京之后,遭遇非常凄惨,不仅丧失了人身自由,生活也极其贫困,而且还要时常忍受赵匡胤对他的奚落、侮辱。叶梦得《石林燕语》卷四记载:"江南李煜既降,太祖尝因曲燕问:'闻卿在国中好作诗。'因使举其得意者一联。煜沉吟久之,诵其《咏扇》云:'揖让月在手,动摇风满怀。'上曰:'满怀之风却有多少?'他日复燕煜,顾近臣曰:'好一个翰林学士。'"曾慥《类说》卷五二引《翰府名谈》亦载赵匡胤对李煜言:"公非贵貌也,乃一翰林学士耳。"宋太祖赵匡胤和宋太宗赵光义都赏爱文词,据陈师道《后山诗话》记载:

> 吴越后王来朝,太祖为置宴,出内妓弹琵琶。王献词曰:"金凤欲飞遭掣搦。情脉脉。看取玉楼云雨隔。"太祖起,拊其背曰:"誓不杀钱王!"③

吴越后王即忠懿王钱俶,乃武肃王钱镠之孙,钱氏割据政权最后继承者归附宋朝。他在宋廷的宴席上,借献小词表露遭执乞怜之意。宋太祖则

---

① (清)余怀:《玉琴斋词序》,国学图书馆民国十七年(1928年)影印本。
② 郑振铎:《郑振铎古典文学论文集》上册,上海古籍出版社1984年版,第268页。
③ (宋)陈师道:《后山诗话》,《历代诗话》,中华书局1981年版,第305页。

以胜利者的姿态予以宽慰。然而，宋太祖对南唐后主李煜就不那么客气了。据蔡絛《西清诗话》记载：

> 南唐后主围城中作长短句，未就而城破："樱桃落尽春归去，蝶翻金粉双飞。子规啼月小楼西。曲栏金箔，惆怅卷金泥。门巷寂寥人去后，望残烟草低迷。"余尝见残稿，点染晦昧，心方危窘，不在书耳。艺祖（即宋太祖赵匡胤）云："李煜若以作诗工夫治国事，岂为吾虏也！"①

宋太祖将"作诗"与"治国事"对举，一方面肯定李煜作诗填词确实卓有成就；另一方面也批评他沉溺于此小道，则属玩物丧志，必然导致亡国的悲剧。

976 年冬天，宋太祖驾崩，宋太宗赵光义即位，他对各位降王的控制更加严厉。而更令李煜难堪的是，自己心爱的小周后例随诸位降王之妻入宫向皇家请安时，"每一入辄数日而出，必大泣骂后主，声闻于外，多宛转避之"。面对妻子遭受凌辱的悲惨现实，李煜却无力保护、无可奈何，只得忍气吞声。在偷偷写给金陵旧宫人的书信中，他写下了如此伤心的句子："此中日夕，只以眼泪洗面。"②可见其心境之凄惨。到了 978 年，宋太宗忽然派时任左散骑常侍的南唐旧臣徐铉前去探视后主，实际就是命令他去刺探李煜的思想状况。徐铉让人进去通报，自己站立在外等候。仆人进去通报后，很久才出来，搬出两把旧椅子，放在庭院当中。李后主穿着纱帽道服出来，自己走下庭院的台阶，牵着徐铉的手一起拾阶而上。宾主落座之后，后主突然大哭，然后默默无言，接着喟然长叹道："当时悔杀了潘佑、李平！"潘佑和李平都是南唐当年力主抵抗宋朝的两位大臣，后遭人诬陷，被后主杀害。李煜的长叹自然充满着深切的自责和怨悔。徐铉不敢隐瞒，返朝之后即向太宗如实禀报。太宗又听说后主写了"小楼昨夜又东风，故国不堪回

---

① （宋）胡仔：《苕溪渔隐词话》，《词话丛编》，中华书局 1986 年版，第 161 页。
② （宋）王铚：《默记》，《知不足斋丛书》本。

首月明中"之词,更加忌恨、恼怒,于是就有了后来赐牵机药毒杀之事,结束了李煜亡国之后的凄惨生活①。蔡絛《西清诗话》又云:

> 南唐李后主归朝后,每怀江国,且念嫔妾散落,郁郁不自聊。尝作长短句云:"帘外雨潺潺。春意阑珊。罗衾不暖五更寒。梦里不知身是客,一晌贪欢。　独自莫凭栏。无限关山。别时容易见时难。流水落花何处也,天上人间。"含思凄惋,未几下世。②

在这样的囚禁生活里,李后主自然有了足够的时间去进行人生的反思,填词也便成为了他几乎仅有的排遣方式。他的词回忆往日的生活,表达自己对故国的深切思念,例如《望江南》所云:

> 多少恨,昨夜梦魂中,还似旧时游上苑,车如流水马如龙,花月正春风。

往事重温,唯有在片刻的梦中,"还似"二字直贯以下17字,实写梦中旧时冶游之盛况;而其实质却是以旧日之乐,愈加反衬出今之愁极恨深。

《望江梅》写道:

> 闲梦远,南国正芳春。船上管弦江面绿,满城飞絮辊轻尘。忙杀看花人。

江南春水之美,船上管弦之盛,城中花絮之繁,宝马香车之喧,统统映衬着满城狂欢、上下醺嬉的情状。以上两首词就像是"痴人说梦",都通过对往日江南春色美好、游人如织的深情追忆,反衬出今日的孤身凄凉、亡国之痛。

《望江梅》亦云:

---

① (宋)王铚:《默记》,《知不足斋丛书》本。
② (宋)胡仔:《苕溪渔隐词话》,《词话丛编》,中华书局1986年版,第162页。

闲梦远,南国正清秋。千里江山寒色远,芦花深处泊孤舟。笛在月明楼。

这首词又追忆江南的秋天:南国的千里江山,都笼罩在一片清爽明净的秋色之中;在瑟瑟的芦花深处,停泊着一叶孤舟,更加渲染出秋色的清冷和萧瑟。就在此时,明月朗照的高楼之上,传来了悠扬缥缈的笛声。这悠扬的笛声,传遍了芦花深处、笼罩了千里江山,统统渗透着清空潇洒的情韵。而这清秋寥廓的景致又出现在词人的深情梦境当中,更加让他感受到格外孤寂凄惨的愁绪。又如《浪淘沙》写道:

往事只堪哀!对景难排。秋风庭院藓侵阶。一任珠帘闲不卷,终日谁来？　金锁已沉埋,壮气蒿莱! 晚凉天静月华开。想得玉楼瑶殿影,空照秦淮。

这首词上片劈头就是一句"往事只堪哀",抒发出激昂沉痛的感情。陈廷焯《云韶集》卷一评析道:"起五字凄婉,却来得突兀,故妙。凄恻之词而笔力精健,古今词人谁不低首。"紧接着"对景难排"四个字,表明对于往事的悲怨愁苦只能郁结在胸而无法排遣、宣泄。接下来通过对眼前孤寂的囚禁生活场景的描写,烘托了无限的凄凉和寂寞;而"一任"和"终日"两句之中,更显露了他复杂矛盾的心态:既盼望有人前来探望自己,但又深知没有人会来。下片写黑夜当中对故国往事的浮想联翩。"金锁已沉埋,壮气蒿莱!"化用了三国时吴国以铁锁链横断长江,企图阻挡西晋军队,结果失败灭亡的故事。刘禹锡《西塞山怀古》诗中就有类似的咏叹:"千寻铁锁沉江底,一片降幡出石头。"他也曾经企图抵抗宋军,却闹出了不少洋相,最终也与当年的吴国君主孙皓一样,遭到灭亡的命运。这里的金锁也可以理解为宫门上的连锁花纹,用来借指宫殿,意即:南唐故国的宫殿想来已被尘封土埋,昔日金陵城的帝王气象也已被淹没在野草之中而荡然无存,字里行间充满着凄寂冷落之意。最后三句再度描写夜晚秋风萧瑟、月华如水的景致,

然后不由得产生联想：玲珑的秋月，一定正映照在南唐的"凤阁龙楼"之上，它们的倒影投映在空荡冷寂的秦淮河水中了吧！如此的美景，令人神往，饱含着词人的无限深情，但是一个"空"字，又蕴涵着难言的凄凉。这首词真幻结合、虚实相生，表达出繁华如梦、往事如烟的惆怅。

李煜现今传世的34首词作中，出现了18次梦的母题意象。梦是人的一种精神现象，与人生体验形影相随，古时《关尹子》一书卷六中即云："好仁者多梦松柏桃李，好义者多梦兵刀金铁，好礼者多梦簠簋笾豆，好智者多梦江湖川泽，好信者多梦山岳原野。"在李煜人生遭际和心路历程中，梦境描写也展现出各自不同的内涵。其前期词里所做的大多是玫瑰色的旖旎之梦，如"纱窗醉梦中"、"如梦懒思量"、"欲睡朦胧入梦来"、"魂迷春梦中"等等，都在竭力渲染着慵懒、醉迷的浮靡生活氛围，充斥着感官享乐的缠绵味道。一旦沦为臣虏，李煜身心交瘁，此时的梦境就是："故国梦重归，觉来双泪垂"（《菩萨蛮》）、"雁来音信无凭，路遥归梦难成"（《清平乐》）、"转烛飘蓬一梦归，欲寻陈迹怅人非"（《浣溪沙》）等等。这些词句都充满着对于往昔美好生活的深情追忆，以及美梦醒来之后的倍感凄凉。

李煜的后期词里，很多作品都带上了人生哲理的意蕴，在艺术上更加精炼，达到了新的境界。如其《乌夜啼》（又名《相见欢》）所云：

林花谢了春红，太匆匆！常恨朝来寒雨晚来风！　　胭脂泪，留人醉，几时重？自是人生长恨水长东！

这首词一反普通伤春诗词的哀婉风格，而是以三个惊叹句和一个问句，造成磅礴的气势，宣泄出作者郁结于胸的悲恸。"林花谢了春红"，即"春林红花谢了"，春天树林里的红花已经凋谢。紧接着"太匆匆"三个字喟叹春天红花开放的短暂，同时也就喟叹人生的美好总是如此地短暂，往日的繁华转瞬即逝。更何况还有"朝来寒雨晚来风"，风雨交加的摧残，更加速了春花的凋零，把一切的美好都付之东流。下片"胭脂泪"呼应上片的"林花谢了春红"，指林花在寒雨中沾湿，如同美人流着眼泪。这句词化用了杜甫《曲江对酒》诗中的"林花著雨胭脂湿"。"留人醉",是说面对如此衰残的景象,人们不禁黯然神伤、凄然心醉。"几时重",又是一句满含绝望的慨叹,暗示往日的美好生活都已一去不复返了,难道还有花返故枝、人归故土的一天吗?最后,词人抛开春花的感伤、自我的嗟叹,升华为对历史、自然、人生的慨叹与悲愤:"自是人生长恨水长东"。到了这里,李煜已经完全失望,已经看破人生:人生是无边的苦海,死亡才是最终的解脱。俞陛云《唐五代两宋词选释》从政治的角度评析此词道:"后主为樊若水所卖,举国与人。词借伤春为喻,恨风雨之摧花,犹逆臣之误国,迨魁柄一失,如水之东流,安能挽沧海尾闾,复鼓回澜之力耶!"詹安泰《读词偶记》则侧重赏析该作所体现的抒情魅力:"哀艳而复雄奇,悲愤而复仁爱,曲折深至而复痛快淋漓,兼包众长,无美不备,直是天地间第一等文字,讵可学而能耶!"作品最后一句沉哀入骨的咏叹,境界雄阔壮大,特具阳刚之力、郁勃之气,对于北宋豪放词风产生了一定的影响。

王国维《人间词话》中对李煜有一段著名的评论:"尼采谓:'一切文学,余爱以血书者。'后主之词,真所谓以血书者也。宋道君皇帝(宋徽宗)《燕山亭》词亦略似之。然道君不过自道身世之戚,后主则俨有释迦、基督担荷人类罪恶之意,其大小固不同矣。"王国维对于李煜的词非常推崇,他的这种评价未免有比喻不当和过分夸张的毛病,但是他认定李后主词是用其生命(血)所谱写而成,并且充满着像释迦牟尼和耶稣基督那样一种悲天悯人的忧患意识,却又是值得肯定的。唐圭璋先生在《屈原与李后主》一文中也指出:"后主以酷好浮屠,受佛家之影响甚深,故于创剧之余,则方产生人生悲悯之念。"[①]李煜后期词中,诸如"往事已成空,还如一梦中"(《子夜歌》)、"世事漫随流水,算来一梦浮生"(《乌夜啼》)、"流水落花春去也,天上人间"(《浪淘沙》)等等词句,都饱含着极其深沉的人生忧患感,传达出震撼人心的悲剧力量。作者所郁结在胸的满腔政治悲恸和身世感慨,就像"一江春水向东流"那样深沉似海、绵延不尽、奔腾不息,其思想的深度和感

---

① 唐圭璋:《词学论丛·屈原与李后主》,上海古籍出版社1986年版,第921页。

情的力度，都绝非过去花前月下的花间词作品所能望其项背。

此类情感更加集中地体现在他最著名的《虞美人》词当中：

> 春花秋月何时了？往事知多少！小楼昨夜又东风，故国不堪
> 回首月明中。　雕栏玉砌应犹在，只是朱颜改。问君能有几多愁？
> 恰似一江春水向东流。

春花秋月原本是美好的景象，词人却非常烦闷，责怨"春花秋月何时了"。为什么呢？因为"往事知多少"，一看见这春花秋月，就会勾起对南唐美好往事的无限追忆，也就更加感受到此刻的亡国悲痛。这是无理而妙，非常形象地表现出词人做了亡国俘虏之后的内心愁苦。"小楼"是写李煜在汴京居住的窄小庭院，对应往昔的"凤阁龙楼连霄汉"；"昨夜"，暗示他夜不能寐；"东风"，春风从南方吹来，从南唐故国的方向吹来，带给他的却是难言的惆怅；而且一个"又"字，表示这东风已不止一次吹来，暗示自己已经亡国多年，每一次东风吹起，都会惹得他愁绪满怀。"故国不堪回首月明中"，倒装句式，应为"月明中故国不堪回首"，但是"月明中"三个字拖在后面，却造成了独特的抒情效果，就像是三记重锤一样，撞击着词人痛苦的内心世界。下片"雕栏玉砌应犹在？只是朱颜改。""应犹在"是一句深情探问，流露出词人对南唐故国的深切思念之情；但是"只是朱颜改"，又表达了自己容颜老去，南唐雕栏玉砌中的宫女容颜老去，南唐江山已经沦落易帜的莫大悲哀。想到这里，他胸中的愁绪好像是蓄满了滔滔江水，然后陡然拉开感情的闸门："问君能有几多愁？恰似一江春水向东流。"把抽象的愁绪形象化，赋予了格外的长度、深度和强度，让那郁结于胸的愁怨之情，像咆哮的江水一样倾泻而出。清人陈廷焯《云韶集》卷一评价此词曰："一声恸歌，如闻哀猿，呜咽缠绵，满纸血泪。"

概括地讲，李煜亡国之后的词作，主要充满着三类情绪：首先是强烈的今昔对比感，其次是激烈的内心挣扎和巨大的亡国之痛，再次则是人生如梦的绝望感和虚无感。这些作品完全不是供人娱宾遣兴的，而是非常真切

地流露出李煜本人凄楚感人的内心世界。所以王国维《人间词话》对李煜的词做出了著名的论断："词至李后主而眼界始大,感慨遂深。遂变伶工之词为士大夫之词。""所谓'眼界大',指的是艺术视野开阔,题材范围扩大,面向整个人生与社会,塑造深美闳约的艺术境界,而不仅仅局限于温庭筠以来的花前月下、闺房庭院的小范围;所谓'感慨深',指的是由狭隘地'缘情'(儿女柔情)转向深广地'言志'(天下国家之志、人生重大问题等),具有深沉的宇宙人生的思考和超逾一己闲愁浅恨的大悲哀与大感慨"。①

四

李煜的词从来都不雕琢于艺术技巧,不像李璟、冯延巳那样,带有鲜明文人雅化的色彩,而是"满心而发,肆口而成"②,这恰恰形成了其高妙超群的艺术境界。

李煜的词,最突出的特点在于真情流露、纯任性灵。清人杨希闵《词轨》卷二评述道:"二主词读之使人悄怆失志,亡国之响也。然真意流露,音节凄婉,善学者,宜得意于形迹之外。"刘毓盘先生称李煜"于富贵时能作富贵语,愁苦时能作愁苦语。无一字不真,无一语不俊"③。唐圭璋先生在《李后主评传》中更加精辟地揭示了李煜词独特的审美境界:"中国讲性灵的文学,在诗一方面,第一要算十五《国风》。儿女喁喁,真情流露,并没有丝毫寄托,也并没有丝毫虚伪。在词一方面,第一就要推到李后主了。他的词也是直言本事,一往情深:既不像《花间集》的浓艳隐秀,蹙金结绣;也没有什么香草美人,言此意彼的寄托。加之他身为国主,富贵繁华到了极点;而身经亡国,繁华消歇,不堪回首,悲哀也到了极点,正因为他一人经过这种极端的悲乐,遂使他在文学上的收成也格外光荣而伟大。在欢乐的词里,我们看见一朵朵美丽之花;在悲哀的词里,我们看见一缕缕的血痕泪痕",

---

① 刘扬忠:《唐宋词流派史》,福建人民出版社 1999 年版,第 124 页。
② (宋)张耒:《东山词序》,《东山词》,民国朱祖谋辑《彊村丛书》本。
③ 刘毓盘:《词史》,上海书店 1985 年版,第 64 页。

"后来词人，或刻意音律，或卖弄典故，或堆垛色彩，像后主这样纯任性灵的作品，真是万中无一。"①南唐君主时期的华靡、清雅，亡国之后的悲楚、凄凉，都毫不掩饰地表达出来，所有的悲欢和血泪，统统展示在读者面前，产生了极其感人的抒情效果。而且他的词语言浅近易懂，具有"清水出芙蓉，天然去雕饰"的独特风神。因此清朝常州词派著名词论家周济在《介存斋论词杂著》中比较温庭筠、韦庄和李煜三家的词风，指出："李后主词，如生马驹，不受控捉。毛嫱、西施，天下美妇人也：严妆佳，淡妆亦佳，粗服乱头，不掩国色。飞卿，严妆也；端己，淡妆也；后主，则粗服乱头矣。"即是认为李煜词以真率为美。王国维《人间词话》也说："温飞卿之词，句秀也；韦端己之词，骨秀也；李重光之词，神秀也。"揭示出他们在字面、结构和意境方面各自的优长，由此判别出三家词成就的高下优劣。又有人把李煜跟此前的李白和此后的李清照相提并论，合称为"词家三李"，都是抓住了他们作品当中感情真挚、不假雕琢的共同艺术特征。清人沈谦在《填词杂说》当中就指出："男中李后主，女中李易安，极是当行本色。"认为李煜的词为宋词创作树立了一个"当行本色"的样板。詹安泰在《读词偶记》中也深入比较了冯延巳与李煜二家词的差异：

> 南唐后主与冯正中词亦自有别：正中虽不乏寄意深远之作，选声设色，犹不尽脱花间习气，如后主之天趣洋溢，悲痛沉至者，都不可得。此则性情身世，远不相及，非关学养也。
>
> 正中词可学，故为宋初诸家所祖。若后主之"林花谢了春红（略）"哀艳而复雄奇，悲愤而复仁爱，曲折深至而复痛快淋漓，兼包众长，无美不备，直是天地间第一等文字，讵可学而能耶！即此可判李、冯之高下。②

这些评价鞭辟入里，深刻揭示出李煜词作意旨沉至又能妙造天然的境

---

① 唐圭璋：《词学论丛·李后主评传》，上海古籍出版社 1986 年版，第 905、914 页。

② 詹安泰：《读词偶记》，《詹安泰词学论集》，汕头大学出版社 1997 年版，第 310 页。

界。李煜的词进一步影响到后代,与宋代晏几道、清朝纳兰性德之词皆有精神气质上面的共通性。纳兰性德即对李煜词推崇备至,他指出:《花间》之词如古玉器,贵重而不适用,宋词适用,而少贵重;李后主兼有其美,更饶烟水迷离之致。"① 论者指出《花间集》作品与宋词皆有缺点,唯有李后主能够兼具"贵重"与"适用"之美,而且更富烟水迷离的韵致。事实上,纳兰性德自身词作悲凉顽艳的风格,更加接近于李煜,也更能够激起创作情感的共鸣。王鹏运《半塘老人遗著》亦云:"莲峰居士词,超逸绝伦,虚灵在骨。芝兰空谷,未足比其芳华;笙鹤瑶天,讵能方兹清怨。后起之秀,格调气韵之间,或月日至,得十一于千百。若小晏,若徽庙,其殆庶几。断代南渡,词音阒然。盖间气所钟,以谓词中之帝,当之无愧色矣。"②

由此,我们可以概括李煜在词史发展当中作出了三点重要贡献:

首先,在李煜手中,词体完成了从应歌侑酒的"伶工之词"向抒写个人情志的新型抒情诗的转变。过去以花间词为代表的词体创作,大多是在酒席歌筵上演唱的曲辞而已,题材内容基本不出艳情和享乐,在艺术风貌方面也往往给人以千人一面的雷同之感。而只有到了李煜手里,词才带有了鲜明的个性色彩,并且被赋予了抒写政治情怀和身世感慨的"言志"的品格。龙榆生《南唐二主词叙论》即指出:"后主仁爱足感遗民,而生活却成奴虏,笃信竺乾教义,而又不能彻悟'真空',重重矛盾交战于中,而自然流露于音乐化的文字……曲子词之有真生命,盖自后主实始发扬。"③ 词体功能的这一重大拓展,为此后词体的健康发展开拓了广阔的道路,对于北宋词人苏轼"无意不可入,无事不可言"的题材开拓,以及情志一体化的创作倾向都产生了很大影响。

其次,在李煜手中,改变了以词仅作娱宾遣兴的文学工具的局面,转而用来描写人生的缺憾和表现哀伤的情绪。这样就大大深化了词的思想内涵,同时又强化了词的悲剧性美感。正如缪斯《五月之歌》中写道:"最

---

① (清)纳兰性德:《渌水亭杂识》卷四,《丛书集成初编》本。
② 唐圭璋:《词学论丛·南唐二主词总评》,上海古籍出版社 1986 年版,第 902 页。
③ 龙榆生:《龙榆生词学论文集》,上海古籍出版社 1997 年版,第 206、208 页。

美丽的诗歌是最绝望的诗歌,有些不朽的篇章是纯粹的眼泪。"胡适在《词选》中指出:"李煜是久处繁华安乐的人,在这种悲惨的俘虏境地里,禁不住有故国之思,发为歌词,多作悲哀之音。词曲起于燕乐,往往流于纤艳轻薄。到李煜用悲哀的词来写他凄凉的身世,深厚的悲哀,遂抬高了词的意味;他的词不但集唐五代的大成,还替后代的词人开一个新的意境。"

第三,李煜词在文学语言的创造和革新方面,也是卓有成效的。刘大杰先生指出:"后主的词,无论写艳情,写感慨,全是素描,不加雕饰。用着最明浅、最清丽的句子、最调和的音调,表达最深厚曲折的感情。"[①] 过去的民间词语言过于俚俗,缺少文采;以温庭筠为代表的花间词如同"画屏金鹧鸪",又显得过于雕镂,缺乏生气;李煜却创造了一种清新自然、文雅秀美的语言风格。这一方面是源于词人真情勃发和任情挥洒;另一方面又源于他在写作方面"极炼如不炼"的高超本领。所以李煜词的语言真正达到了"出色而本色,人籁悉归天籁"[②] 的境界。即如郑振铎《李后主词》所评述的那样,"好的诗歌,情感必真挚,词采必美丽。如春水经流于两岸桃花,轻舸唱晚之境地中。读者未有不为其美景所沉醉的。李后主词,在许多词人中,可算是一个已到了这个境地的。亡国后所作,尤凄婉动人。"[③] 林庚先生在《中国文学简史》中也赞赏李煜的词"以一气呵成的旋律性取胜,更近于自然流露,他似乎毫不经意表现的技巧,而字句天成。使得一切语言,都化为音乐般的咏叹。他的流动的情感,仿佛在那文字之外就感动了我们"。

李煜词在后代地位的变迁,是一个非常有意思的问题。他的作品在北宋前期并不受推崇,其原因是多方面的。他是一位亡国的君主,在当时人们的心目中,历来有"亡国之音哀以思"的观念,以及对于前朝灭亡教训的警惕。与此同时,几乎没有人具有李煜独特的亡国君主的身份地位,也就不可能真切地体会到李煜词中自然流露出来的帝王气象、高雅的艺术品位,以及国家沦亡之后的深沉痛苦。再次,就像李白豪放飘逸的诗歌不可

---

① 刘大杰:《中国文学发展史》下册,百花文艺出版社1999年版,第40页。
② (清)刘熙载:《艺概·词概》,《词话丛编》,中华书局1986年版,第3708页。
③ 郑振铎:《郑振铎古典文学论文集》上册,上海古籍出版社1984年版,第268页。

学那样,李煜这种纯任自然的词之境界,也不是亦步亦趋能够达到的。在北宋前期,人们普遍讳言李煜和他的词,大家更加认同的是冯延巳词所表达的士大夫闲愁。直到北宋苏轼,才对李煜有批判地学习,李之仪、李清照的词学理论当中,才开始重视南唐二主词的价值。到了 20 世纪 50 年代,曾经对李煜词进行了全国范围的大讨论。有人指出李煜是一个封建帝王,所以他的词所宣扬的只是没落的大地主阶级的消极情绪,也有学者为了抬高李煜词的历史地位,竟然认为李煜亡国之后的词作当中,表现出可贵的爱国主义思想。这些争论现在看来,都带有当时阶级斗争的烙印。李煜的词所表达的,也只不过是他个人的帝王生活以及亡国之痛。但是,如果我们从更广阔的时空观念来看,它又表露出更为深广的人类所共有的情绪。例如《乌夜啼》所云:

> 无言独上西楼,月如钩。寂寞梧桐深院锁清秋。　剪不断,
> 理还乱,是离愁。别是一番滋味在心头。

作品表现的就是人类所共有的离愁别绪,"凄凉况味,欲言难言,滴滴是泪"[1]。我们在欣赏文学作品的时候,总有一个心理的期待,希望从别人的作品里寻找到自己生活的影子,得到精神上的共鸣,即寻找认同感。"读者不再仅限于对创作客体进行静态的阅读,而是被抒情主体当做了倾诉的对象,拉进了作品中,由此,抒情主人公与读者的距离变近了,读者与抒情主体之间的情感交流与交融得以实现,而南唐词带给读者的阅读体验也起了质的变化"[2]。李煜的词正是写出了"人人心中有,个个笔下无"的思想感情,所以得到了有着各种不幸遭遇的读者的普遍喜爱。李煜词的价值就在于:用非常精美而通俗的文字,表达出人类共有的感情。

---

① （清）陈廷焯:《云韶集》卷一,南京图书馆藏清钞本。
② 李静:《南唐词抒情模式的位移》,《北方论丛》2002 年第 4 期。

第五章 南唐其他词人创作简论

南唐词的创作，首推李璟、李煜和冯延巳；不过，孙鲂、陈陶、徐铉、成彦雄、韩熙载、钟辐等人也填制了一些词作，丰富了南唐词坛的艺术表现空间，共同形成了南唐词的整体创作风貌。

南唐其他词人的创作主要聚焦在两类题材：咏杨柳美姿、抒相思情态。受到民间曲子词以及中唐以来刘禹锡、白居易、皇甫松、温庭筠等文人词作大量填制《杨柳枝》词牌的风气影响，南唐时期许多文人都创作了此类词篇，如徐铉《柳枝词》12 首、《柳枝词·座中应制》10 首、孙鲂《杨柳枝》10 首、韩熙载《杨柳枝》1 首等。

其中，徐铉《柳枝词·座中应制》10 首属于宫内写景应制之作。据清人李调元《全五代诗》卷二六记载："昭惠后宠嬖专房，创为高髻、纤裳及首翘鬓朵之妆。雪夜酣饮，立命笺缀《邀醉舞破》，又有《恨来迟破》《念家山破》。故《霓裳羽衣曲》久不传，后得残谱，以琵琶奏之，遂复闻于世。徐铉知音，闻于国工曹生，问曰：'法曲终则缓，此乃反急，何也？'曹生曰：'旧谱实缓，宫中有人易之，非吉征也。'铉座中应制《柳枝词》云：'长爱龙池二月时（下略）。'又：'新春花柳近芳姿（下略）。''凝碧池头蘸翠涟（下略）。'后果以乾德二年十一月甲戌，后卒，年二十有九。"这 10 首咏柳枝词，既属描绘眼前芳景，又能联系唐明皇时代的梨园旧事，使得此类作品带上了咏史怀古的意味。其一写道："金马词臣赋小诗，梨园弟子唱新词。君恩还似东风意，先入灵和蜀柳枝。"《南史·张绪传》记载："刘悛之为益州，献蜀柳数株,枝条甚长,状若丝缕。时旧宫芳林苑始成,武帝以植于太昌灵和殿前,常赏玩咨嗟,曰:'此杨柳风流可爱,似张绪当年时。'"词人置身于歌舞喧阗的皇宫内殿,以柳枝的蒙受春意,抒写出翰林文士的得宠心态。其三云:"长爱龙池二月时,氄氄金线弄春姿。假饶叶落枝空后,更有梨园笛里吹。"开头两句渲染早春二月细柳轻拂的淡逸芳姿,然而"假饶"二字翻进一层,设想叶落枝空的衰残景象,给人以萧瑟冷落的感受。即便如此,"更有梨园笛里吹"一句振起全篇,《折杨柳》笛曲的悠扬乐音又能激发起人们清远豪壮的情志。其九曰:"凝碧池头蘸翠涟,凤凰楼畔簇晴烟。新词欲咏知难咏,说与双成入管弦。"凝碧池是唐禁苑中池名,唐天宝十五年(756年),安禄山兵入长安,曾大宴其部下于此处,王维《私成口号诵示裴迪》诗即云:"万户伤心生野烟,百官何日再朝天。秋槐叶落空宫里,凝碧池头奏管弦。"词作当中,凝碧池、凤凰楼点出皇家园林的华贵气派,到处都浸染着葱郁绿意。词人将这不尽的咏柳之情交付给善解人意的歌女,字里行间又隐含着欲诉难诉的政治寓意和人生感喟。

相比而言,徐铉另外的12首《柳枝词》描摹皇宫之外自然场景中的杨柳枝叶,显示出明丽清雅的文士格调。其一写道:"把酒凭君唱《柳枝》,也从丝管递相随。逢春只合朝朝醉,记取秋风落叶时。"词人逢春酣饮,把盏高歌,感怀人生之短促,益愈显出及时行乐的追求,正如唐代杜秋娘《金缕衣》所云:"劝君莫惜金缕衣,劝君惜取少年时。花开堪折直须折,莫待无花空折枝。"其五却说:"老大逢春总恨春,绿杨阴里最愁人。旧游一别无因见,嫩叶如眉处处新。"触景伤怀,感发春愁春恨。后面两句又以"嫩叶如眉处处新"的清丽欢畅之景反衬出旧游音杳、风流云散的凄寂之情。其七云:"水阁春来乍减寒,晓妆初罢倚栏杆。长条乱拂春波动,不许佳人照影看。"描摹一位倚栏临水的佳人形象,显得风神绰约、楚楚动人。但是长柳乱拂、春池泛波,却撩乱了临水自照、孤芳自赏的女子心绪,字里行间渗透着抑郁烦闷的内蕴。其十曰:"暂别扬州十度春,不知光景属何人。一帆归客千条柳,肠断东风扬子津。"抒写思念扬州之情,结末两句"一"、"千"对照,融情入景,营造出凄迷、苍茫的意境。

孙鲂的 10 首《杨柳枝》有别于徐铉 12 阕《柳枝词》的文士格调,而是展现出更为轻盈柔丽的色彩。其三写道:"暖傍离亭静拂桥,入流穿槛绿阴摇。不知落日谁相送,魂断千条与万条。"以灵动之笔描摹盎然的春意,万千杨柳的随风轻拂牵引着无限缠绵的魂断离情。另如"小眉初展绿条稠,露压烟濛不自由"、"不知天意风流处,要与佳人学画眉"、"未曾得向行人道,不为离情莫折伊"等词句,都饶富轻倩可人的风味,显露出才士风流的情韵。

成彦雄的 10 首《杨柳枝》词同样具备清丽流畅的艺术风味。其二写道:"轻笼小径近谁家,玉马追风翠影斜。爱把长条恼公子,惹他头上海棠花。"柳丝轻拂撩人情思,引逗出青春激情。其九云:"王孙宴罢曲江池,折取春光伴醉归。怪得美人争斗乞,要他秾翠染罗衣。"曲江池畔的浓丽柳枝沾染上了风情旖旎的色彩。这样的词作自然也营造出轻盈秀美的意境,其三曰:"鹅黄剪出小花钿,缀上芳枝色转鲜。饮散无人收拾得,月明阶下伴秋千。"轻巧的物象、亮丽的色彩,渲染出明艳鲜嫩的环境氛围。结尾一句月色皎洁,秋千闲挂,尽显一派静谧雅逸的意韵。

韩熙载亦创作了 1 首《杨柳枝》词,写道:"风柳摇摇无定枝,阳台云雨梦中归。他年蓬岛音尘绝,留取尊前旧舞衣。"据宋人释文莹《湘山野录》卷下记载:"严仆射续以位高寡学,为时所鄙。又江文蔚尝作《蟹赋》讥续,略曰:'外视多足,中无寸肠。'又有'口里雌黄,每失途于相沫;胸中戈甲,尝聚众以横行'之句。续深赧之,强自激昂。以熙载有才名,固请撰其父神道碑,欲苟称誉取信于人。以珍货几万缗,仍辍未胜衣一歌鬟质冠洞房者,为濡毫之赠,意其获盼,必可深讽。熙载纳赠受姬,遂纳其请。文既成,但叙谱裔品秩及薨葬褒赠之典而已,无点墨道及续之事业者。续嫌之,封还,尚冀其改窜。熙载亟以向所赠及歌姬悉还之,临登车,止写一阕于泥金双带,曰:'风柳摇摇无定枝(下略)。'"此词以春风中飘摇无定的柳枝,隐喻歌姬任人摆布的不幸遭遇。词人与其阳台乍别,即将分离,他恳请歌姬"留下尊前旧舞衣"，以慰日后的相思之苦，流露出难以割舍的缠绵留恋，表达了深挚感人的真性情。

南唐不少词人还填制了抒写相思情态的词作。陈陶的10首《水调词》以闺中离妇的口吻，叙述丈夫从军戍边后的绵绵思念和凄苦感受。其一写道："黠虏迢迢未肯和，五陵年少重横戈。谁家不结空闺恨，玉箸阑干妾最多。"交代了战乱频繁、男儿远征和"空闺恨"的原因，抒发出初别之日热泪纵横的悲戚愁怀，为下面9阕词作奠定了凄凉的基调。其二描摹闺妇别后慵懒憔悴的情态："羽管慵调怨别离，西园新月伴愁眉。容华不分随年去，独有妆楼明镜知。"她羽管慵调，内心充斥着郁塞的愁怨；就在这漫长的等待中，自己的青春悄然逝去，明镜映照着瘦削的面庞，也折射出孤寂难言的心绪。她彻夜难眠，牵挂着边塞丈夫的冷暖。其七写道："长夜孤眠倦锦衾，秦楼霜月苦边心。征衣一倍装绵厚，犹虑交河雪冻深。"她将一片思念征人的深情，寄托在缝制的寒衣里，增厚一倍的征衣恰正映现出闺中思妇的耿耿忠诚、殷殷期盼。"犹虑交河雪冻深"，采用翻叠递进的写法，进一步凸显了女主人公的体贴关怀。尽管经历了"梨花三见换啼莺"的漫长等待，她"年年辛苦寄寒衣"，"朝朝攀折望金吾"，但是绝塞征夫终究未能归来，女子的内心愁怨日深。她不由得慨叹道："边场岂得胜闺阁，莫逞雕弓过一生。"告诫征夫早日归来，实现夫妻团圆的梦想。那么，自己的丈夫难道不思乡恋亲吗？"只是皇恩未放归"，思妇顿感万般的无奈和痛苦。及至"君逐嫖姚已十年"，离群索居的思妇已渐渐心冷，只得在无望的等待中表达美好的祝福："万里轮台音信稀，传闻移帐护金微。会须麟阁留踪迹，不斩天骄莫议归。"此时的闺妇态度，迥别于先前的急切盼望，既然自己与征夫的离散已永无团聚之日，姑且祝福他建功立业、青史留名。是什么破灭了他们团聚的希望呢？是唐代君王的贪功无厌，也是晚唐以来日益衰败的国势使然。这一组词就通过思妇与征夫的离散，揭露了长年战争给广大人民所带来的深重灾难。任二北先生评之曰："全部只咏绝塞贪功、深闺抱恨之一贯情绪，又委曲尽致，词采精美，为今日所传唐大曲文字中之唯一可数者！惜无人识其词体乃大曲耳。"①

江南才士钟辐的《卜算子慢》词非常细腻地描摹闺中女子的一片相思痴情：

> 桃花院落,烟重露寒,寂寞禁烟晴昼。风拂珠帘,还记去年时候。惜春心,不喜闲窗绣。倚屏山,和衣睡觉。醺醺暗消残酒。独倚危阑久。把玉笋偷弹,黛蛾轻斗。一点相思,万般自家甘受。抽金钗,欲买丹青手。写别来,容颜寄与,使知人清瘦。

中晚唐词多为小令,自杜牧《八六子》(洞房深)词外,绝少慢词。钟辐的《卜算子慢》则是最早标明为"慢"体的词名,具有词史的开创性地位。作品上片开头三句渲染寒食禁烟、幽寂冷落的环境氛围。女主人公独守空闺,不由得追忆去年今日难以忘怀的甜蜜往事,但是此刻却只能令她徒增伤感。她幽情单绪,孤寂无聊,借酒浇愁,和衣入睡,尽显出芳心正苦的痴怨情态。下片转写她危栏独倚,蛾黛微蹙,内心轻叹："一点相思,万般自家甘受。"无限相思,万般滋味,独自忍受,无以诉说。最后她又突发奇想,寄情痴语,拟请画家图写丹青,寄与心上人,让其知晓她一别之后容颜清瘦,身形憔悴,更能体会其内心无尽的等待、无限的怨苦。清人张德瀛《词徵》卷五评之曰："词笔哀怨,情深而不诡。"

题名为耿玉真的《菩萨蛮》词则别具一番奇幻凄恻的情意,展现出清润幽寂的境界：

> 玉京人去秋萧索,画檐鹊起梧桐落。欹枕悄无言,月和清梦圆。 背灯惟暗泣,甚处砧声急。眉黛远山攒,芭蕉生暮寒。

据马令《南唐书》卷二二《卢绛传》记载："(卢绛)病痁,且死,夜梦白衣妇人,颇有姿色,歌《菩萨蛮》,劝绛樽酒。其辞云：'玉京人去秋萧索(下

---

① 任二北:《敦煌曲初探》,上海文艺联合出版社1954年版,第47、48页。

略）'。歌数阕，因谓绛曰：'子之疾，食蔗即愈。'诘朝，求蔗食之，疾果差。迨数夕，又梦前白衣丽人曰：'妾乃玉真也。他日富贵，相见于固子坡。'绛瘳，襟怀豁然，唯不测固子坡之说……绛临刑，有白衣妇人同斩，姿貌宛如所梦。问其受刑之地，即固子坡也。妇人姓耿，名玉真，其夫死，与前妇之子通，当极法，与绛同斩焉。"此词抒写深闺女子思念远人的意绪。上片开头描绘出一幅萧索秋景图，融情入景，渲染出离人远去的落寞愁苦。"画檐鹊起梧桐落"，一"起"一"落"，以兔起鹘落之笔，抒写出内心意绪的跌宕和怅然失望之情。女主人公孤枕难眠，更以月圆之美满映衬出残梦醒来的凄寂感伤。下片语意直贯而下，表现梦醒之后背灯暗泣的酸楚，令人无限同情；而此时远处人家捣砧之声，越发引起思妇肝肠寸断的感受。她眉黛攒蹙，怨苦难诉，万千悲绪郁积于胸。最后一句以景结情，意味无穷。李商隐《代赠二首》其一即云："芭蕉不展丁香结，同向春风各自愁。"赋予了芭蕉物象哀愁抑郁的意蕴，此后的李清照《减字丑奴儿》词更写道："窗前谁种芭蕉树，阴满中庭。阴满中庭。叶叶心心，舒卷有余情。"此词同样是以"芭蕉生暮寒"的衰飒意象，传写出闺中思妇的无限郁苦。陈廷焯《云韶集》卷二四评之曰："字字沉寂，如怨如慕，如泣如诉，款款深深，低回不尽。无一字不婉约。"

下编

南唐诗文研究

第一章　南唐诗文的特征和地位

　　相对于盛唐和中唐来说,唐末五代是诗文创作的衰落期,前人对五代诗的总体风貌有过"格致卑浅"[①]之讥。在南唐39年的历史上,并没有出现诗坛、文坛的中兴气象,广大诗文作家的创作主题无非是应酬赠答、感叹人生、逸乐野趣,风格衰微,格调颓唐。这些身历乱世的诗人,对民族命运感情淡漠,对社会现实抱着疏远的态度,作品当中充斥着封闭、压抑和狭隘的情绪:"向空咄咄烦书字,举世滔滔莫问津"(徐铉《病题》其二),满含着深浓的孤寂与凄凉:"明月孤舟远,吟髭镊更华"(江为《送客》)、"佳人无一言,独背残灯泣"(左偃《送君去》)。这些诗人常常歌咏荒冢、古墓、旧宅、废城等残破的物象,字里行间渗透出悲凉寒苦之意,这是时代悲剧在南唐诗人心里投下的浓重阴影。徐铉《景阳台怀古》诗云:"后主亡家不悔,江南异代长春。今日景阳台上,闲人何用伤神。"以当年陈后主的荒淫奢靡导致亡家灭国,影射如今南唐李后主的不思进取,体现出对于现实政治的隐忧。殷文圭久久伫立在李白墓前,为那"十字遗碑三尺墓"(《经李翰林墓》)的凄凉景象而潸然泪下。诗人通过怀古而越发伤今,更加感受到无尽的苍茫和虚幻,繁华消逝的无奈和悲哀。

　　战乱割据中的动荡漂泊,使南唐诗人充满着思乡愁绪,痛感人生聚散无常的孤独和彷徨。他们通过思乡、送别、怀友等题材的抒写,流露出身遭乱世、同病相怜的悲绪:"遥想枚皋宅边寺,不知凉月共谁游"(李中《送庐

---

①　(宋)魏庆之:《诗人玉屑》卷一六,上海古籍出版社1978年版,第359页。

阜僧归山阳》)、"送君何限意,把酒一长谣。"(徐铉《送高舍人使岭南》)在他们的笔下,表现出来的就是一派低沉脆弱、苍白忧郁的情调。

根据南唐诗人诗歌创作主题取向的不同和他们心志意趣的差异,我们可把他们划分为三种类型。

首先是儒雅一派的诗人,以徐铉、李中等人为代表。他们一般在朝为宦,于朝廷激烈的党争中,普遍抱持明哲保身的处世原则,维护自己的政治地位。诗歌创作大多表现应酬赠答、咏物感怀的内容,思想性颇不深入,诗歌风格浮泛平弱,颓靡低沉。徐铉在南唐朝廷中立身较为正直,也能够看到广大人民的苦痛,但是他生存在南唐后期党争的夹缝之中,不能不时有顾忌,其诗歌创作自然也趋向于平淡隐晦。例如《春分日》:"仲春初四日,春色正中分。绿野徘徊月,晴天断续云。燕飞犹个个,花落已纷纷。思妇高楼晚,歌声不可闻。"诗歌虽然描写仲春时节阳光明媚的天气,但是独飞的燕子、缤纷的落花、高楼上的思妇、哀伤肠断的歌声,这些意象都隐现出诗人感伤、愁苦的心境。再如《闻雁寄故人》:"久作他乡客,深惭薄宦非。不知云上雁,何得每年归。夜静声弥怨,天空影更微。往年离别泪,今夕重沾衣。"字里行间同样渲染出作者身处朝廷如临深渊的厌倦之情。李中担任南唐淦阳宰,深感怀才不遇、屈志难伸的苦闷:"一作边城客,闲门两度春。莺花深院雨,书剑满床尘。紫阁期终负,青云道未伸。犹怜陶靖节,诗酒每相亲。"(《春日书怀寄朐山孙明府》)诗人身居卑位的愁闷心情可见一斑。他非但借酒浇愁,而且常常有叹老嗟卑之吟:"卧病当秋夕,悠悠枕上情。不堪抛月色,无计避虫声。煎药惟忧涩,停灯又怕明。晓临清鉴里,应有白髭生。"(《秋夕病中作》),从中可看出其诗风的低沉、脆弱、颓靡。

其次是隐逸一派的诗人,以沈彬、陈陶、廖凝等人为代表。据徐铉《稽神录》卷五记载,沈彬"少而好道,及致仕归高安,恒以焚修服饵为事"。他曾游都下洞观,见数十位仙女自云端飘然而降,进入观中焚香,许久才飘然离去。沈彬躲在室内窥视却不敢出来。待仙女离去,他后悔不迭道:"吾平生好道,今见神仙而不能礼谒,得仙香而不能食之,是其无分歟!"他的诗歌表达出尊崇道教及向往神仙的思想:"白榆风飒九天秋,王母朝回宴玉楼。日月渐长双凤睡,桑田欲变六鳌愁。云翻箫管相随去,星触旌幢各自流。诗酒近来狂不得,骑龙却忆上清游。"(《忆仙谣》)其子沈廷瑞也是一位隐逸诗人,据李调元《全五代诗》卷二三记载,他"弃妻入道,居玉笥、浮云二山。化后,人犹常见之"。其仅存的 3 首诗也是游仙诗,如《答高安宰》:"何须问我道成时,紫府清都自有期。手握药苗人不识,体含金骨俗怎知。书符解遣龙蛇走,动印还教海岳移。他日丹霄谁是侣,青童引驾紫霄随。"陈陶本是一位富有抱负和志向的诗人,但是面对宋齐丘强横当政,自身怀才不遇,内心充满怨怼,写诗道:"中原莫道无麟凤,自是皇家结网疏。"(《闲居杂兴》其二)他又投诗向别人建议:"好向昌时荐遗逸,莫教千古吊灵均。"(《寄兵部任畹郎中》)由于得不到朝廷的任用,他只有隐居山中修炼,并且作诗道:"乾坤见了文章懒,龙虎成来印绶疏","从他浮世悲生死,独驾苍鳞入九霄"(《闲居杂兴》其三)。南唐此类崇道隐逸的诗人还有很多,如谭峭、许坚、左偃、刘洞、陈贶等人。他们的身世遭遇大多也和陈陶一样,诗作当中充满着怀才不遇、屈志难伸的悲绪,流露出人生无常、世道多忧的没落惆怅情怀。这些隐士诗人中最耐人寻味的是廖凝。他曾做彭泽令,因仰慕陶渊明而归隐山林。据清吴任臣《十国春秋》卷二九记载,他"慕陶处士为人,已而笑曰:'渊明不以五斗折腰,吾宁久为人役!'即解印归衡山"。归去时,只随身携带诗卷、酒瓢而已,并作诗言志:"五斗徒劳谩折腰,三年两鬓为谁焦。今朝官满重归去,还挈来时旧酒瓢。"(《彭泽解印》)真不愧是一位潇洒出尘的隐士。

再次是狂逸一派的诗人,如韩熙载、潘佑、李建勋等人。他们朝中为宦,目睹国家形势江河日下、岌岌可危,朝廷内部的朋党之争却愈演愈烈,痛感前途渺茫,无可奈何,遂为放浪形骸、纵情声色、醉生梦死,在狂逸酒乡和富贵温柔乡里寻觅暂时的解脱。韩熙载原本为中原志士,南归时曾发下誓言道:"江左用吾为相,当长驱以定中原。"[1]但是理想终归破灭,统一中原的志

---

① (清)吴任臣:《十国春秋》卷二八,中华书局 1983 年版,第 397 页。

向并没有实现。当他看到南唐国势日趋危殆之时,自己却无法施展扭转乾坤的才干,悲观失望之余,只得故作放诞之举,以掩饰内心的苦痛,避免卷入乱世当中的政治漩涡。据清毛先舒《南唐拾遗记》所载:"韩熙载在南唐,多置女仆,昼夜歌舞,客至杂坐。熙载语僧德明云:'吾为此行,正欲避国家入相之命。'僧问何故避之,曰:'中原常虎视于此,一旦真主出,江南弃甲不暇,吾不能为千古笑端。'"果然不出其所料,在他去世六年之后,宋太祖赵匡胤一举消灭南唐。身处如此的国家形势之下,韩熙载虽然放浪形骸、及时行乐,但是在那些寻欢作乐的表象背后,却处处渗透着诗人低沉深重的感伤。他出使宋朝,遭宋人羁留,遂写作《感怀》诗,咏道:"仆本江北人,今作江南客。再去江北游,举目无相识。金风吹我寒,秋月为谁白。不如归去来,江南有人忆。"字里行间流露出对于南唐王朝的忠贞思念。宋人见而悯之,遂放其归国。

李建勋乃将门世家,官拜司空、司徒,政治地位非常高贵,生活待遇也相当优渥,在南唐的朝廷党争当中,他采取的是置身事外、糊涂混世的态度。李建勋的诗歌较多表现及时行乐、富贵如云的感触。例如《惜花寄孙员外》:"朝始一枝开,暮复一枝落。只恐雨淋漓,又见春萧索。侵晨结驷携酒徒,寻芳踏尽长安衢。思量少壮不自乐,他年白头空叹吁。"《春阴》:"老雨不肯休,东风势还作。未放草蒙茸,已遣花萧索。浮生何苦劳,触事妨行乐。寄语达生人,须知酒胜药。"这些作品都展现出颓唐的人生观念以及格调低靡的诗歌品位。

从艺术角度来观照南唐诗歌,其中普遍弥漫着苦吟的创作风格。许多诗人都远师贾岛,成天绞尽脑汁,苦思冥想,醉心于雕词酌句,并且感到其乐无穷。据宋龙衮《江南野史》卷一记载:"(李昇)初有禅代之志,忽夜半寺僧撞钟,满城皆惊。逮旦召问,将斩之,云:'夜来偶得月诗。'先主令白,乃曰:'徐徐东海出,渐渐入天衢。此夕一轮满,清光何处无。'先主闻之,私喜而释之。"孙晟少为道士,居庐山简寂宫。好为诗,画贾岛像于屋壁,朝夕事之。简寂宫道士恶晟,以为妖,以杖驱逐之。诗人陈贶曾经称自己的诗足埒贾岛,其弟子刘洞也宣称自己的诗风已具浪仙之体,但恨不得与之同时言诗。李中工诗,与诗人沈彬、左偃相善,多有酬答之作,孟宾于称其诗"缘情入妙,丽则可知",可与贾岛、方干相比肩①。元人辛文房亦称其佳句为"惊人泣鬼之语"②。苦吟之作一则着意描摹荒寒冷落的自然景象,由此流露出诗人孤寂凄苦的意绪;一则着意雕琢个别字句,以期造成超尘脱俗的表达效果。但是这类诗歌的大量创作,却消解了作者积极进取的人生追求、丰富健康的个性精神,显得情感灰暗苍白,意旨单调雷同。在艺术表现方面,南唐诗人的普遍苦吟也造成了物象选择的单调乏味。他们侧重表现那些色调灰暗、具有凄凉意味的景象和物态,诸如荒坟、野庙、古观、破城、废宅、残村、败濠、古原、空巷、暮色、残阳、野风、孤月、秋景、枯叶、落花、乱鸦、昏蝉、残鬓等等。由这些物象构成的艺术境界大多凄清苍凉,从中透露出身处乱世、无可奈何的寂寞和空虚之情。例如伍乔《僻居秋思寄友人》:"门巷秋归更寂寥,雨余闲砌委兰苗。梦回月夜虫吟壁,病起茅斋药满瓢。泽国旧游关远思,竹林前会负佳招。身名未立犹辛苦,何许流年晚鬓凋。"诗人将一系列色彩黯然的物象连缀在一起,渲染出浓郁的悲凉情调。另如李中《题庐山东寺远大师影堂》:"远公遗迹在东林,往事名存动苦吟。杉桧已依灵塔老,烟霞空锁影堂深。入帘轻吹催香印,落石幽泉杂磬声。十八贤人消息断,莲池千载月沉沉。"中间两联使用了杉桧、灵塔、烟霞、影堂、轻风、落石、幽泉、磬声等物象,极其形象地描绘出荒山古寺零落凄清的景象。

　　南唐散文与小说的创作也取得了一定成就。首先,南唐三代君主的散文显示各自不同的风格。烈祖李昪今存诏令文章7篇,内容都述及国家大事。其中《禁上尊号诏》反对取"上尊号之礼",力戒骄奢淫逸之习;《举用儒吏诏》认为用武力治理国家"不能宣流德化",而且"兵为民患",从而提出"宜举用儒者",以德治国,这样才能使百姓安居乐业;《旌张义方直言诏》表彰张义方"力振朝纲,辞皆说切",并将其作为榜样"宣示朝野"。

第一章　南唐诗文的特征和地位

----

① (五代)孟宾于:《碧云集序》,《全唐文》卷八七二,中华书局1983年版。
② (元)辛文房:《唐才子传》卷一〇,文渊阁《四库全书》本。

中主李璟之文具备更多儒雅文人的气息。在《全唐文》所收录的 11 篇文章中，除了一篇《恤民诏》表达因天灾导致民不聊生惨状的愧疚之感外，其余都是呈送宋朝皇帝的表章，不仅自称"臣"、"臣下"，而且处处流露出谦恭屈从之意，尽显其"天性儒懦，素昧威武"的柔顺性格。后主李煜的文章则袒露出更加真纯的性情。其《却登高文》思念远在宋朝被扣为人质的手足兄弟李从善："怆家艰之如毁，萦离绪之郁陶。陟彼冈兮企予足，望复关兮睇予目。原有翎兮相从飞，嗟予季兮不来归。空苍苍兮风凄凄，心踯躅兮泪涟洏！无一欢之可作，有万绪以缠悲。"文章写得凄恻酸楚，流露出无比深切真挚的感伤之情。《昭惠周后诔》则以洋洋数千言的篇幅倾吐对于故去周后的悼亡之悲。作者回忆周后的容貌和才艺，回忆周后的贤良淑德，回忆夫妻二人相依相守的美好往事。可是抚今追昔，触目伤怀，越发衬托出"鳏夫煜"痛失爱妻、哀苦欲绝的心情，赤子之心，感人至深！

南唐文人的散文创作普遍具有清雅旷逸的风格特征。南唐道士谭峭，"酷好黄老书，师嵩山道士十余年，得辟谷养气之术"[1]，后炼丹于南岳。他在游三茅山途经金陵拜见宋齐丘时，出示所著《化书》，齐丘夺为己有，作序传世。《化书》是一本言事明理的短论集，全书六卷共 110 篇，分论道、术、德、仁、食、俭"六化"。作者的写作目的在于小则"治身"，大则"化乡党邦国"，其进步观点集中体现在反杀伐、斥贪暴、尚俭抑奢和重视民以食为天等方面。文章采取以小见大、连类及远的写法，看似无心，实则具有很强的现实针对性。全书"因形""观化"以"明道"，各篇结构也大都相应分作三部分。文章多用偶句，篇幅短小，既明显地受到先秦《老子》一书的影响，又汲取了晚唐以来小品文的某些长处，具备文词简畅、义理粲然的特色。

南唐佛道兴盛，寺观林立，不少散文描绘禅院、道观以及祠庙之类的台阁名胜，如冯延巳的《开先禅院碑记》、徐锴的《义兴周将军庙记》等。韩熙载被陆游誉为"江左辞宗"，"尤长于碑碣"，"江表碑碣大手笔，咸出其手"[2]，

---

① （清）吴任臣：《十国春秋》卷三四，中华书局 1983 年版，第 475 页。
② （宋）史温：《钓矶立谈》，《知不足斋丛书》本。

现仅存《元寂禅师碑》《上睿宗行止状》两篇,略可见其运笔、用典的才华。在辞赋的创作方面,江文蔚也声名较著。

在五代文坛上,骈散兼长、各体皆擅、对后世影响更大的作家是南唐徐铉。其文笔与韩熙载齐名,时称"韩、徐"。他今存的261篇文章,绝大部分作于南唐。其间几乎无体不备,当时最为人称道的是近百篇制诰文,体现出作者的渊博学识和落笔成章的文才。徐铉的文章多以理胜,《九迭松赞并序》从蟠屈九迭的怪松落墨,就"下有顽石,根不得舒"的形成原因加以引申推论,表达了作者崇尚天然真性、太古淳风和不满世态的思想;《乔公亭记》在极写此亭的地理环境和自然风光优美的同时,以"达则兼济天下,穷则独善其身,未若进退以道,大小必理,行有余力,与人同乐"云云,揭示作者被流放舒州时期的情怀和人生哲学。这类咏物写景的短小散文,就写法来看,正是徐铉"取譬小而其旨大"、"连类近而及物远"[①]的创作主张的产物。

徐铉富有文才,"经史百家烂然于胸中",因此为文敏速,每在"率意而成"中显示出他的文学造诣。他的序跋文抒情意味浓厚,文笔洒脱活泼;碑志文多从大处着笔,议论纵横,气格雄健。《韩熙载墓志铭》在追述熙载生平行实的同时,集中彰显其才学超群、指摘时弊、放旷不羁以避祸自全,鲜明地勾勒出人物的个性特征。徐铉文章中最著名的是他的精心之作《吴王李煜墓志铭》,作者在宋太宗面前为自己的旧主树碑立传,本是难事,但他长于选取角度、处置素材,措辞准确,用典贴切,概括严密,从容不迫、振振有词地记述了李煜的生平、仁政和才德,深切委婉地表达出自己的哀痛悼念之情。文中写李煜降宋的一段:"果于自信,怠于周防。西邻起衅,南箕构祸。投杼致慈亲之惑,乞火无里妇之辞。始劳因垒之师,终后涂山之会。"作者借用不同类型的典故来言事抒怀,历来为人称道。

徐铉反对为文"于苦调为高奇,以背俗为雅正"[②],积极倡导白居易等

---

① (五代)徐铉:《文献太子诗集序》,《徐骑省文集》,《四部丛刊》本。
② (五代)徐铉:《文献太子诗集序》,《徐骑省文集》,《四部丛刊》本。

清新晓畅的文风,又不废骈文的辞采富赡、音韵调畅,因此他的散文典雅疏淡,自成一家,成为五代文坛的典型代表。

徐铉还创作了志怪类笔记小说集《稽神录》10卷。书中辑录了大量作者搜奇猎异所得的奇幻故事,集中反映了超脱世间官场倾轧、追求清静无为的思想倾向。徐铉写小说喜在短小的篇幅中,以典雅洗练的语言简述故事始末,极少具体细致的描绘,还多记载故事发生的时间、地点以求实证。鲁迅评价《稽神记》说:"其文平实简率,既失六朝志怪之古质,复无唐人传奇之缠绵",至此"志怪又欲以'可信'见长,而此道于是不复振也"①。此外,南唐溧水县令沈汾有慨于神仙之事国史不书,遂采唐五代神仙故事,编为《续仙传》3卷,以续葛洪《神仙传》。是书上卷载玄真子、蓝采和、朱孺子等"飞升"者16人,中卷载孙思邈、张果、许宣平等"隐化"者12人,下卷载司马承祯、间丘方远、聂师道等"隐化"者8人,总计36人。其中多载仙道能诗故事,所载蓝采和、张果等人,后世列为"八仙"中人。

南唐文学在宋初文坛地位颇高,甚至对整个宋代文学都产生了深远的影响。宋灭南唐之后,大批南唐故臣北上汴梁,江南文化也获得了播迁中原、引领潮流的良机。徐铉、徐锴兄弟早被李穆赞叹为"二陆不能及也!"②徐铉入宋后直学士院,与李昉以同道相知论,堪称宋初第一博学之士。张洎"风仪洒落,文采清丽,博览道释书,兼通禅寂虚无之理。终日清谈,亹亹可听"。太宗"以其文雅,选直舍人院,考试诸州进士",后知贡举③。除此以外,由南唐入宋的文学才俊,还有汤悦、张泌、郑文宝、陈彭年、龙衮、乐史、周惟简、舒雅、丘旭、吴淑、刁衎、樊若水等十余辈。汤悦、郑文宝、陈彭年、丘旭及龙衮等人各著史书传之后世;陈彭年别著《宋朝重修广韵》5卷,极为两宋以后音韵学家所尊崇;乐史著《孝悌录》《续孝悌录》及《广卓异记》,另有《重修登科记》30卷、《江南登科记》1卷,皆为史家所推重;舒雅除《山海经图》外,还有《十九代史目》2卷传世;北宋《太平御览》《文苑

---

① 鲁迅:《中国小说史略》,东方出版社1996年版,第74页。
② (元)脱脱等:《宋史》卷四四一,中华书局2000年版,第10163页。
③ (元)脱脱等:《宋史》卷二六七,中华书局2000年版,第7557、7561页。

英华》、《册府元龟》、《太平广记》等大型类书的编纂,更离不开吴淑、刁衎等大批江南文臣的参与。由此可见,南唐文士在宋初文坛占据着极为重要的地位,他们不仅在文学创作方面引领风骚,小学、历史学及文献学等各方面的成就也足有可观,对有宋一代文化复兴作出了突出的贡献。

徐铉、张洎等南唐旧臣入宋后,多有奉和应制、流连光景的诗作,显示博学善对的才能,却少见真情实感,字里行间也隐藏着亡国降臣畏祸贪生的心理。李昉、徐铉、刁衎、贾黄中等五代旧臣在宋初诗坛常相唱和,主要学习白居易,风格平易浅切,由此引导出宋初白体诗风。即如程千帆、吴新雷《两宋文学史》所称:"当时主盟(宋初)诗坛的官僚文人如徐铉、李昉等,都是由五代十国入宋的,他们不仅是赵宋开国时期振兴文教的骨干,而且也是把应酬诗风带到宋朝来的始作俑者。"①南唐文臣多数被安置在馆阁之中,从事《文苑英华》、《册府元龟》等类书的编纂工作,学问非常渊博,才藻典故积累丰厚,于是馆阁书斋中的酬唱之风日益兴盛,随着《西昆酬唱集》的编纂,形成了所谓的"西昆体",对于宋诗"以才学为诗"、"以文字为诗"特性的生成具有重要的影响。

---

① 程千帆、吴新雷:《两宋文学史》,上海古籍出版社1991年版,第3页。

第二章　南唐诗文作家传论

第一节　烈祖时期的诗文作家

殷文圭

殷文圭,生卒年不详,字表儒,小字桂郎,池州青阳(今属安徽)人。少居九华山苦学,所用墨砚,底为之穿。乾宁五年(898年),昭宗避难华州,文圭因朱全忠表荐进士及第,寻为汴州宣谕使裴枢判官。至汴州,全忠复表荐之。旋投启于公卿间,有云:"於菟猎食,非求尺璧之珍;鹈鴂避风,不望洪钟之乐。"①以兹触怒全忠。后经宋、汴,全忠遣吏追捕不及而免祸。寻与杜荀鹤、康骈、杨夔、王希羽等人均为宁国节度使田頵幕客,颇承礼遇。天复三年(903年),田頵为杨行密所灭,遂入吴事行密,为淮南节度掌书记。唐亡后,吴武义元年(919年),杨隆演称帝,以文圭为翰林学士,仕终左千牛卫将军。

文圭有才名于时,事杨行密父子,"以文章著名,太祖墓志铭盖其手出也"②。其《八月十五夜》诗写道:"万里无云镜九州,最团圆夜是中秋。满衣冰彩拂不落,遍地水光凝欲流。华岳影寒清露掌,海门风急白潮头。因君照我丹心事,减得愁人一夕愁。"作品通过歌咏中秋朗月,抒发对故乡亲

---

① (五代)王定保:《唐摭言》卷九,上海古籍出版社1978年版,第99页。
② (清)吴任臣:《十国春秋》卷一一,中华书局1983年版,第150页。

人的思念之情,诗歌对月下景色的描绘非常富有神采。清人陆次云《五朝诗善鸣集》赞叹道:"'冰彩'、'水光',从来绘月无此妙句。"元人辛文房云:"唐季文体浇漓,才调荒秽……文圭稍入风度,间见奇崛。"[①] 其著述颇多。陈振孙《直斋书录解题》著录有《殷文圭集》1 卷,《宋史·艺文志》著录有《登龙集》15 卷、《冥搜集》20 卷、《从军稿》20 卷、《镂冰录》20 卷、《笔耕词》20 卷。顾櫰三《补五代史艺文志》另记其《游恭东里集》3 卷、《广东里集》20 卷、《短兵集》3 卷,今皆已散佚。《全唐诗》卷七〇七编其诗为 1 卷,《全唐诗补编·续补遗》补诗 3 首,《续拾》又补 3 句。《全唐文》收文 1 篇。

孙鲂

孙鲂,生卒年不详,字伯鱼,南昌(今属江西)人,一作乐安(今属江西)人。家贫好学。唐末,诗人郑谷避乱归宜春,鲂从之学诗,尽得其诗歌体法。后吴王杨行密据有江淮,鲂遂往依之,曾任郡从事。南唐烈祖时,累迁至宗正郎,卒。

孙鲂与沈彬、李建勋、齐己等人为诗友,卓有诗名。据宋龙衮《江南野史》卷七记载:"(孙鲂)与沈彬尝游于李建勋,为诗社。彬为人口辩,能评较人诗句。时鲂有《夜坐》句美于时辈,建勋因试之。先匿鲂斋中,候彬至,乃问鲂之为诗何如。彬答曰:'人言鲂非有《国风》、《雅》、《颂》之体,实得田舍翁火炉头之作,何足称哉!'鲂闻之怒,突然而出,乃让彬曰:'君何诽谤之甚,而比田舍翁,言无乃太过乎!'彬答曰:'子《夜坐》句云:"划多灰渐冷,坐久席成痕。"此非田舍翁炉上作而何?'阖座大笑,善彬能近取譬也。"(按:马令《南唐书》卷一三、吴任臣《十国春秋》卷三一皆载其《夜坐》诗句为"划多灰杂苍虬迹,坐久烟消宝鸭香"。)与齐己唱和尤多,齐己赞其诗云:"长吉才狂太白癫,二公文阵势横前。谁言后代无高手,夺得秦皇鞭鬼鞭。"(《谢荆幕孙郎中见示乐府歌集二十八字》)其《题金山寺》诗写道:"万古波心寺,金山名日新。天多剩得月,地少不生尘。过橹妨僧梦,惊涛溅

第二章 南唐诗文作家传论

---

① (元)辛文房:《唐才子传》卷一〇,文渊阁《四库全书》本。

佛身。谁言张处士,题后更无人?"作品描摹金山寺屹立江中的超然之态,显得远离尘嚣、清雅空旷。清人吴任臣称其"与张祜(《金山寺》)诗前后并称,一时以为绝唱"①。元辛文房亦谓其"骚情风韵,不减张祜"②。其《甘露寺》诗云:"寒暄皆有景,孤绝画难形。地拱千寻崄,天垂四面青。昼灯笼雁塔,夜磬彻渔汀。最爱僧房好,波光满户庭。"写景更加雄奇壮伟、空明澄澈,通过清冷黯淡的画面传递出独特的神韵。《湖上望庐山》诗云:"辍棹南湖首重回,笑青吟翠向崔嵬。天应不许人全见,长把云藏一半来。"更是笔力雄健、气象万千,尽显出诗人旷逸高远的心胸和气魄。孙鲂还特别擅长对于植物花草意象的歌咏,如《杨柳枝》5 首、《柳》11 首、《柳絮咏》、《牡丹》、《看牡丹》2 首、《题未开牡丹》、《牡丹落后有作》、《甘露寺紫薇花》、《老松》、《看桑》等等,从各个侧面表达出诗人丰富复杂的人生感怀和品格节操。

《宋史·艺文志七》著录《孙鲂诗集》3 卷、《孙鲂诗》5 卷,恐系重出,今佚。《全唐诗》卷七四三存诗 7 首、断句 5 联,卷八八六《补遗五》补其诗 28 首,《全唐诗补编·续拾》卷四三又补诗 1 首。

张义方

张义方,生卒年不详,原名元达。南唐烈祖时为侍御史,为政刚正凛然,弹劾奸邪,谏正过失,有汉、唐名臣之风。尝上疏指出当时官吏"贪墨陵犯,伤风教,弃仁义者,犹未革心",建言"先举忠孝洁廉,请须爵赏,然后绳纠乖戾,以正典刑"。这则奏疏得到了烈祖亲札称赏,认为能"力振朝纲,词旨谠切,可宣示朝野"③,并特赐衣一袭,以旌直言。烈祖因其忠直,倚以整肃朝纲,故取唐朝王义方名以易之,故义方得尽忠焉。保大时,累官兵部侍郎、左散骑常侍、勤政殿学士。保大七年(949 年),淮北盗起,义方帅师万人赴海州、泗州招降,纳汉亳州蒙城将咸师朗等以归。后病,误食丹药瘖哑而卒。

义方以儒学闻名,亦能诗文。郑文宝《江表志》卷中载其元日咏雪应

---

① (清)吴任臣:《十国春秋》卷三一,中华书局 1983 年版,第 445 页。

② (元)辛文房:《唐才子传》卷一〇,文渊阁《四库全书》本。

③ (宋)陆游:《南唐书》卷一〇,《四部丛刊续编》本。

制诗云："恰当岁日纷纷落,天宝瑶花助物华。自古最先标瑞牒,有谁轻拟比杨花。密飘粉署光同泠,静压青松势欲斜。岂但小臣添兴味,狂歌醉舞一千家。"宋代无名氏所撰《江南馀载》卷下又云,宋齐丘出镇洪州(今江西南昌)后,朝廷内冯延巳、李建勋拜相,张义方赋诗相赠:"两处沙堤同日筑,其如启沃藉良谋。民间有病谁开口,府下无人只点头。"希望冯、李二相能够关心民瘼,有所作为,为国家社稷作出贡献。《全唐诗》卷七三八存诗1首,《全唐诗补编·续拾》又补收1首。《全唐文》收录其文1篇。

陈沆

陈沆,生卒年不详,高密(今属山东)人,一说庐州(今属安徽)人。后梁开平二年(908年)登进士第,为榜眼,曾官至魏博节度,辟为判官。南唐时隐居庐山。生性僻野,不接俗士,诗人黄损、熊皎、虚中皆尝师事之。齐己谓其"为儒老双鬓,勤苦竟何如。四海方磨剑,空山自读书"(《贻庐岳陈沆秀才》),可见其操守。庐山九天使者庙有一道士,饮啖酒肉,服饵丹砂,躁于冲举。尝乘鹤,谓当赴升腾之召,鹤不胜其载而毙,沆作《嘲庐山道士》诗以讽,诗云:"啖肉先生欲上升,黄云踏破紫云崩。龙腰鹤背无多力,传与麻姑借大鹏。"他如"罢却儿女戏,放他花木生"(《寒食》)、"扫地云粘帚,耕山鸟怕牛"(《闲居》)、"点入旱云千国仰,力浮尘世一毫轻"(《题水》)等诗句,也复清新明畅,尽显疏朗旷逸的情怀。《全唐诗》卷七五七存诗1首、断句3联。

第二节　中主时期的诗文作家

李建勋

李建勋(873?—952年),字致尧,广陵(今江苏扬州)人,吴赵王李德诚第四子。马令《南唐书》卷九云:"李德诚,广陵人也……有子二十人。建勋为相,而建封为将。相无阿党,将死国事,君子善之。"初为昇州巡官,

后任徐知诰金陵副使,遂预禅代之谋。宋释文莹《玉壶清话》卷九记载:"先主受禅,(德诚)用其子建勋之谋,率诸侯劝进,以推戴之功,卒厚宠遇。"李德诚乃吴王勋旧,李建勋又娶徐温之女为妻,父子二人均与杨吴集团及徐氏家族有着极为深厚的渊源关系。然而当杨吴政权面临生死存亡的危急关头,他们却背主求荣,为徐知诰篡吴极力奔走,显现出混迹浊世、见风使舵的政治品格。南唐建国后,拜中书侍郎、同平章事,加左仆射、监修国史,领滑州节度使。昇元五年(941 年),因烈祖忌讳而罢相,放还私第。未几,复入相。据陆游《南唐书》卷九记载,李建勋"自开国至昇元五年,犹辅政,比他相最久"。正因为如此,他遭到了烈祖的猜忌。司马光《资治通鉴》卷二八二云:"唐主自以专权取吴,尤忌宰相权重,以右仆射兼中书侍郎、同平章事李建勋执政岁久,欲罢之。会建勋上疏言事,意其留中;既而唐主下有司施行。建勋自知事挟爱憎,密取所奏改之。秋七月戊辰,罢建勋归私第。"虽然陆著《南唐书》卷一《烈祖本纪》解释李昇罢李建勋相位的理由是:"幸处台司,且联戚里,靡循纪律,敢渎彝章。"这种指责只不过是掩人耳目而已。

中主立,出为昭武军节度使,后召拜司空。《资治通鉴》卷二八三记载:"唐主(指李璟)为人谦谨,初即位,不名大臣,数延公卿论政体。李建勋谓人曰:'主上宽仁大度,优于先帝,但性习未定,苟旁无正人,但恐不能守先帝之业耳。'"未几,罢相,出镇抚州。带着遭受贬谪的失落和苦闷,李建勋开始了纵情山水、及时行乐的放达生活。宋释文莹《湘山野录》卷上云:"李建勋罢相江南,出镇豫章。一日,与宾僚游东山,各事宽履轻衫,携酒肴,引步于渔溪樵坞间,遇佳处则饮。"郑文宝《南唐近事》卷二亦称:"李建勋镇临川,方与僚属会饮郡斋,有送九江帅周宗书至者……李无复报简,但乘醉大批其书一绝云:'偶罢阿衡来此郡,固无闲物可应官。凭君为报群胥道,莫作循州刺史看。'"经过了政坛当中的沉浮起落,李建勋更加怯懦无为、尸位素餐,只是一味地顺从上意而已。马令《南唐书》卷一〇称其一生"博览经史,民情政体,无不详练。惜乎怯而无断,未尝忤旨,故虽有蕴藉,而卒不得行"。宋无名氏《江南馀载》卷下云："冯延巳、李建勋拜相，张义方献诗曰：'两处沙堤同日筑，其如启沃藉良谋。民间有病谁开口，府下无人只点头。'"《资治通鉴》卷二八五亦云："建勋练习吏事，而懦怯少断。"李建勋在《寄魏郎中》一诗中也自道其仕宦态度："碌碌但随群，蒿兰任不分。未尝矜有道，求遇向吾君。"以司徒致仕，赐号钟山公。营蒋山别墅于山中，放意泉石，并且以诗见志曰："桃花流水须相信，不学刘郎去又来。"① 表明自己绝意仕进的心愿。释文莹《玉壶清话》卷一〇记载，李建勋致仕后，尽享超尘脱俗的清雅意趣："尝畜一玉磬，尺余，以沉香节安柄，叩之，声极清越。客有谈及猥俗之语者，则击玉磬数声于耳。客或问之，对曰：'聊代洗耳。'一轩，榜曰'四友轩'。以琴为峄阳友，以磬为泗滨友，《南华经》为心友，湘竹簟为梦友。"保大九年（951 年），南唐军队平定湖南，国人纷相道贺，唯独李建勋深以为忧，曰："祸始于此矣！"次年五月卒，谥曰靖。在弥留之际，建勋对南唐国运已深感绝望。他告诫家人："时事如此，吾得全归，幸矣。勿封树立碑，贻他日毁凿之祸。"② 果然南唐亡后，公卿之冢穴鲜不盗发，唯独李建勋坟茔不知所处。

综观李建勋一生的仕宦生涯，并没有太多的起伏波折，但是即便在如此清贵的生活经历中，他也时时感受到政坛当中尔虞我诈、无休无止的纷争。李建勋不愿厕身其间，而是采取了相对超脱的姿态，以糊涂、敷衍的为宦之道来应付一切。陆游《南唐书》卷九对李建勋的政治品格进行了客观、深刻的评述："李建勋非不智也，然湖南之师必败，知其国且亡，皆如蓍龟。然其智独施之一己，故生则保富贵，死则能全其骸于地下。至立于群柱间，无所可否，唯喏而已，视覆军亡国，君父忧辱，若己无与者。方区区请出金帛以赎俘虏，真妇人之仁哉！"

建勋少好学，遍览经史，尤工诗，所作以七律为多。他是吴及南唐时期诗歌活动的中心人物，吴时曾与沈彬、孙鲂结为诗社，南唐时也与许多文人

---

① （宋）马令：《南唐书》卷一〇，《四部丛刊续编》本。
② （宋）陆游：《南唐书》卷九，《四部丛刊续编》本。

骚客往还酬答。宋释文莹谓"其为诗,少犹浮靡,晚年方造平淡"①。他的诗歌主要表现身居显贵、优游自在的闲适生活。例如《尊前》:"官为将相复何求,世路多端早合休。渐老更知春可惜,正欢唯怕客难留。雨催草色还依旧,晴放花枝始自由。莫厌百壶相劝倒,免教无事结闲愁。"在南唐变幻多端的政治风云中,诗人早已厌倦此间的无谓争斗,唯有花间尊前的宴乐才能放达他的寂寥情怀。在《春日尊前示从事》一诗中,作者虽言"州中案牍鱼鳞密,界上军书竹节稠",但正当国家多事之秋,他所关注的只是"眼底好花浑似雪,瓮头春酒漫如油"的醉人情景;他进而责怨繁忙的政事搅扰了自己清闲的兴致,所以最后发出牢骚:"最觉此春无气味,不如庭草解忘忧。"在南唐朝廷当中,李建勋缺乏足够的政治热情,为了享受优厚的生活待遇,他贪恋、羁留于朝廷,保住自己的官位;但是从内心深处,他却始终对自身所应肩负的政治责任采取冷淡、漠视的态度;何况南唐党争激烈,他更是急欲脱身远祸,故而身处朝廷,心向山野,愈加流露出万事不关心的消极情绪,例如"野性竟未改,何以居朝廷。空为百官首,但爱千峰青"(《留题爱敬寺》)、"公退寻芳已是迟,莫因他事更来稀"(《醉中惜花更书与诸从事》)。这些诗句虽然以清雅旷达来自我标榜,却不能掩饰其逃遁政事、庸碌无为的消极心态。

伴随着政治上的敷衍,李建勋的诗歌也大量展示及时行乐的人生追求:"思量少壮不自乐,他年白头空叹吁"(《惜花寄孙员外》)、"浮生何苦劳,触事妨行乐。寄语达生人,须知酒胜药"(《春阴》)、"早花微弄色,新酒欲生波。从此唯行乐,闲愁奈我何"(《春日东山正堂作》)、"期君速行乐,不要旋还家"(《踏青尊前》)、"火急召亲宾,欢游莫厌频。日长徒似岁,花过即非春"(《春日金谷园》)。所以田艺蘅《留青日札》对此评价道:"李建勋虽居极品,然惜花怜酒,解吐婉媚辞。如'预愁多日谢,翻怕十分开'、'空庭悄悄月如霜,独倚栏杆伴花立',如'肺伤徒问药,发落不盈梳。携酒复携馐,朝朝一似忙',足见得花酒风味。"这些诗句也在寻欢作乐的生活背后,隐含

---

① (宋)释文莹:《玉壶清话》卷一〇,《知不足斋丛书》本。

170

着作者对于可悲政治的感怀和无奈。作为身居乱世的达官显贵,李建勋的诗作也着力表现平和安逸的心境、向往自然的意绪,笔调清新淡雅、闲逸脱俗。例如:

> 白发今如此,红芳莫更催。预愁多日谢,翻怕十分开。点滴无时雨,荒凉满地苔。闲阶一杯酒,惟待故人来。(《惜花》)

> 闲游何用问东西,寓兴皆非有所期。断酒只携僧共去,看山从听马行迟。溪田雨涨禾生耳,原野莺啼黍熟时。应有交亲长笑我,独轻人事冀将衰。(《闲出书怀》)

> 小园吾所好,栽植忘劳形。晚果经秋赤,寒蔬近社青。竹萝荒引蔓,土井浅生萍。更欲从人劝,凭高置草亭。(《小园》)

> 长爱田家事,时时欲一过。垣篱皆树槿,厅院亦堆禾。病果因风落,寒蔬向日多。遥闻数声笛,牛晚下前坡。(《田家三首》其三)

这些诗歌流露出作者回归自然的人生向往,以及清淡平易的艺术特征,显示了达官显宦特有的富贵气象,与北宋前期晏殊、张先、宋祁等都城台阁文人诗词的情调,具有内在精神上的一致性。关于李诗的艺术风格,南唐时人宋齐丘即夸赞曰:"李相清谈,不待润色,自成文章。"[1]元人辛文房评其"能文赋诗,琢炼颇工,调既平妥,终少惊人之句也"[2];明人徐献忠《唐诗品》评析其诗"每联必设景象,盖工写之极,流而为俳,亦不自知也"。胡应麟以为李诗"集中佳句颇多,虽晚唐卑下格,然模写情事殊工"[3]。其诗"帘垂粉阁春将尽,门掩梨花日渐长"(《宫词》)、"失意婕妤妆渐薄,背身西子病难扶"(《残牡丹》)等句,颇为人所称道。清贺裳细析李诗曰:"李建勋诗格最弱,然情致迷离,故亦能动人。如《残牡丹》诗(略)气骨安在?却

---

① (宋)陆游:《南唐书》卷九,《四部丛刊续编》本。
② (元)辛文房:《唐才子传》卷一〇,文渊阁《四库全书》本。
③ (明)胡应麟:《诗薮·杂编》卷四,上海古籍出版社 1979 年版,第 296 页。

有倚门人流目送盼之致，虽庄士雅人所卑，亦为轻俊佻达者所喜。又如《闲出书怀》曰：'断酒只携僧共去，看山从听马行迟。'《春雪》曰：'全移暖律何方去？似误新莺昨日来。'《梅花寄所亲》曰：'云鬓自沾飘处粉，玉鞭谁指出墙枝。'《春水》曰：'青岸渐平濡柳带，旧溪应暖负莼丝。'语皆纤冶，能眩人目。惟《迎神》一篇，不愧名家，张司业之耳孙，近来高季迪之鼻祖也。"① 李建勋《宫词》描绘宫女之愁怨："宫门长闭舞衣闲，略识君王鬓便斑。却羡落花春不管，御沟流得到人间。"明李攀龙评曰："二三句虽含恨，却无痕，真是作手。"② 清徐增分析道："宫门空闭，舞衣只是闲叠篋中，略一识君王之面，而已老矣。识且不能得耳，而况承宠？宫人幽闭得苦，所以羡落花之无管束，而犹得到人间也。此诗流于荡矣。"③

陈振孙《直斋书录解题》卷一九著录《李建勋集》1卷，《唐才子传》谓其有《钟山集》20卷，《宋史·艺文志七》著录《李建勋集》20卷，皆已佚。《全唐诗》卷七三九编录其诗1卷、卷七五二录诗1首，《全唐诗补编·补逸》卷一四补1首2句，《续补遗》卷一一补2句，《续拾》亦补4句。

宋齐丘

宋齐丘（887—959），生平事迹详见上编第二章第三节，兹不赘述。

齐丘能诗，所赋《陪游凤凰台献诗》颇为李昪所称赏。宋人马令评其"为文有天才，而寡学不经，师友议论，词尚诡诞，多违戾先王之旨，自以古今独步。书札不工，亦自矜炫，而嗤鄙欧、虞之徒"④。宋人龙衮《江南野史》卷四对宋齐丘的文学才华则给予了褒奖："齐丘之学，天才纵逸，颖出群汇，混然而得，非耗蠹前修而为之辞。至《凤凰山亭诗》、《延宾亭记》、《九华三表》，有古儒之风格；《化书》五十余篇，颇几于道众。凡建碑碣，皆齐丘之文，命韩熙载八分书之。熙载常以纸实其鼻，或问之故，答曰：'其辞秽而且

---

① （清）贺裳：《载酒园诗话又编》，《清诗话续编》，上海古籍出版社1983年版，第394页。

② （明）李攀龙：《唐诗直解》，清博士斋刻本。

③ （清）徐增：《而庵说唐诗》，中州古籍出版社1990年版。

④ （宋）马令：《南唐书》卷二〇，《四部丛刊续编》本。

臭!’时见谤诽,多此之类。"

宋氏著述,《崇文总目》著录《宋齐丘集》4卷,《宋史·艺文志》记有《祀玄集》3卷、《文传》13卷,钱曾《读书敏求记》又记其《玉管照神》10卷,顾櫰三《补五代史艺文志》另记有《理训》10卷,集均佚。《全唐诗》卷七三八存诗3首、断句1联,卷八七九录酒令2句。《全唐诗补编·续拾》补收诗1首、残句3句。《全唐文》录文4篇,《唐文拾遗》又补收2篇。此外,释文莹《湘山野录》卷下尚录存其《乞归九华表》4句。

韩熙载

韩熙载(902—970),字叔言,其先为南阳(今属河南)人。父光嗣,任秘书少监、淄青观察支使,徙家于齐,遂为潍州北海(今山东潍坊)人。少隐嵩山,后唐同光中擢进士第。天成元年(926年),因其父为明宗所杀,南奔归吴,补校书郎。熙载尝与李毂相善,南下前与之酺饮钱别。熙载对李毂说:"江左用吾为相,当长驱以定中原。"李毂则答道:"中国用吾为相,取江南如探囊中物尔。"可见其年轻气盛、信心满满。及至杨吴后,熙载投书自状曰:"得《麟经》于泗水,授豹略于邳垠。运陈平之六奇,飞鲁连之一箭","失范增而项氏不兴,得吕望而周朝遂霸。"[1]语多吹嘘夸饰之词。由于年少放荡,举止失措,出为滁、和、常三州从事。南唐烈祖时,召为秘书郎,命其入东宫辅教太子。熙载于东宫谈笑而已,不婴事务。

元宗嗣位,拜虞部员外郎、史馆修撰,赐绯。熙载慨然叹曰:"先帝知我而不显用,是以我为慕荣绍宗也。"[2]于是积极参与朝政,所论得到元宗嘉许,寻兼太常博士,权知制诰,与徐铉齐名,时号"韩、徐"。他根据当时的国家形势,建议元宗抓住机遇,积极北伐:"陛下恢复祖业,今也其时。若虏主北归,中原有主,则未易图也。"[3]可是由于南唐在闽地损兵折将,元气大伤,也就无暇北顾,错失了大好时机。熙载立身朝廷,精通礼仪,举正无隐,大

① (清)吴任臣:《十国春秋》卷二八,中华书局1983年版,第397页。
② (清)吴任臣:《十国春秋》卷二八,中华书局1983年版,第398页。
③ (宋)司马光:《资治通鉴》卷二八六,中华书局1956年版,第9338页。

为宋齐丘、冯延巳等人忌惮；又因屡言宋齐丘党与必为祸乱，被诬以嗜酒猖狂，贬和州司士参军，"其实熙载酒量，涓滴而已"①。后召为虞部员外郎，迁郎中、史馆修撰，拜中书舍人。南唐经历了接连多次兵祸之后，出现了严重的财政危机。为了充实国库、平抑物价，韩熙载于中兴元年（958年）提出改建铁钱的动议，遂拜户部侍郎、充铸钱使，铸造了"永通泉货"、"唐国通宝"。

后主即位，改吏部侍郎。北宋建隆二年（961年），韩熙载受命出使大宋，为宋人羁留，遂题《感怀诗》二首于馆中。其一云："仆本江北人，今作江南客。再去江北游，举目无相识。金风吹我寒，秋月为谁白。不如归去来，江南有人忆。"表达出对于南唐王朝的深切思念。宋人见而悯之，遂放其归国。

韩熙载回到南唐之后，因铁钱使用问题，与宰相严续争辩于朝堂，左迁秘书监，旋复旧官；新钱既行，拜兵部尚书，充勤政殿学士承旨。熙载目睹南唐国势日蹙，难以挽救，遂蓄女乐四十余人，与客杂居，帷簿不修，彻夜宴饮，放荡嬉戏。萧俨、江文蔚、常梦锡、冯延巳、徐铉、徐锴、潘佑、张洎等人俱集其门，顾闳中所绘传世名画《韩熙载夜宴图》即描绘其豪宅内夜宴之盛景。宋人陶岳《五代史补》卷五则生动、详细地描述了韩府内混居杂处的情况："韩熙载仕江南，官至诸行侍郎。晚年不羁，女仆百人，每延请宾客，而先令女仆与之相见，或调戏，或殴击，或加以争夺靴笏，无不曲尽，然后熙载始缓步而出，习以为常。复有医人及烧炼僧数辈，每来无不升堂入室，与女仆等杂处。伪主（指李煜）知之，虽怒，以其大臣不欲直指其过，因命待诏画为图以赐之，使其自愧，而熙载视之安然。"韩熙载曾经对自己的密友祖露蓄妓狂欢的本质原因："吾为此以自污，避入相尔。老矣，不能为千古笑端。"②这里也流露出韩熙载对于党争形势的忧虑，对于国家前途的彻底失望。后主虽欲用之为相，终因其纵情声色而作罢。坐托疾不朝，谪授太子右庶子，分司南都。熙载遂尽斥诸妓，后主复留为秘书监，俄复为兵部尚书，官终中书侍郎、充光政殿学士承旨。所撰《格言》，论述刑政之要、古今之势、

① （宋）史温：《钓矶立谈》，《丛书集成初编》本。
② （宋）陆游：《南唐书》卷一二，《四部丛刊续编》本。

灾异之变,深得后主褒誉。宋开宝三年(970 年),卧疾于城南戚家山,上表略云:"无积草之功,可裨于国,有滔天之罪,自累其身"、"老妻伏枕以呻吟,稚子环床而号泣。三千里外,送孤客以何之;一叶舟中,泛病身而前去。"①次年卒,年 69。后主痛惜其才,遂诏赠以平章事,谥文靖,葬之梅颐岗谢安墓侧。

熙载高才博学,长于剧谈,听者忘倦;又审音能舞,雅擅书法,画笔亦冠绝当时。为文长于碑碣,江表碑碣大手笔,咸出其手,四方之众纷纷载金帛求为文章碑表。宋释文莹《湘山野录》卷下称其"事江南三主,时谓之神仙中人。风彩照物,每纵辔春城秋苑,人皆随观。谈笑则听者忘倦,审音能舞,善八分及画笔,皆冠绝。简介不屈,举朝未尝拜一人。每献替,多嘉纳。吉凶仪制不如式者,随事稽正,制诰典雅,有元和之风"。陶谷《清异录》卷下《衣服》条又载:"韩熙载在江南造轻纱帽,匠帽者谓为韩君轻格。"他骨气奇高,从不卑身事贵。严续曾请熙载为其父严可求撰写神道碑,赠珍货巨万,还送给他年少窈窕的绝色歌妓,希望能够得到熙载的美言谀赞。熙载欣然接受馈赠,很快即写好碑文,只是简单介绍其谱裔品秩而已。严续心怀愤恨,熙载亦不以为意,将他先前的馈赠悉数退还,并在金泥带上写诗一首云:"风柳摇摇无定枝,阳台云雨梦中归。他年蓬岛音尘断,留取尊前旧舞衣。"宋齐丘自署碑碣,经常请熙载为其书写,熙载即以纸塞鼻。人或问之,答曰:"文臭而秽。"②韩熙载对青年后进却热情奖掖、积极举荐,苟有才艺,必延致门下,以舒雅等人为门生;见文有可采者,手自缮写,为播其声名,时号"韩夫子"。

卒后,后主命徐锴辑录其遗文,藏之书殿。所作诗文甚多,晁公武《郡斋读书志》著录《韩熙载集》5 卷,陈振孙《直斋书录解题》著录其《格言》5 卷。顾櫰三《补五代史艺文志》又记其《格言后述》3 卷、《拟议集》15卷、《定居集》2 卷,今皆已佚。《全唐诗》卷七三八存诗 3 首、残句 1 联,卷

① (宋)郑文宝:《江表志》卷下,《墨海金壶》本。

② (宋)马令:《南唐书》卷一三,《四部丛刊续编》本。

八九九录残句 1 联,《全唐诗补编·补逸》补收诗 1 首。《全唐文》收文 6 篇,《唐文拾遗》补收 2 篇。

史虚白

史虚白(894—961),字畏名,北海(今属山东)人。初隐居嵩山,与韩熙载友善。唐晋之间,中原多事,遂与韩熙载共渡淮河,前往金陵。当时宋齐丘执掌南唐政事,史虚白自许颇高,放言道:"彼可代而相矣!"齐丘怀恨于心,酒宴之上命其赓和诗作,并且纵恣女奴于旁多方扰之,然而"虚白谈笑献酬,笔不停辍,众方大惊"①。史虚白每言政事,多引汤、武、伊、吕之说,然于具体政局的分析则显得较为迂阔。据宋龙衮《江南野史》卷八记载,史虚白南下之后,曾经劝说烈祖李昪抓住有利时机,积极北伐:"今君据有江淮,摘煮山海,人庶丰阜,京、洛之地,君家先业,今且乱离,人思旧德,君苟复之,易若屈指。"烈祖权衡当时形势,认为南唐立国之初,百废待兴,不宜轻启兵端,故而没有采纳虚白的建议。虚白与韩熙载南下已过十载,却仅署为州郡从事,与他们胸中的非凡怀抱相差甚远。虚白怨愤不平,颇以为耻,遂以病辞,褒衣博带,决意世事,卜居于浔阳落星湾,并与庐山佛老之徒耽玩泉石,以诗酒自娱,常乘黄犊版辕,挂酒壶车上,山童总角负一琴一酒瓢以从。宋人刘元高《三刘家集·骑牛歌后叙》云:"吴顺义中,史虚白先生自北海避地于星子,常乘牛往来山水间,今民间尚存《史先生骑牛图》。"

中主继位后,史虚白因好友韩熙载之荐重返金陵。中主向他咨询国事方略,虚白以"草野之人,渔钓而已,邦国大计,不敢预知"相辞,并在皇宫便殿的宴饮时醉溺于阶侧。中主知其意不可违,叹道:"真处士也。"遂赐田 500 石,准予复归隐所②。宋建隆二年(961 年),中主南迁至落星湾,复召见虚白,问其有何新作,对曰:"臣得《渔父》一联,云:'风雨掇却屋,全家醉不知。'"实则蕴含着南唐国祚衰颓的喟叹。中主因此变色久之,赐粟帛

---

① (宋)马令:《南唐书》卷一四,《四部丛刊续编》本。
② (宋)龙衮:《江南野史》卷八,文渊阁《四库全书》本。

美酒遣还①。徐铉、高越谓之曰："先生高不可屈，盍使二子仕乎？"虚白对答道："野人有子，贤则立功业，以道事明主；愚则负薪捕鹿，以养其母。仆未尝介意也，不敢以累公。"②徐、高二人为之愧叹。

虚白容貌恢廓，性情洒脱，世习儒学，长而文思敏捷，"尝对客弈棋，旁令学徒四五辈，各秉纸笔，先定题目，或为书启表章，或诗赋碑颂，随口而书。握管者略不停辍，数食之间，众制皆就"。郑文宝称其所作"虽不精绝，然词彩磊落，旨趣流畅，亦一代不羁之才也"③。北宋仁宗喜其诗，追号"冲靖先生"。陆游《南唐书》谓有《虚白文集》，宋仁宗天圣中由其孙史温献上，已佚。其《割江赋》残篇数句，见于《南唐近事》。《宋史·艺文志》著录其《钓矶立谈》1卷，实为其孙史温所编撰。

沈 彬

沈彬(864？—961年)，字子文，洪州高安(今属江西)人。少孤好学，亦喜神仙之术。唐末曾赴进士试，三举下第。当时正值时局动荡，遂南游湖湘，隐云阳山十年许。后归乡里，访名山洞府，学神仙虚无之道。徐知诰镇金陵，素闻其名，彬因献《观画山水图》诗云："须知手笔安排定，不怕山河整顿难。"④（按：陶岳《五代史补》卷四载"彬献《颂德诗》云：'金翅动身摩日月，银河转浪洗乾坤。'"马令《南唐书》卷一五则称"(彬)因献画山水诗云：'尺素隐清辉，一毫分险阻。'"）预祝知诰取吴禅代。知诰览之大喜，遂辟为秘书郎，入东宫辅世子。不久，以老乞归，乃以吏部郎中致仕。后绝不求仕进，高安士人多给其粟帛。北宋建隆二年(961年)，中主迁都南昌，彬往见。中主优礼待之，授其子为秘书省正字，赐粟帛遣还，未几卒。

彬早有诗名，天才狂逸，下笔成咏，曾与诗僧虚中、齐己、贯休等为诗友，又与诗人韦庄、杜光庭有唱和。其《再过金陵》诗云："玉树歌终王气收，

① （宋）马令：《南唐书》卷一四，《四部丛刊续编》本。
② （明）陈霆：《唐馀纪传》卷一六，明嘉靖二十三年(1544年)冯焕刻本。
③ （宋）郑文宝：《南唐近事》卷一，《丛书集成初编》本。
④ （宋）龙衮：《江南野史》卷六，文渊阁《四库全书》本。

雁行高送石城秋。江山不管兴亡事，一任斜阳伴客愁。"《都门送别》诗云："岸柳萧疏野荻秋，都门行客莫回头。一条灞水清如剑，不为离人割断愁。"这些诗作意境萧瑟，笔力苍劲，渗透着怀古伤今的感触，在当时士大夫间广为传诵。宋人陶岳谓其诗"格高逸"①，陆游亦称其诗"句法清美"②，例如"白烟和月藏峦洞，明月随潮入瘴村"（《送人游南海》）、"压低吴楚殷函水，约破云霞独倚天。一面峭来无鸟径，数峰狂欲趁渔船"（《望庐山》）等诗句，写景生动形象，饶富清新自然的韵致。

他还非常擅长描写边塞题材的诗作，诸如《入塞二首》《塞下三首》等诗数量将近一半，这在南唐诗人中显得尤其突出。《塞下三首》其一写道："塞叶声悲秋欲霜，寒山数点下牛羊。映霞旅雁随疏雨，向碛行人带夕阳。边骑不来沙路失，国恩深后海城荒。胡儿向化新成长，犹自千回问汉王。"此诗看似和平宁静，实则蕴含着由于中原板荡导致边防荒弛的深沉悲凉。因此清人沈德潜《唐诗别裁集》卷一六评价道："塞下诗防其粗豪，此首最见品格。下半说武备废弛，胡人窥伺，而措语婉曲，于唐末得之，尤为仅见。"另如《吊边人》诗云："杀声沉后野风悲，汉月高时望不归。白骨已枯沙上草，家人犹自寄寒衣。"思妇盼归，犹自寄送寒衣，而征人早已尸成白骨。作品通过鲜明的对照，揭示出唐朝武备废弛、军事失败给广大征人及其家人带来的深重灾难。"仁人君子观此，何忍开边以流毒万姓乎！"③类似的诗句尚有"千征万战英雄尽，落日牛羊食野田"（《金陵杂题二首》其一）、"鸢觑败兵眠白草，马惊边鬼哭阴云"（《入塞曲》其二）、"贰师骨恨千夫壮，李广魂飞一剑长"（《塞下三首》其三）等，也都充满着悲痛苍凉的情调。

晁公武《郡斋读书志》卷四著录《沈彬集》1卷，《宋史·艺文志七》记其《闲居集》10卷，明杨慎《升庵诗话》卷五则谓其有诗2卷，今皆已佚。《全唐诗》卷七四三存诗19首、断句11联，《全唐诗补编·续补遗》卷一一收诗1首、残句1句，《续拾》卷四四又收诗8首、残句3句。《全唐文》卷

---

① （宋）陶岳：《五代史补》卷四，文渊阁《四库全书》本。
② （宋）陆游：《南唐书》卷七，《四部丛刊续编》本。
③ （明）杨慎：《升庵诗话》卷五，《历代诗话续编》，中华书局1983年版，第723页。

八七二收文1篇。

孙 晟

孙晟(？—956),初名凤,又名忌,密州(今山东诸城)人。少为道士,居庐山简寂宫。好为诗,画贾岛像于屋壁,朝夕事之。简寂宫道士恶晟,以为妖,以杖驱逐之。后易儒服,至镇州谒后唐庄宗,授著作佐郎。后唐明宗天成间为汴州判官,后亡命陈、宋间。后唐末奔吴,为徐知诰所知,多从其计议。当时徐知诰辅吴,四方豪杰云集。孙晟口吃,"初与人接,不能道寒暄;坐定,辞辩锋起,人多憎嫉之。而烈祖独喜其文词,使出教令,辄合指,遂预禅代秘计。每入见,必移时乃出,尤务谨密,人莫窥其际"①。历事南唐烈祖、元宗二十余年,由于其雄才善辩、性情刚烈,为宋齐丘、冯延巳党人所忌惮。他常鄙薄延巳之为人,宣称:"金碗玉杯而盛狗屎,可乎?"②保大十年(952年),自右仆射同平章事,又进司空。十四年(956年),后周大军南侵,南唐危在旦夕。三月,孙晟挺身而出,奉命出使后周,请割地奉正朔以求和。他对怯懦畏祸的宰相冯延巳说:"公今当国,此行当属公。然晟若辞,是负先帝也。"但是他也非常清楚,此番北上必定凶多吉少,因此对身边的副使礼部尚书王崇质说:"吾行,必不免,然吾终不负永陵一抔土也!"果然,孙晟一行遭到后周羁押,同年十一月被杀害。临刑前,孙晟神态自若,整理衣冠,南望而拜曰:"臣谨以死报国。"然后慷慨就义。孙晟死后,"周世宗怜其忠,颇悔杀之。元宗闻晟死,哀甚流涕,赠太傅,追封鲁国公,谥文忠"③。

著有《孙晟集》5卷、《续古阙文》5卷,今皆已佚。《全唐文》收录其《佛窟寺碑》1文,署名孙忌。

孟宾于

孟宾于,生卒年不详,字国仪,自号群玉峰叟。其先居太原,后为连州

第二章 南唐诗文作家传论

---

① (宋)陆游:《南唐书》卷一一,《四部丛刊续编》本。
② (宋)马令:《南唐书》卷一六,《四部丛刊续编》本。
③ (清)吴任臣:《十国春秋》卷二七,中华书局1983年版,第382、383页。

连上(今广东连县)人。少孤力学,据明人谢肇淛《小草斋诗话》记载其"少游乡校,力学不怠。父以家贫,且鲜兄弟,题诗壁上云:'他家养儿三四五,我家养儿独且苦。'宾于归,见之,续曰:'众星不如孤月明,牛羊满山独畏虎。'父奇之"①。从所续的两句诗看,孟宾于从小就具有远大的抱负。父亲逝后,事母至孝,诗文吟咏,乐而忘倦。后唐长兴末(约 934 年),渡江应进士试,屡举不第。孟宾于尝集所作诗百篇为《金鳌集》,献于工部侍郎李若虚,深得对方称善。李又"采猎佳句,记之尺书,使宾于驰诣洛阳,致诸朝达,声誉蔼然"②。晋相和凝、礼部尚书王易简、翰林学士李慎仪、刑部侍郎李详咸推誉之。滞游举场十年后,在后晋天福九年(944 年)终于登进士第,因世乱还乡。不久,为楚文昭王马希范辟为零陵从事,亦不显用。保大九年(951 年),南唐军队攻陷湖湘,宾于随马氏归降,初授丰城簿,寻迁淦阳令,因黩货以赃罪当死,幸为旧日好友、宋翰林学士李昉寄诗援救。后主见诗,遂宽宥之。未几,求致仕,隐居玉笥山中,自号群玉峰叟,与道士相游处。后以水部员外郎起官,分司南都。宋太祖灭南唐后,宾于以老病辞归故里,不久遂卒。卒年 83。

宾于早擅诗名,所咏"松根盘藓石,花影卧沙鸥"(《蟠溪怀古》)、"寒山梦觉一声磬,霜叶满林秋正深"(《湘江亭》)、"仙界路遥云缥缈,古坛风冷叶萧骚"(《题梅仙馆》)等句,饶富幽冷、清空的韵致。李昉赠诗有云"昔日声名喧洛下,近年诗价满江南"(《寄孟宾于》),足见其诗名之盛。陈尧佐序其诗集,"谓如百丈悬流,洒落苍翠间。清雄奔放,望之坚人毛骨。自五代以来,未有过宾与者也"③。北宋王禹偁亦称赏其诗具有"雅澹之体,警策之句"④。其诗《公子行》咏道:"锦衣红夺彩霞明,侵晓春游向野庭。不识农夫辛苦力,骄骢蹋烂麦青青。"形容特权者轻裘肥马,冶游享乐,多骄纵不法,以残民害物为务,字里行间饱含着对民生疾苦的同情。但是,尽管孟宾于

---

① (清)王士禛、郑方坤:《五代诗话》卷三,人民文学出版社 1989 年版,第 140 页。

② (元)辛文房:《唐才子传》卷一〇,文渊阁《四库全书》本。

③ (清)同治《连州志》卷七《孟宾于传》。

④ (宋)王禹偁:《孟水部诗集序》,《小畜集》,《四部丛刊》本。

创作了如此带有社会批判性的诗歌，他本人的操行人品却颇为龌龊，官任之上屡屡贪污受贿，深为世人所不齿。

孟宾于一生所著颇多，王禹偁《孟水部诗集序》称："有《金鳌集》者，应举时诗也；《湘东集》者，马氏幕府诗也；《金陵集》者，李氏诗也；《玉笥集》者，吉州诗也；《剑池集》者，丰城诗也。总五百五首，今合为一集，以官为名。"陈振孙《直斋书录解题》著录《孟宾于集》1卷，《宋史·艺文志》著录《金鳌诗集》2卷，均已佚。《全唐诗》卷七四〇存诗8首，断句14联。《全唐诗补编·补逸》卷一六补收1首，《续拾》卷四四补7句及与父联句1首。《全唐文》收文1篇。

陈贶

陈贶，生卒年不详。贶，一作况。闽（今福建）人，孤贫力学，积书数千卷，隐于庐山白鹿洞三十余年，衣食乏绝，不以动心，学者多师事之。南唐中主闻其名，以币帛往征。贶入见，幞巾条带，布裘鹿鞯，进止闲雅有度。当时天气奇寒，元宗见其衣着单薄，特降手札曰："欲以绫绮衣赐卿，卿必不受；今赐朕自服绀縑衣三十事。"[①]得到君王自服之衣，这样的恩宠非比寻常，陈贶遂献上《景阳台怀古》诗："景阳六朝地，运极自依依。一会皆同是，到头谁论非。酒浓沉远虑，花好失前机。见此犹宜戒，正当家国肥。"作品通过对南朝陈后主亡国故事的咏叹，表达出以史为鉴、励精图治的美好愿望。元宗读后极为称善，诏授江州士曹椽，陈贶固辞不受。元宗见其言语朴野，性情疏旷，不却其志，乃赐粟帛，遣还旧隐。卒于山中，年七十余。

陈贶生性淡泊名利，待人处事质朴淳厚，作诗勤于苦思，每得句未成章，已播远近，一时学者如刘洞、江为等皆师事之。尝为诗数百首，"骨务强梗，出于常态，颇有阆仙之致，脍于人口"[②]。宋《秘书省续编四库书目》著录其《庆云集》1卷，已佚。《全唐诗》卷七四一存诗1首，《全唐诗补编·续拾》

第二章　南唐诗文作家传论

---

① （宋）陆游：《南唐书》卷七，《四部丛刊续编》本。
② （宋）龙衮：《江南野史》卷六，文渊阁《四库全书》本。

补录残句 1 联。

高 越

高越,生卒年不详。字冲远(一作仲远),幽州(今北京)人。少举进士,精警有才思,雅擅词赋,闻名于燕赵间。卢文进镇上党,具礼币致之。文进徙安州,越又从之,遂为其掌书记。文进小女貌美能文,有"女学士"的雅号,因以妻越。郑文宝《南唐近事》卷二称,高越早年"文价蔼然,器宇森挺,时人无出其右者。鄂帅李公贤之,待以殊礼,将妻以爱女。越窃谕其意。因题《鹰》一绝,书于屋壁云:'雪爪星眸众鸟归,摩天专待振毛衣。虞人莫谩张罗网,未肯平原浅草飞。'遂不告而去。后为范阳王卢文进纳之为婿"。这段记载将高越的生平行程前后倒置,对其诗作寓意的理解也出现偏差,故而不足为信。宋代无名氏所著《江南馀载》卷上也撰录,高越年轻时游河翔,有牧伯欲妻之,为《鹞子诗》而去,"越后为查氏婿"。这则记载同样缺乏史实依据。

公元 936 年,后晋高祖即位,本年十二月,高越随卢文进南奔。初投鄂帅张宣,久不见知,高越遂咏《鹰》诗以诮之。不久之后即随卢文进至广陵,吴王徐知诰用为秘书郎,凡祷祠燕饯之文,越多为撰之。南唐烈祖受禅后,迁水部(一说礼部)员外郎,改祠部。出为浙西判官,迁水部郎中。中主保大年间,南唐兴起伐楚战争,攻取了潭、衡诸州,朝廷上下一片欢腾。高越却能冷静地分析形势:"潭、衡一时之凶乱,取之甚易;观诸将之才,善守为难。"[①]战局的发展果然如其所料,遭致了重大损失。保大四年(946 年),因上书指斥冯延巳兄弟,贬为蕲州司士参军。据陆游《南唐书》卷九《卢文进传》记载:"冯延巳恶文进,文进亦以素贵不少下。及卒,乃诬以阴事,尽收文进诸子,欲籍其家。文进以女妻高越,越乃上书讼文进冤,指延巳过恶,词气甚厉。时延巳方用事,人颇壮之。元宗怒,以越属吏,贬蕲州司士参军,而卢氏亦赖以得全。"同卷《高越传》亦云:"保大初,文进卒,有欲倾其

---

① (宋)马令:《南唐书》卷一三,《四部丛刊续编》本。

家者,越上书讼之,出为蕲州司士参军。"贬职期间,高越与隐士陈曙结为物外交,淡然不慕荣利。后徙广陵令,历侍御史知杂、起居郎、中书舍人等职。后主立,迁御史中丞、勤政殿学士、左谏议大夫,兼户部侍郎、修国史。卒年62 岁,谥穆。"贫不能葬,后主为给葬费,世叹其清"[1]。

高越好学不倦,儒学淹博。归南唐后,与江文蔚俱以辞赋创作擅名江表,时人谓之"江、高"。江淮士者品论人物,皆以越为首称。淮南交兵,书诏多出越手,援笔立成,词采温丽,深为中主所倚重,特赐优渥待遇,等同于徐铉、徐锴兄弟。越虔信佛教,清人吴任臣《十国春秋》卷二八载其著有《舍利塔记》1 卷,已佚。《全唐诗》卷七四一存诗 1 首。

江文蔚

江文蔚(901—952),字君章,建安(今福建建瓯)人。早年与何仲举、张杭等人同游秦王李从荣幕府。后唐明宗长兴三年(932 年)登进士第,除河南馆驿巡官。"避权势,有高才,与韩熙载名相上下。而熙载不持检操,文蔚既擅价一时,又励行义"[2]。后因秦王事牵连免官,南奔仕吴,徐知诰厚礼之,为宣州观察巡官,迁水部员外郎,改比部员外郎、知制诰。南唐烈祖时,改主客郎中,拜中书舍人。宋马令《南唐书》卷一三记载:"自为郎时,南唐礼仪草创,文蔚撰述朝觐会同、祭祀宴飨、礼仪上下,遂正朝廷纪纲。"

元宗时,主治烈祖山陵事,除给事中、判太常卿。保大初,迁御史中丞,秉心贞亮,不容阿顺。保大五年(947 年),上书弹劾冯延鲁、冯延巳、魏岑、陈觉等奸佞小人。将上疏之前,文蔚即先具小舟,载老母于其中,以待皇帝降罪。书曰:"陛下践阼以来,所信任者,延巳、延鲁、岑、觉四人而已,皆阴狡弄权,壅蔽聪明,排斥忠良,引用群小,谏争者逐,窃议者刑,上下相蒙,道路以目。今觉、延鲁虽伏辜,而延巳、岑犹在。本根未殄,枝干复生。同罪异诛,人心疑惑","上之视听,惟在数人,虽日接群臣,终成孤立","岑、觉、

---

[1] (宋)陆游:《南唐书》卷九,《四部丛刊续编》本。
[2] (宋)马令:《南唐书》卷一三,《四部丛刊续编》本。

延鲁,更相违戾,彼前则我却,彼东则我西。天生五材,国之利器,一旦为小人忿争妄动之具。"[1]奏章呈上后,朝野喧腾,纷相传写,为之纸贵,群僚人心大快,常梦锡感叹道:"白麻虽佳,要不如江文蔚疏耳!"[2]然而元宗阅罢却不由大怒,以为文蔚所言太过,遂贬为江州司士参军。清人王士禛、郑方坤《五代诗话》卷三引《尚友录》称,江文蔚贬谪道中尝作诗曰:"屈原若幸高堂在,终不怀沙葬汨罗。"次年,入为卫尉卿,拜右谏议大夫、充翰林学士,权知贡举,进士庐陵王克贞等三人及第。元宗曾问文蔚:"卿取士何如前朝?"文蔚对答道:"前朝公举、私谒相半,臣专任至公耳!"[3]元宗由是大悦,对他也给予了特殊的恩遇。据宋无名氏《江南馀载》卷上记载:"翰林学士江文蔚,侍宴醉而无礼。明日拜表谢罪,上命赐衣一袭以慰之。"保大十年(952年)八月卒,年52,谥简。徐铉《徐公文集》卷一五有《唐故左谏议大夫翰林学士江君墓志铭》。

文蔚素以赋体闻名江表,与高越齐名,时称"江、高"。其《天窗赋》云:"一窍初启,如凿开混沌之时;两瓦欹飞,类化作鸳鸯之后。"《土牛赋》云:"饮渚俄临,讶盟津之捧塞;度关倘许,疑函谷之丸封。"皆称一时佳句。《崇文总目》著录其《江翰林赋集》3卷,《宋史·艺文志》著录其《唐吴英秀赋》72卷,顾櫰三《补五代史艺文志》著录《江文蔚集》3卷、《桂香赋选》30卷。《全唐诗补编·续拾》收诗2句,《全唐文》收文1篇,《唐文拾遗》补文1篇。

陈 陶

陈陶(877—968?),剑浦(今福建南平)人,或云鄱阳(今江西鄱阳)人。幼业儒素,长好游学,善解天文,长于雅颂,自负台铉之器,不事干谒。曾游历长安,后前往成都,颇受蜀主王建礼遇,并与释贯休谋面游处,然未仕蜀而归里。南唐烈祖时期,陈陶居处南昌,准备就仕建康,但是当时宋齐丘秉政,重用浮靡奸佞之徒,陶鄙其为人,尝自叹曰:"世岂乏麟凤,国家自遗之

---

[1] (宋)司马光:《资治通鉴》卷二八六,中华书局1956年版,第9355页。

[2] (宋)陆游:《南唐书》卷一〇,《四部丛刊续编》本。

[3] (宋)司马光:《资治通鉴》卷二九〇,中华书局1956年版,第9475页。

耳。"①遂隐于洪州西山,以吟咏自适。等到齐丘出镇南昌,陈陶尝有魏阙之望,作诗自咏道:"一顾成周力有余,白云闲钓五溪鱼。中原莫道无麟凤,自是皇家结网疏。"(《闲居杂兴五首》其二)当然是自比为麟凤,以及助周灭商的姜尚,满怀报效朝廷的热望。他与水部员外郎任畹为少年挚友,于是写诗相赠,诗中有云:"好向明时荐遗逸,莫教千古吊灵均。"(《寄兵部任畹郎中》)盼望对方向朝廷引荐自己,仕进之心显得非常急切。元宗虽闻其诗名,但未及召见。会有彗孛昼现,陶乃叹曰:"国家其几亡乎!"②其后果有淮南之败。

南唐中主南迁,至落星湾,尝召陈陶询问天文之事,所言深得君主赏识。中主喟叹道:"真鸿儒矣!"③后主即位后,陈陶预知国势岌岌,已无可挽回,遂绝缙绅之望,专以服食炼气为务。有诗云:"乾坤见了文章懒,龙虎成来印绶疏","磻溪老叟无人用,闲列楂梨教《六韬》","近来世上无徐庶,谁向桑麻识卧龙?"但是即便如此,陈陶的这些诗句里,同样蕴含着生不逢时、怀才不遇的怨怼之意。宋人祝穆《方舆胜览》卷一九《陈陶》条记载了一则趣事:陈陶隐居西山,操行清洁。当时豫章牧严譔意欲扰之,派遣自己的小妾莲花前去服侍陈陶。陈陶始终不为所动。莲花眼见自己的妖娆美貌无法吸引陈陶,只得献诗求去,诗中写道:"莲花为号玉为腮,珍重尚书遣妾来。处士不生巫峡梦,虚劳神女下阳台。"(《献陈陶处士》)字里行间充溢着徒劳无奈的怨叹。陈陶也作诗答道:"近来诗思清于月,老去心情薄似云。已向升天得门户,锦裳深愧卓文君。"(《答莲花妓》)进一步流露出不萦世情的淡泊心境。其诗《步虚引》描述修道求仙的生活,浪漫奇峭不减李贺。辛文房《唐才子传》卷八评之曰:"陶工赋诗,无一点尘气。于晚唐诸人中,最得平淡,要非时流所能企及者。"

北宋初年陈陶犹存世间,或云得道成仙。龙衮《江南野史》卷八记载:"陶所遁西山,先产药物仅数十种。开宝中,尝见一叟角发被褐,与一炼师异

185

① (明)陈霆:《唐余纪传》卷一六,明嘉靖二十三年(1544年)冯焕刻本。
② (宋)龙衮:《江南野史》卷八,文渊阁《四库全书》本。
③ (宋)龙衮:《江南野史》卷八,文渊阁《四库全书》本。

第二章 南唐诗文作家传论

药入城鬻之，获赀则市鲊就炉，二人对饮且啖，旁若无人。既醉，且舞而歌曰：'蓝采禾，尘世纷纷事更多。争如卖药沽酒饮，归去深崖拍手歌。'时人见其纵逸，姿貌非常，每饮酒食鲊，疑为陶之夫妇焉。竟不知所终，或云得仙矣。"马令《南唐书》卷一五亦载此歌谣。后世学者多据《江南野史》及马令《南唐书》所载"蓝采和"歌谣，疑陶即"八仙"中之蓝采和原型①。陈陶著述颇与晚唐时期另一位隐居于洪州西山的诗人陈陶相混淆，后人多误为一人，其诗亦多混入唐朝陈陶诗集中，极难分辨。《宋史·艺文志》著录陈陶《文录》10卷、《陈陶诗》10卷，晁公武《郡斋读书志》著录《陈陶集》2卷，顾櫰三《补五代史艺文志》著录《陈陶文集》10卷、诗1卷，《世善堂藏书目录》著录《陈陶诗集》2卷。

李 中

李中，生卒年不详，字有中，郡望陇西，杨吴时期随父南迁至九江之溢城（今属江西）。南唐时，与刘钧共学于庐山国学。元宗时，曾久事陈觉。保大十五年（957年），南唐拒周兵败，中未及撤归，被羁留于淮西，为下蔡县宰。交泰二年（959年），以其弟夭亡，上书后周朝廷，获准回到南唐，归家侍奉双亲。后主时，四处请托，得以复仕，出任吉水县尉。宋乾德二年（964年），罢吉水县尉。后历任晋陵、新喻、安福县令。宋开宝五年（972年），又转淦阳县令。

李中工诗，自谓"诗魔"，与诗人沈彬、左偃相善，多有酬答之作。"为诗略似元、白，辞旨蕴藉，文采内映"②，孟宾于称其诗"缘情入妙，丽则可知"，可与贾岛、方干相比肩③。元人辛文房亦称其佳句为"惊人泣鬼之语"④。所作诗甚多，开宝六年（973年），尝集五、七言兼六言诗200首为《碧云集》，孟宾于为之作序。孟序对李诗佳句进行了非常细致的评析："《姑苏怀古》

---

① 浦江清：《浦江清文录·八仙考》，人民文学出版社1958年版，第16—19页。
② （清）丁仪：《诗学渊源》，民国铅印本。
③ （五代）孟宾于：《碧云集序》，《隋唐五代文论选》，人民文学出版社1990年版，第377页。
④ （元）辛文房：《唐才子传》卷一〇，文渊阁《四库全书》本。

云：'歌舞一场梦，烟波千古愁。'因想繁华之日，引成兴叹之词。《书王秀才壁》句：'贫来卖书剑，病起忆江湖。'诗人兴叹，时政如何？《听郑道士琴》：'秋月空山寂，淳风一夜生。'乃景清虚，真风回返。《徐司徒池亭》句：'扶疏皆竹树，冷澹似潇湘。'心匠所到，景致尤疏。《落花》句：'酷恨西园雨，生憎南陌风。'阻公子欢，动旅人感。《寒江暮泊寄左偓》云：'烟火人家远，汀洲暮雨寒。'诗人之作，客况凄然。《秋雨》句：'秋声在梧叶，润气逼书帏。'《庐山》句：'谷春攒锦绣，石润叠琼林。'比兴之言，搜罗尤异。《江行夜泊》句：'半夜风雷过，一天星斗寒。'恐怖一场，虚明彻晓。《寄刘均》云：'闲花半落处，幽客未来时。'《得故人消息》句：'梦归残月晓，信到落花时。'肺肠难述，怀想可知。《访龙光谦上人》云：'相留看山雪，尽日论风骚。'见请道之相于，望寒山之不舍。又七言《宿庐山白云峰重道者院》句：'云开碧落星河近，月出沧溟世界秋。'又《海上从事秋日书怀》句：'千里梦随残月断，一声蝉送早秋来。'又《夜泊寄诗友》句：'鱼龙不动澄江远，烟雾皆收皎月高。'《东林寺远大师》句：'杉桧已依灵塔老，烟霞空锁影堂深。'《登毗陵青山楼有感》句：'千里吴山青不断，一边辽海浸无穷。'《访洞仙宫不遇邵道者》句：'羽客不知何处去，洞前花落立多时。'《忆溪居》句：'杜若菰蒲烟雨歇，一溪春色属何人。'又六言句：'半落铜台月晓，乱飘金谷风多。'《客中春思》云：'又听黄鸟绵蛮，目断家乡未还。春水引将客梦，悠悠绕遍关山。'《赋泉》句：'谁当秋霁后，独听月明中。'《柴司徒亭前假山》句：'萤影夜潜疑晓起，茶烟朝出认云归。'众目所观，他心不到。《春暮怀故人》句：'池馆寂寥三月暮，落花重叠盖莓苔。惜春眷恋不忍扫，感物心情无计开。'《赠王道士》云：'槎流海上波涛阔，酒满壶中天地春。'论玄酒太羹，常徒肯爱，述神龙真虎，贤者则知。"

晁公武《郡斋读书志》卷四著录《李有中诗集》2卷。《全唐诗》卷七四七至卷七五〇编其诗为4卷。

第二章 南唐诗文作家传论

左偃

左偃,生卒年均不详,南唐时人。性磊落,操守狷介,居金陵(今江苏南京),以赋诗自乐,终生不仕。善诗,与李中多有唱和;与韩熙载亦有交谊,其操守与诗作深为熙载称赏。徐铉《徐公文集》卷二〇《答左偃处士书》云:"足下负磊落之气,畜清丽之才,褐衣韦带,赋诗自释,介然之操,其殆庶乎悠悠之人尚未识其所谓。惟韩君叔言知之。以铉爱奇好古者也,故屡称足下之行,及诵足下之诗,相视欣然,以为今犹古也","又念昔之隐者销声物外,绝迹时人;今足下高蹈如彼,自屈若此,得非以吾道久否,思发愤而振起之尔。"左偃为时人所重,由此可知。《雅言杂录》谓其有诗千余首。其诗多绘冷落萧瑟之景,如《江上晚泊》:"寒云淡淡天无际,片帆落处沙鸥起。水阔风高日复斜,扁舟独宿芦花里。"字里行间充满着闲散隐逸的情怀。而其诗句"万丈高松古,千寻落水寒"(《寄庐山白上人》),则笔力雄健,富有高古浑茫的气势。他还擅长抒发对友人离别思念的意绪,如"路遥沧海内,人隔此生中"(《怀海上故人》)、"徒令睇望久,不复见王孙"(《郊原晚望怀李秘书》)、"春色江南独未归,今朝又送还乡客"(《送人》)等等。其《寄韩侍郎》诗云:"谋身谋隐两无成,拙计深惭负耦耕。渐老可堪怀故国,独愁翻觉厌浮生。言诗幸遇名公许,守朴甘遭俗者轻。今日况闻搜草泽,独悲憔悴卧升平。"韩熙载读罢此诗,因其中"厌浮生"句而颇不欢悦。他似乎预感到左偃命运的可悲,果然不久以后,左偃不幸病卒,年24。王操有诗哭之云:"堂亲垂白日,稚子欲行时。"[1]《宋史·艺文志》著录其《钟山集》1卷。顾櫰三《补五代史艺文志》记有《左偃集》1卷、《狎鸥集》1卷、《画锦集宏词前后集》20卷,皆佚。《全唐诗》卷七四〇存诗10首、断句2联。《全唐诗补编·续拾》又补4句。

文 益

文益(885—958),五代法眼宗创始人。俗姓鲁,余杭(今属浙江)人。7

---

[1] (宋)阮阅:《诗话总龟》前集卷四引《雅言杂录》,《四部丛刊初编》本。

岁依新定智通院全伟禅师出家,20 岁于越州开元寺受戒。曾在鄞山育王寺希觉律师门下学律,希觉赞为释门游、夏。寻南游入闽,参长庆慧稜禅师,又参宣法大师。最后往漳州罗汉寺向桂琛学习,遂得法。晚年住金陵,在清凉山报恩禅院传法,署号"净慧",深受南唐中主礼遇。"时诸方丛林,咸遵风化。异域有慕其法者,涉远而至。玄沙正宗,中兴于江表"[①]。周世宗显德五年(958 年)卒,年 74。谥大法眼禅师,塔号无相。后主时再谥为大智慧大导师。

文益于佛理方面主张"理事不二,贵在圆融",及"不著他求,尽由心造"。著有《宗门十规论》。因卒后谥为大法眼禅师,其法嗣后人称为法眼宗。

文益"好为文笔,特慕支(遁)、汤(惠休)之体,时作偈颂真赞,别形纂录"[②]。一日与中主李璟论道罢,同观牡丹花。王命作偈,文益即赋曰:"拥毳对芳丛,由来趣不同。发从今日白,花是去年红。艳曳随朝露,馨香逐晚风。何须待零落,然后始知空。"王顿悟其意。《全唐诗》卷八二五存诗 1 首,《全唐诗补编·补逸》补诗 1 首,《续拾》又补 12 首。

李弘茂

李弘茂(933—951),字子松,徐州(今属江苏)人,南唐中主李璟次子。幼颖异,容貌秀澈,有成人风。年 14,为侍卫诸军都虞侯,封乐安公。精习骑射击刺,又领兵职;然不喜戎事,每与宾客朝士燕游,唯以赋诗为乐。保大九年(951 年)卒,年 19。葬金陵城南五里,追封庆王。

弘茂善歌诗,格调清古,所作《咏雪》诗之"甜于泉水茶须信,狂似杨花蝶未知"、《病中》诗之"半窗月在犹煎药,几夜灯闲不照书"句,尤为人称道。《全唐诗》卷七五七存断句 2 联。

① (宋)释道原:《景德传灯录》卷二四,《四部丛刊》本。
② (宋)赞宁:《宋高僧传》卷一三,中华书局 1987 年版,第 314 页。

李家明

李家明,生卒年不详,庐州西昌(今属安徽)人。南唐中主李璟时为乐部头,有学能诗,性滑稽,深得君王宠幸。中主曾率群臣于后苑池塘内垂钓,诸位大臣皆有捕获,唯独君王一无所得。家明察言观色,立即献上诗作:"玉甃金钩兴正浓,碧池春暖水溶溶。凡鳞不敢吞香饵,知道君王合钓龙。"此诗笔调诙谐,语含奉承,既歌功颂德,又调节了气氛。中主听后开怀大笑,赐宴极欢,先前的失落和尴尬一扫而空。

虽然身为俳优,但是李家明并非巧于卖弄、只会溜须拍马的佞臣,而是一位眼光冷峻、审时度势的精明文士。他关心民生疾苦,并且善于借助自己的特殊身份,相机向君王讽谏,颇为时人所推崇。当时南唐赋税繁杂,百姓苦不堪言,李家明即借机进谏。据龙衮《江南野史》卷七记载,"嗣主游后苑,登于台观,盛望钟山雨,曰:'其势即至矣。'家明对曰:'雨虽来,必不敢入城。'嗣主怪而问之,家明曰:'惧陛下重税。'嗣主曰:'不因卿言,朕不知之。'遂令榷务降半而征之"。家明等人尝陪伴中主于苑内游观,见一牛晚卧树荫下,李璟云:"牛且热矣。"家明乘机赋诗一首:"曾遇宁戚鞭敲角,又被田单火燎身。闲向斜阳嚼枯草,近来问喘更无人。"言语之间讥刺左右宰臣对百姓的盘剥、压榨,致使那些中主身边的大臣俱皆羞惭,免冠谢罪。不过宋人黄朝英《缃素杂记》卷七则把此诗的"创作权"归属给了同时代的伶人王感化,认为王作此诗乃是讥刺当时的李建勋、严续二位宰相。李、王同属中主身边的诙谐伶人,且都敢于借机讽谏,相关故事的混淆当在情理之中。

中主时期,宋齐丘权倾一时,许多正直的文士敢怒不敢言。他晚年得子,非常宠爱,岂料却不幸夭折。宋齐丘悲痛过度,朝中无人能够劝慰。此时李家明主动向中主请缨,特制了一只大纸鸢,乘风放到宋府上空,故意坠落到他家的庭院内。宋齐丘拾起观看,只见上面写有一诗:"欲兴唐祚革强吴,尽是先生设计谋。一个孩儿弃不得,让皇百口合何如?"原来这是旧话重提,抖出当年宋齐丘设计谋杀杨吴后代百口人的灭门丑事,流露出诗人的鄙夷、谴责之意。宋齐丘看罢此诗，"惭感而止"①。

　　中主后期频遭战事不利、国土沦丧的打击，内心惆怅不已，李家明也深感国势的衰颓，诗作笔调愈显沉痛。宋建隆二年(961年)，周师逼境，中主被迫南迁。车驾行至赵屯，中主北望皖公山，询问身边的李家明："好青峭数峰，不知何名耶？"家明应声对曰："龙舟轻飏锦帆风，正值宸游望远空。回首皖公山色翠，影斜不到寿杯中。"②当时长江以北已割让给了后周政权，家明此诗自然包含着对于山河破碎、国势危殆的深切喟叹。中主亦因此顿感凄凉，叹息良久，为自己的昏聩失国而深自愧责。

　　等到后主继位后，家明年岁老大，再也得不到新君的宠幸，从此寂寂无闻。《全唐诗》卷七五七存其诗4首。

王感化

　　王感化，生卒年不详，建州(今福建建瓯)人。少聪慧，多颖悟，谈吐诙谐，虽未曾执卷，却多识故事，擅长咏诗。少年居乡之时，建州节帅更代饯别，感化献诗云："旌旆赴天台，溪山晓色开。万家悲更喜，迎佛送如来。"又题怪石，皆用故事，其中一联云："草中误认将军虎，山上曾为道士羊。"③语言谐俗，深切事理。感化更善讴歌，声韵悠扬，清振林木。初隶光山乐籍，后入金陵，系乐部，为歌板色。中主继位后，宴乐击鞠不辍，感化为之忧虑。中主尝乘醉命其奏《水调》词，感化唯歌"南朝天子爱风流"一句，如是者数四，意在借古鉴今，令中主惕醒。"元宗辄悟，覆杯叹曰：'使孙、陈二主得此一句，不当有衔璧之辱也。'"④感化由是得宠。据明人王昌会《诗话类编》记载，中主尝宴苑中，有白野鹊飞集，中主令感化即席赋诗，感化应声咏道："碧岩深洞恣游遨，天与芦花作羽毛。要识此来栖宿处，上林琼树一枝高。"他对皇宫内苑进行了一番夸耀，皇帝龙颜大悦，遂手书《浣溪沙》词2首亲

　　①　(宋)龙衮：《江南野史》卷七，文渊阁《四库全书》本。
　　②　(宋)龙衮：《江南野史》卷七，文渊阁《四库全书》本。
　　③　(明)蒋一葵：《尧山堂外纪》卷四一，上海古籍出版社1996年版。
　　④　(宋)马令：《南唐书》卷二五，《四部丛刊续编》本。

赐之。

及至后主继位,感化拿着当年先君赏赐的词作呈献于朝廷,令后主深受感动,他又得到了非常的宠遇。《全唐诗》卷七五七存诗 2 首,断句 1 联。《全唐诗补编·续拾》补辑诗 1 首,复出 1 首,存目 1 首。

伍乔

伍乔,生卒年不详,庐江(今属安徽)人,南唐诗人。少嗜学,曾居庐山国学数年,苦节自励,"一夕,见人掌自牖隙入,中有'读易'二字,倏尔而却。乔默审其祥,取《易》读之,探索精微"[①]。南唐中主时,入金陵应进士举,试《画八卦赋》《霁后望钟山诗》。据马令《南唐书》卷一四记载:"初,中有司之选者,必延之升堂而加慰饮焉。先是,宋贞观登坐,张泌续至,主司览呈文,遂揖贞观南坐,而引泌西首。酒数行,乔始上卷,主司读之惊叹,乃以贞观处席北壁,泌居南,登乔为宾首。覆考榜出,乔果第一,泌第二,贞观第三,时称主司精于衡鉴。"中主亦赏爱其文,命刻乔文于石碑,以为永式。后曾任歙州司马,颇为失意,遂上诗翰林学士张泌,备述人生沉沦之苦闷、朋友离散之感伤,泌为之动容,遂向国君求情,召还为考功员外郎。入宋,卒。

伍乔力学工诗,与诗人史虚白多有酬唱,"诗调寒苦,每有'瘦童羸马'之叹"[②]。其所存诗皆为七律,多为送别寄赠、旅游题咏之作。《游西禅》诗写道:"远岫当轩列翠光,高僧一衲万缘忘。碧松影里地长润,白藕花中水亦香。云自雨前生净石,鹤于钟后宿长廊。游人恋此吟终日,盛暑楼台早有凉。"写景自然工美,多择用山、水、竹、林、苔藓、闲云、野鹤、雾霭、冷月等意象入诗,字里行间渗透着空山寂境中的丝丝凉意,营造出清幽闲淡的意境。《晚秋同何秀才溪上》诗云:"闲步秋光思杳然,荷蔾因共过林烟。期收野药寻幽路,欲采溪菱上小船。云吐晚阴藏雾岫,柳含余霭咽残蝉。倒尊尽日忘归处,山磬数声敲暝天。"明人周敬评价道:"前四咏晚秋同游情事,后四

---

① (宋)马令:《南唐书》卷一四,《四部丛刊续编》本。
② (明)金人瑞:《贯华堂选批唐才子传》,清顺治贯华堂刻本。

句即溪上晚秋之景,有得兴悠悠之趣。"并且指出:"伍乔晚出,为诗机法迅敏,清景空人。如《晚秋溪上》《宿灊山》二诗,宁让大历诸子?"[①]另如"登阁共看彭蠡水,围炉相忆杜陵秋"(《寄落星史虚白处士》)、"石楼待月横琴久,渔浦经风下钓迟"(《寄史处士》)、"暮烟江口客来绝,寒叶岭头人住稀"(《冬日道中》)、"江城雪尽寒犹在,客舍灯孤夜正深"(《九江旅夜寄山中故人》)、"梦回月夜虫吟壁,病起茅斋药满瓢"(《僻居秋思寄友人》)等诗句,均蕴含着惆怅落寞的意绪格调,给人以格外萧疏凄苦的审美感受。

陈振孙《直斋书录解题》卷二〇著录《伍乔集》1卷。《全唐诗》卷七四四编其诗为1卷。

廖凝

廖凝,生卒年不详,字熙绩,虔州虔化(今江西赣州)人,诗人廖匡图之弟。凝家本为虔州豪族,后梁太祖时,钟章为虔州刺史,打击豪强,凝遂举族奔湖南,隐于衡岳。楚马希范时,尝任从事。楚亡,遂至金陵,任南唐水部员外郎。历建昌令,未几,迁江州团练副使。清吴任臣《十国春秋》卷二九记载:"元宗习其名,数往聘之。初不赴诏,后江南贼起,凝曰:'与其抱道而死,孰与就义以存吾宗。'遂出为彭泽令,慕陶处士为人。已而笑曰:'渊明不以五斗折腰,吾宁久为人役!'即解印归衡山。久之,复起为连州刺史,与张居咏辈为诗友;未几,复辞归,隐衡山。"其《彭泽解印》诗即咏道:"五斗徒劳谩折腰,三年两鬓为谁焦?今朝官满重归去,还挈来时旧酒瓢。"

凝善吟讽,10岁即赋《咏棋》诗云"满汀鸥不散,一局黑全输",为人所称善。其《中秋月》诗云:"九十日秋色,今秋已半分。孤光吞列宿,四面绝微云。众木排疏影,寒流叠细纹。遥遥望丹桂,心绪更纷纷。"细致地描摹中秋月色的朗润、月下的自然景致以及诗人此刻的复杂心绪。《闻蝉》诗云:"一声初应候,万木已西风。偏感异乡客,先于离塞鸿。日斜金谷静,雨过石城空。此处不堪听,萧条千古同。"由秋蝉的哀鸣,触发起异乡游子的惆

---

① (明)周珽:《唐诗选脉会通评林》,明崇祯乙亥(1635年)刻本。

怅,同时也引发出历史沧桑的悲绪。又尝登祝融峰顶,触思成韵语,一时诗人尽屈其下。与李建勋为诗友,江左学诗者多造其门。

《宋史·艺文志》著录其《廖凝诗集》7卷,今佚。《全唐诗》卷七四〇存诗3首、断句6联,《全唐诗补编·续拾》又补收其诗断句。

孟贯

孟贯,生卒年不详,字一之,建阳(今福建建瓯)人。少好学,性疏野,不以荣宦为意,曾入庐山并客游江南,与杨徽之同学友善。杨浚《论次闽诗》赞之曰:"徽之巨眼识风尘,野鹤闲云自在身。一例诗穷明主弃,襄阳以后有传人。"后周世宗显德时,征淮南至广陵,贯渡江以所作诗集献上。世宗见其卷首《贻栖隐洞谭先生》诗有"不伐有巢树,多移无主花"句,颇不悦,云:"朕以元戎问罪,伐叛吊民,非惧强凌弱,何'有巢''无主'之有?然献朕则可,如他人,卿应不免矣。"①故赐其释褐授官,后不知所终。

贯善五律,与诗人伍乔、史虚白、江为等人友善,迭相唱和,颇有诗名于当时。其《寄山中高逸人》诗云:"烟霞多放旷,吟啸是寻常。猿共摘山果,僧邻住石房。蹑云双屦冷,采药一身香。我忆相逢夜,松潭月色凉。"周珽评之曰:"前六句羡美之词,结致寄忆之情也。"②《寄张山人》诗云:"草堂南涧边,有客啸云烟。扫叶林风后,拾薪山雨前。野桥通竹径,流水入芝田。琴月相亲夜,更深恋不眠。"这些诗作,格调清新野逸,非常形象地流露出作者远离尘嚣、超凡脱俗的精神追求。清人黄生《唐诗摘钞》指出:"晚唐人骨格本不高,若再行枯率之笔,便入打油,不复成诗矣。如此冷隽幽润之篇,亦当亟赏。"元辛文房《唐才子传》谓其有诗集传世,今已佚。《全唐诗》卷七五八编录其诗为1卷。

---

① (宋)龙衮:《江南野史》卷八,文渊阁《四库全书》本。
② (明)周珽:《删补唐诗选脉笺释会通评林·晚五律》,明崇祯八年(1635年)刻本。

乔匡舜

乔匡舜(898—972),字亚元,广陵高邮(今属江苏)人。弱冠游金陵,以文才为吴徐知诰为器重,补秘书省正字。李昪建南唐后,以文名为宋齐丘辟置幕中十余年,历大理评事、屯田员外郎,出为江西、浙西掌书记。齐丘性喜谄谀之人,然而乔匡舜却偏偏耿直真率,不事钻营奉承,故而难得齐丘欢心。齐丘虽然欣赏他的文艺才华,却从不向朝廷积极举荐他。烈祖李昪非常赏识匡舜之才,尝诏令公卿举荐才智之士,以为宋齐丘肯定会顺水推舟,举荐乔匡舜,谁知宋齐丘却弃之不顾,匡舜也就失去了升迁的机遇。对此,烈祖在常梦锡面前喟叹道:"吾不意其舍匡舜也!"常梦锡与韩熙载一向仇视宋齐丘,他们也互相议论:"宋公误识亚元,正可怪也!"[①]直到宋齐丘出镇镇南军节度使,乔匡舜才被他举荐为节度掌书记。

元宗保大时,入为驾部员外郎,旋加知制诰,迁祠部郎中、中书舍人。保大十五年(957年),后周军队南侵淮南,南唐战事屡败,元宗准备亲征周师。匡舜上疏切谏,令帝王大怒,坐阻挠军势、沮国计、动人心,流于抚州。后主嗣位,征为水部员外郎,改司农少卿;历殿中监,修国史,拜给事中,兼献纳使。权知贡举,选拔乐史等久滞科场的才士,时称得人;而那些轻薄之徒则放言嘲之,称其为"陈橘皮榜"[②]。迁刑部侍郎。后因老病致仕,后主悯其贫窘,给俸终身。宋开宝五年(972年)卒,年75,谥贞。

匡舜少好学,弱冠能属文,以典赡称。在宋齐丘门下,每为文赋诗咏,多为人所称赏,与诗人徐铉、徐锴兄弟为忘年交。其卒后,铉作诗哭之,称之为"词赋离骚客"(《哭刑部侍郎乔公诗》)。所作诗文有七十余篇,门人尝为之编集。《宋史·艺文志》著录其《拟谣》10卷,今已佚。《全唐诗补编·续补遗》又录其诗断句。

① (宋)陆游:《南唐书》卷八,《四部丛刊续编》本。
② (清)吴任臣:《十国春秋》卷二五,中华书局1983年版,第355页。

毛炳

毛炳，生卒年不详，洪州丰城（今属江西）人。家贫，好学不能自给，因随里人入庐山，每为诸生曲讲，得钱即沽酒尽醉。时彭会好茶，有"彭生说赋茶三斤，毛氏传经酒半升"之谣。其游螺川诸邑，遇酒即饮，不醉不止。"尝醉于道旁，有里首张谷掖之而起，炳瞑目曰：'起予者为谁？'对曰：'张谷也。'炳呵之曰：'毛炳不干于张谷，张谷不学于毛炳。醉者自醉，醒者自醒。醒醉之道，两者固殊，安用掖为！'复呵之曰：'汝可速去，无扰予卧！'由是人颇重之，是真全于酒者也"①。后又聚生徒数十人，讲诵于南台山数年。尝自署于斋壁云："先生不在此，千载只空山。"因大醉，一夕卒。

顾櫰三《补五代史艺文志》著录有《毛炳诗集》1卷，已佚。《全唐诗》卷七九五仅存断句1联。

许坚

许坚，生卒年不详，字介石，庐江（今属江西）人。形陋而怪，为人性朴野，时称有异术，多谈神仙事。草装布囊，或卧于野，或和衣浴洞中，萧然不接人事，独笑独吟而已。其诗有云："只应天上路，不为下方开。道既学不得，仙从何处来？"②"坚癖嗜鱼，或得大鱼，则全体而烹，不加醯盐，熟即啖之"③。早年尝干南唐烈祖，以其狂怪，不为所用。以一绝上舍人徐铉云："几宵烟月锁楼台，欲寄侯门荐祢才。满面尘埃人不识，谩随流水出山来。"遂拂衣归隐。中主保大时，以异人召，坚耻其名，不至。尝题幽栖观云："仙翁上升去，丹井寄晴鏊。山色接天台，湖光照寥廓。玉洞绝无人，老桧犹栖鹤。我欲掣青蛇，他时冲碧落。"又《题简寂观》云："常恨真风千载隐，洞天还得恣游遨。松楸古迹一坛静，鸾鹤不来青汉高。茅氏井寒丹亦化，元宗碑断梦曾劳。分明有个长生路，不向红尘白二毛。"居数年，至阳羡（今江苏宜

---

① （宋）马令：《南唐书》卷一五，《四部丛刊续编》本。
② （宋）佚名：《江南馀载》卷下，文渊阁《四库全书》本。
③ （宋）马令：《南唐书》卷一五，《四部丛刊续编》本。

兴），人不之识。"一日，涉西津，凌波阔步，若平地然，众莫不神之"①。后不知所终。

坚喜作诗，常于佛寺道观行吟自若，并擅于梦中吟咏诗句。宿溧阳灵泉精舍，对榻熟睡，至晚起，吟诗曰："地枕吴溪与越峰，前朝恩锡云泉额。竹林晴见雁塔高，石室幽栖几禅伯。荒碑字没秋苔深，古池香泛荷花白。客有经年说别林，落日啼猿情脉脉。"《全唐诗》卷七五七及卷八六一存诗6首、断句2联，《全唐诗补编·补逸》补诗1首，《续补逸》又补2首，《续拾》亦补1首。

谭峭

谭峭，生卒年不详，字景升，泉州（今属福建）人，世称紫霄真人。唐国子司业谭洙之子。少为道士，后辞父遍游名山，师嵩山道士十余年，得辟谷养气之术。又自言得张道陵天心正法，劾鬼魅、治疾病多效。闽王王昶尊事之，号为正一先生。闽亡后，隐居于庐山栖隐洞，其徒百余人。保大间，南唐中主闻其名，召至建康，赐号金门羽客，赐官阶金紫，比蜀之杜光庭，皆辞而不受。凡所获醮祭之施，转以给四方宾旅。后主建隆初，武昌军节度使何敬洙召其治疾。后无疾而终。归葬之日，有祥云、白鹤盘绕送之。

所著《化书》6卷，主黄老道德之说，谓万物源于虚，"虚化神、神化气、气化形"，复归于虚；认为社会之病在于统治者夺民之食，提出"能均其食者，天下可以治"，并构想出无亲无疏、无爱无恶的太和社会。峭善诗，曾与诗人孟贯、李中以诗酬唱。《全唐诗》卷八六一存诗1首、残句2句。

朱存

朱存，生卒年不详，金陵（今江苏南京）人，曾仕南唐。中主保大时，尝取吴大帝及六朝兴亡成败之迹，作《览古诗》200章，每章4句，地志家多援以为证。《宋史·艺文志》著录其《金陵览古诗》2卷，已佚。《全唐诗》卷七五七存诗1首，《全唐诗补编·续补逸》补诗10首，《续拾》又补6首。

---

① （清）吴任臣：《十国春秋》卷三四，中华书局1983年版，第478页。

198

第三节　后主时期的诗文作家

徐　铉

一

徐铉(917—992),字鼎臣,原籍会稽(今浙江绍兴)。其父延休,为杨吴朝廷江都少尹,遂迁居广陵(今江苏扬州)。徐铉年少多才,10岁能属文,与韩熙载齐名江南,谓之"韩、徐"。他一生历仕吴、南唐、北宋三个朝代。最初在吴担任校书郎;到南唐烈祖李昇、元宗李璟时代,为试知制诰,但是随即遭到贬黜,原因是他与权倾一时的宰相宋齐丘关系不协。南唐保大二年(944年),"时有得军中书檄者,铉与弟锴评其援引不当"。这篇檄文恰好出自才气斐然、深得君王称赏的学士殷崇义之手,徐铉兄弟的嘲讽自然令其忿忿不平,"由是崇义与齐丘诬铉、锴泄机事,铉坐贬泰州司户掾,锴贬乌江尉"[①]。他们都为自己的年轻气盛、不谙世故付出了代价。

此后不久,徐铉恢复原职,却不料于保大十一年(953年)再遭贬谪的厄运。据清人吴任臣《十国春秋》卷二八记载:"元宗命内臣车延规、傅宏营屯田于楚州(今江苏淮安),人不堪其苦,群起为盗,遣铉乘传巡抚。铉至,辄奏罢屯田,切责内臣不少贷,又捕得贼首,即斩于军前。"李璟宠幸的内臣借屯田之机横征暴敛、中饱私囊,导致民声鼎沸。在此危急关头,徐铉受命前往,奏罢屯田,捕杀贼首,同时对贪婪的内臣也给予无情的斥责,充分显示出果断的处事手腕和关心民瘼的治政原则。但是他的大刀阔斧之举却又触怒了天威,"坐专杀,流舒州(今安徽安庆)"。保大十四年(956年),后周世宗柴荣大举南侵,李璟命徐铉改徙饶州(今江西波阳)。次年召回朝廷为太子右谕德,复知制诰,迁中书舍人。

---

① (清)吴任臣:《十国春秋》卷二八,中华书局1983年版,第400页。

及至后主李煜时代,徐铉时来运转,官路亨通,除礼部侍郎,通署中书省事,历尚书右丞、兵部侍郎、翰林学士、御史大夫、吏部尚书。他显然已经得到了李煜的高度赏识,成为其身边权势显赫的重臣。但是,"夕阳无限好,只是近黄昏",徐铉与李后主共同面对的是业已衰颓不堪的国家形势,他们回天乏术,只得在无可奈何的怨叹中苟延残喘。北宋开宝八年(975年),宋朝军队汇合吴越之兵,包围了南唐都城金陵。李煜无计可施,只得派遣徐铉两次使宋,以求缓兵,均告失败。据吴任臣《十国春秋》卷二八记载:当时南唐大将朱令赟正率领十余万军队从长江上游赶来救援,"后主以铉既行,欲止令赟勿东下。铉曰:'今社稷所赖,惟此援兵尔,奈何止之?'后主曰:'方求和解而复决战,岂利于汝乎?'"由此可见,李煜对徐铉此去和谈尚抱有希望,并且为了考虑徐铉在宋的安全,故而阻止令赟援军前来。徐铉则对当前的形势具有比较清醒的认识,他说:"臣此行未必能纾国难,置之度外可也。"他深知此行的危险,早在保大十四年(956年),南唐司空孙晟奉使后周,即惨遭杀害。但是为了国家的命运和前途,他也只有置生死于度外,冒险一搏。"后主泣下,授铉左仆射、参知左右内史事"。此时的徐铉坚决辞谢君王的官位之赏,只希望通过自己的胆识和才智消弭兵火,力挽狂澜。

据宋人李焘所编《续资治通鉴长编》卷一六记载:"铉居江南,以名臣自负,其来也,将以口舌驰说存其国。其日夜计谋思虑,言语应对之际详矣。"他竭思尽虑地准备与宋太祖赵匡胤当廷对话,希望能够说服对方,扭转南唐危局。然而宋太祖故意躲着不见,让一帮不通文墨的武将接待徐铉,真是"秀才遇到兵,有理说不清"。徐铉据理力争,终于得到了宋太祖的接见。在大宋的朝堂之上,徐铉毫无畏惧,辞气愈壮。他斥责宋太祖:"李煜无罪,陛下出师无名。"惹得宋太祖龙颜大怒。徐铉继续阐述道:"陛下如天如父,天乃能盖地,父乃能庇子。煜效贡赋二十余年,以小事大,如子事父,未有过失,何以见伐?"他夸赞南唐侍奉宋朝非常勤谨,指责宋朝非但没有尽到保护庇佑的责任,反而悍然发动侵略战争,这是不符合人道天理的行径!面对徐铉的滔滔雄辩,宋太祖只回答了一句话:"尔谓父子者为两家可乎？"①非常直接地挑明了宋朝消灭南唐、一统天下的意图。这样的国策和决心不容辩驳、无法改变，徐铉不由得无言以对。此后，徐铉再度使宋，反复恳请太祖缓兵，放南唐一条生路。宋太祖不耐烦再与徐铉周旋，他"按剑谓铉曰：'不须多言，江南亦有何罪？但天下一家，卧榻之侧，岂容他人鼾睡乎！'"②这就更加直接地袒露出宋朝统治者开疆拓土的思想基础。于是徐铉两次费尽艰辛的使宋终告失败，南唐小朝廷随即为宋所灭。

南唐灭亡后，徐铉随后主归宋，宋太祖赵匡胤厉声斥责他为何不早奉后主投降。"铉对曰：'臣为江南大臣，国亡，罪当死，不当问其他。'"表现出对于故国君王的耿耿忠心。"至金陵亡国之际，不言其君之过，但以历数为言。谏后主文，尤极悱恻。读者悲之"③。对此，宋太祖不由得感叹道："忠臣也！事我当如李氏。"④于是任命他为太子率更令。宋太宗太平兴国八年（983年），为左散骑常侍。淳化二年（991年），庐州妖尼道安诬陷徐铉"奸私下吏"，引起朝廷当中的轩然大波。道安虽坐不实抵罪，徐铉也被贬静难（管辖今甘肃庆阳、宁县，山西邠县一带）行军司马。这样一个江南儒雅之士，以七旬高龄被贬至塞外荒漠之地，怀着抑郁苦涩的心情黯然逝去。据吴任臣《十国春秋》卷二八记载："初，铉至汴京，见被毛褐者辄哂之，至是邠州苦寒，终不御毛褐，致冷疾。一日晨起，方冠带，遽索笔手疏约束后事，又别署曰：'道者，天地之母。'书讫卒，年七十六。"通过这则带有浓厚文学意味的故事，可以见出徐铉内心深处作为江南才士的文化优越感。这种文化优越感使他执著地坚守着自己的生活准则，始终保持着儒雅文人的风范和格调。

二

徐铉与其弟徐锴，均为南唐时期博学多才、文章淹雅之士。北宋李穆

---

① （清）吴任臣：《十国春秋》卷二八，中华书局1983年版，第401页。
② （宋）李焘：《续资治通鉴长编》卷一六，中华书局1979年版，第350页。
③ （清）王士禛：《香祖笔记》卷五，上海古籍出版社1982年版。
④ （清）吴任臣：《十国春秋》卷二八，中华书局1983年版，第402页。

出使南唐，见铉与锴，不由得感叹道："二陆之流也！"① 宋人史温《钓矶立谈》亦云："徐铉与其弟锴，久被眷顾，家素富贵，多收奇书，弟兄皆力学，以儒术名一时。是以后进晚生，莫不宗尚。"徐铉著述颇多，仅宋人陈振孙《直斋书录解题》中即记有《徐常侍集》30 卷、小说《稽神录》6 卷、与汤悦合撰《江南录》10 卷等。此外尚有《质论》、《金谷圆九局图》、《棋图义例》等多部著述。他又精擅书法，好李斯小篆，隶书亦工。沈括《梦溪笔谈》卷一七《书画》载："江南徐铉善小篆，映日视之，画之中心有一缕浓墨正当其中；至于屈折处，亦当中，无有偏侧处，乃笔锋直下不倒侧，故锋常在画中，此用笔之法也。铉尝自谓：'吾晚年始得蠡匾之法。'凡小篆，喜瘦而长，蠡匾之法非老笔不能也。"宋代《宣和书谱》卷二称其"笔实而字画劲，亦似其文章。至于篆籀，气质高古，几与阳冰并驱争先"。陶谷《清异录》卷下亦载："徐铉兄弟工翰染，崇饰书具，尝出一月团墨，曰：'此价值三万。'"今存《骑省集》（一作《徐公文集》）30 卷，其中前 20 卷乃仕南唐时诗文，后 10 卷则为归宋后所作。《全唐诗》卷七五一至七五六载录其诗 6 卷。

宋人马令《南唐书》卷一三指出："五代之乱也，礼乐崩坏，文献俱亡，而儒衣书服，盛于南唐。岂斯文之未丧，而天将有所寓欤？不然，则圣王之大典，扫地尽矣。南唐累世好儒，而儒者之盛，见于载籍，灿然可观。如韩熙载之不羁，江文蔚之高才，徐锴之典赡，高越之华藻，潘佑之清逸，皆能擅价于一时。而徐铉、汤悦、张洎之徒，又足以争名于天下。其余落落，不可胜数。故曰：江左三十年间，文物有元和之风，岂虚言乎？"南唐统治者采取了崇文倡雅的文化政策，吸引了各地士大夫争相凑集于此，形成了文人荟萃、文风鼎盛的局面。对于儒雅文化的认同和倡导，使得南唐文化在整个五代动荡时代中鹤立鸡群，在偏安一隅的政局形势中，始终保持着传统的儒家礼仪规范。南唐文学家也开始反思前朝败亡的历史教训，并且对晚唐以来的绮靡文风进行了理性的反驳。徐铉论文倡导儒家教化，他在《送武进龚明府之官序》中指出："苟泽及于民，教被于物，则百里之广，千室之

---

① （清）吴任臣：《十国春秋》卷二八，中华书局 1983 年版，第 404 页。

富,斯可矣。与夫杨、孟之徒,坎坷闾巷,垂空文于后世者,不犹愈乎!"①强调文章的道德教化作用,认为扬雄、班固费尽心思、徒然铺陈雕饰的赋作,与圣人之道相去甚远,于世无补。他在创作于北宋初期的《故兵部侍郎王公集序》中,更加明确地阐述了文与道、内容与形式的关系:

> 君子之道,发于身而被于物,由于中而极于外。其所以行之者言也,行之所以远者文也,然则文之贵于世也尚矣。虽复古今异体,南北殊俗,其要在乎敷王泽,达下情,不悖圣人之道,以成天下之务,如斯而已矣。至于格高气逸,词约义丰,音韵调畅,华采繁缛,皆其馀力也。

他虽然认为作品得以流播,辞藻、音韵等"文"的因素功不可没,但是这些又"皆其馀力也";"文"的修饰最终必须服务于"道",即"敷王泽,达下情,不悖圣人之道,以成天下之务"。这样的观念对于扭转晚唐以来浮艳绮靡的文风、引导北宋古文运动的理论探索,都起到很重要的作用。

在诗歌理论方面,徐铉也强调政治道德功能,主张诗人应当具备儒家知识分子充实饱满的涵养气质,从而达到不以物喜、不以己忧的精神境界。他在《成氏诗集序》中指出:

> 诗之旨远矣,诗之用大矣,先王所以通政教、察风俗,故有采诗之官、陈诗之职,物情上达,王泽下流。及斯道之不行也,犹足以吟咏情性,黼藻其身,非苟而已矣。

徐铉首先强调诗歌具备深厚的意旨、广博的功用;他向往太平时代先王以诗"通政教、察风俗",从而了解民情、政通人和。在作者所身处的五代动荡时期,"斯道"已经行不通了,但是诗歌仍然具有"吟咏情性,黼藻其身"的功能,诗人可以通过吟咏诗作来陶冶性情、提高修养。在儒家文学观

---

① (清)董诰等:《全唐文》卷八八二,清嘉庆十九年(1814年)扬州全唐文局刻本。

念的指导下,徐铉的诗文创作也就表露出典雅文士乐道自娱的风格倾向。

徐铉在南唐李璟朝两度遭贬,但是他能够出之以忠诚与放达的情怀,而不陷入怨愤的愁绪之中。例如《贬官泰州出城作》:

> 浮名浮利信悠悠,四海干戈痛主忧。三谏不从为逐客,一身无累似虚舟。满朝权贵皆曾忤,绕郭林泉已遍游。唯有恋恩终不改,半程犹自望城楼。

他受到宋齐丘、殷崇义的诬陷打击,被贬官到泰州,在离别京城的时候,他充满着对君王的留恋,而对官场上的浮名浮利则早已看淡,甚至还有远离尘嚣、超脱凡俗的快慰。又如其贬官舒州期间所作《谪居舒州,累得韩高二舍人书,作此寄之》:

> 三峰烟霭碧临溪,中有骚人理钓丝。会友少于分袂日,谪居多却在朝时。丹心历历吾终信,俗虑悠悠尔不知。珍重韩君与高子,殷勤书札寄相思。

诗人感激朝中好友韩熙载与高越对自己的殷勤问候,同时表明始终不变的诚挚丹心,以及不为俗虑所扰的放达情怀。同样的情形,在《移饶州别周使君》、《附池州薛郎中书因寄歙州张员外》、《陈觉放还至泰以诗见寄作此答之》等许多作品中都得到了充分表现。面对仕途的坎坷挫折,徐铉心平气和、泰然处之,显示出饱学之士深厚的精神涵养和非凡的人格气度。

到了李煜时代,徐铉身居高位,却深切地感受到王朝即将覆灭的隐忧。他在《病题》一诗中写道:

> 人间多事本难论,况是人间懒慢人。不解养生何怪病,已能知命敢辞贫。向空咄咄烦书字,举世滔滔莫问津。金马门前君识否?东方曼倩是前身。

《晋书·殷浩传》记载，殷浩虽被黜放，口无怨言，唯终日书空作"咄咄怪事"四字；后以"咄咄书空"形容失志、懊恨之态。"举世滔滔莫问津"则进一步表明时世混乱、前途渺茫。这首诗歌非常形象地反映了乱世文人有志难伸、无奈苟活的凄苦心情。而且作为出使宋朝的使臣，徐铉虽然为南唐朝廷据理力争，但是客观的政治形势却让他清醒地认识到南唐必然灭亡的结局。据宋人陈善《扪虱新话》所载：

> 帝王文章自有一般富贵气象，国朝江南遣徐铉来朝，欲以求胜，至，诵后主风月诗云云。太祖皇帝但笑曰："此寒士语耳，吾不为也。吾微时，夜自华阴道逢月出，有句云：'未离海底千山暗，才到中天万国明。'"铉闻，不觉骇然惊服。

徐铉所骇然惊服的，不仅是宋太祖随口咏出的语健雄浑的诗句，更透过这样的诗句，感受到大宋王朝壮大的气象和声威。这也使得他日后在宋朝的仕宦生涯中，以忠义之心臣服于赵家天子的统治。

入宋以后，徐铉以南唐降臣的身份得到了宋室朝廷的重用，但是他对南唐故国以及李后主仍然心怀牵挂。不过现实的政治环境，又迫使他不敢主动地接近身处幽居的李后主。据宋人王铚《默记》所载：

> 徐铉归朝，为左散骑常侍，迁给事中。太宗一日问："曾见李煜否？"铉对以"臣安敢私见之"，上曰："卿第往，但言朕令卿往相见可矣。"铉遂径往其居，望门下马，但一老卒守门。徐言："愿见太尉。"卒言："有旨不得与人接，岂可见也？"铉云："我乃奉旨来见。"老卒往报。徐入，立庭下。久之，老卒遂入，取旧椅子相对。铉遥望见，谓卒曰："但正衙一椅足矣。"项间，李主纱帽道服而出。铉方拜，而李主遽下阶，引其手以上。铉告辞宾主之礼，主曰："今日岂有此礼？"徐引椅少偏，乃敢坐。后主相持大哭，乃坐默不言。忽长吁叹曰："当时悔杀了潘佑、李平！"铉既去，乃有旨

再对,询后主何言。铉不敢隐,遂有秦王赐牵机药之事。

由于朝廷的严密监管,徐铉不敢私自探视南唐后主李煜。宋太宗却命令徐铉前去看望故主,其实是通过徐铉来刺探李煜的心迹。徐铉对李后主毕恭毕敬,仍持旧日臣子之礼。李煜虽然态度谦逊,但是心绪却非常复杂。他"相持大哭,乃坐默不言",抚今追昔,无限感慨,最后喟然长叹道:"当时悔杀了潘佑、李平!"这是对南唐往事的追悔不已。潘佑、李平都是南唐后主朝内敢于批评时弊、言辞激烈的忠臣义士,却因得罪权贵而相继送命。南唐为什么会灭亡? 正是由于李后主听信了身边奸佞小人的谗言,洋洋自得,不思进取。那么李煜为什么要对徐铉说这一句话呢? 这就戳到了徐铉内心的隐痛。潘佑与徐铉都是文采斐然的才士,但是他们之间却彼此相轻,在为后主议纳后礼之事上,两人即各执己见,互不相让。潘佑、李平后来的悲剧,也与徐铉不无关联。李煜旧事重提,当然有所指摘,就是对包括徐铉在内的苟安朝臣的怨愤和谴责。徐铉听罢此言,无言以对,并且如实地汇报给宋太宗。太宗为之衔恨,也就导致了日后用牵机药毒杀后主的结局。所以说,徐铉的这一次探视间接地促成了李后主最后的悲剧。被夹在新、旧主子之间的徐铉,忍受着如此沉重的精神折磨和感情愧疚。

李煜死后,宋太宗诏令侍臣为其撰写神道碑。"时有与徐铉争名而欲中伤之者,面奏曰:'知吴王(指李煜)事迹,莫若徐铉为详。'"此人就是利用徐铉的特殊身份,来故意暴露他的政治态度,到底是留恋南唐故主,还是效忠大宋天子,这就把徐铉抛进了一个两难的境地。徐铉面对太宗的诏令,真是骑虎难下、进退不得,他泣告太宗:"臣旧事李煜,陛下容臣存故主之义,乃敢奉诏。"得到太宗恩准之后,他才修撰《吴王神道碑》,并且创作了《吴王挽词》3 首,太宗览读,"尤加叹赏,每对宰臣,称铉之忠义"[1]。

徐铉入宋之后的诗歌,大多为奉和应制题材,带有十分浓厚的歌功颂德、曲意逢迎的味道,如"吹律政知宽,迎长物倍安"、"群臣同偶圣,不叹夜

第二章 南唐诗文作家传论

---

[1] (宋)魏泰:《东轩笔录》卷一,中华书局 1983 年版,第 4 页。

漫漫"（《冬至日奉和御制》）、"圣制呈春色，周流遍八埏"（《奉和御制寒食十韵》）等。不过，身为一位南唐降臣，徐铉内心的隐忧始终难以磨灭，面对新朝的仕宦生涯，他流露出冷眼旁观、闲散无趣的情怀。如《送慎大卿解官侍亲》：

> 圣朝无事九卿闲，蔼蔼东门彩服还。旧日高名齐汲郑，今朝
> 至行似曾颜。更怜霜鬓垂玄发，犹恨深居远旧山。老鹤乘轩真自
> 愧，徘徊空在稻粱间。

这些作品都展现出徐铉晚年百无聊赖、意兴阑珊的内心世界。

三

徐铉个性简淡寡欲，质直无矫饰，据清人吕留良等人编纂的《宋诗钞》小传记载："江南冯延巳曰：'凡人为文，皆事奇语，不尔则不足观。唯徐公率意而成，自造精极；诗冶衍遒丽，具元和风律，而无�涩纤阿之习。'初，嗣主以谗贬移饶州，适周世宗兵过淮，铉即榜小舟，归昇州，赋诗有云：'一夜黄星照官渡，本初何面见田丰。'其伉直如此。"他反对寻章酌句、一味苦吟的创作态度，也讨厌浮靡绮艳的不良风气，认为"嘉言丽句，音韵天成，非徒积学所能，盖有神助者也"（《成氏诗集序》）。因此他的诗歌创作格调清新、平易自然。例如《登甘露寺北望》：

> 京口潮来曲岸平，海门风起浪花生。人行沙上见日影，舟过
> 江中闻橹声。芳草远迷扬子渡，宿烟深映广陵城。游人乡思应如
> 橘，相望须含两地情。

诗歌非常形象地描绘了登临京口甘露寺北望所见江上景象，视野开阔，境界高远；最后他凝视远处的广陵城，一股强烈的思乡之情油然而生。这里的感情真切而自然，迷蒙的远景进一步渲染了感情的流露，情与景达

到了和谐交融的境界。他的写景名句还有"波澄濑石寒如玉,草接汀苹绿似烟"(《京口江际弄水》)、"兰桡破浪城阴直,玉勒穿花苑树深"(《重游木兰亭》)、"水静闻归橹,霞明见远山"(《晚归》)、"树带荒村春冷落,江澄霁色雾霏微"(《避难东归,依韵和黄秀才见寄》)、"云收楚塞千山雪,风结秦淮一尺冰"(《和方泰州见寄》)、"河流激似飞,林叶翻如扫"(《北使还襄邑道中作》)等等,也都对仗工稳精巧,画面形象生动,格调清新俊逸。

另如其咏怀诗作《观人读〈春秋〉》:

> 日觉儒风薄,谁将霸道羞。乱臣无所惧,何用读《春秋》。

诗人痛感时代风气的衰败、儒家道统的沦丧、乱臣贼子作威作福,内心非常激愤,因而故作此反语,表达出酸楚而又无奈的意绪。这样的情感表达,同样是发自肺腑、不加掩饰,造成了极大的感染力和震撼力。

学术界历来将徐铉归入北宋初期的白体诗人,认为他的诗歌学习白居易浅切、平易的诗风,多为应制、唱和之作,这样的判断是大致不错的。不过,如果我们结合徐铉历仕三朝的曲折经历,就不难从其诗文作品中窥探到内心情感的演变轨迹,深切地理解特定时代当中典雅文士丰富复杂的精神世界。

徐 锴

徐锴(920—974),字楚金,原籍会稽(今浙江绍兴),后随其父迁居广陵(今江苏扬州),遂为广陵人。父延休,字德文,风度淹博,唐乾符中进士。锴4岁而孤,母教兄铉就学,无暇顾及锴,而锴从旁学习,自能知书,长大后与兄铉以文学知名当时。南唐烈祖时期,朝廷当中文风浮薄,多用经义、法律取士,徐锴耻之,遂不求仕进。兄铉与常梦锡同直门下省,出锴文示之,梦锡赏爱不已。中主时,为秘书郎,迁齐王李景达记室。因窃议学士殷崇义所草军书用事谬误,触忤权贵,贬为乌江尉,后召授右拾遗、集贤殿直学士。又论冯延鲁多罪无才,举措轻浅,复忤权要,以秘书郎分司东都,后复召为虞部员外郎。

后主立,迁屯田郎中、知制诰、集贤殿学士,拜右内史舍人。赐金紫,宿直光政殿,兼兵、吏部选事。徐锴尝四知贡举,选拔了不少才智之士。宋开宝七年(974年)七月,锴因国事日削,忧愤得疾而卒,享年55岁,谥文。

徐锴早负文名,与其兄铉齐名,时号"二徐"。李穆出使南唐,见二徐文章,赞叹道:"二陆(陆机、陆云)之流也。"词藻尤赡。年10岁时,令赋《秋声》诗,顷刻而就。诗云:"井梧纷堕砌,塞雁远横空。雨久莓苔紫,霜浓薜荔红。"景象萧瑟凄迷,色泽深浓暗淡,宋僧文莹称道此诗"尽见秋声之意"[①]。据陆游《南唐书》卷五记载:"初,锴久次当迁中书舍人,游简言当国,每抑之。锴乃诣简言,简言从容曰:'以君才地,何止一中书舍人。然伯仲并居清要,亦物忌太甚,不若少迟之。'锴颇怏怏。简言徐出妓佐酒,所歌词皆锴所为,锴大喜,乃起谢曰:'丞相所言,乃锴意也。'归以告铉,铉叹息曰:'汝痴绝,乃为数阕歌换中书舍人乎?'"通过这则故事,我们可以得知,徐锴是一个性情痴绝之人,在政治上确实非常幼稚,游简言略施小计就把他蒙得晕头转向,这一点与其兄徐铉的沉稳老练简直有天壤之别。

锴酷嗜读书,隆寒烈暑,未尝少辍。后主尝得周载《齐职仪》,人无知者。询之徐锴,一一条对,无所遗忘。曾著《质论》十余篇,后主为其修改校定;又尝为后主文集作序,士人以此为荣。精于小学,所校典籍极为精审,江南藏书之盛为天下冠,徐锴用力尤多。后主常慨叹道:"群臣勤其官,皆如徐锴在集贤,吾何忧哉!"[②]宋人江少虞《宋朝事实类苑》卷四〇《徐锴》条记载:"(徐锴)校秘书时,吴淑为校理,古乐府中有'掺'字者,淑多改为'操'字,盖章草之变。锴曰:'非可以一例,若《渔阳掺》者,音七鉴反,三挝鼓也。'祢衡作《渔阳三挝鼓》,歌辞云:"边城晏开《渔阳掺》,黄尘萧萧白日暗。"'淑叹服之。"又载:"(徐锴)尝召对于清暑阁,阁前地悉布砖,经雨,草生缝中,后主曰:'累遣薙去,雨润复生。'锴曰:'《吕氏春秋》云:"桂枝之下无

---

① (宋)释文莹:《玉壶清话》卷八,《知不足斋丛书》本。
② (宋)陆游:《南唐书》卷五,《四部丛刊续编》本。

杂木",盖桂味辛螫故也。'后主令于医院取桂屑数斗,匀布缝中,经宿草尽死,其博物多识如此。"著有《说文解字系传》40卷,又撰《说文通释》40卷。徐铉称其"考先贤之微言,畅许氏之玄旨,正阳冰之新义,折流俗之异端,文字之学,善矣尽矣"①。著述颇多,晁公武《郡斋读书志》卷五著录其《说文解字韵谱》10卷。陈振孙《直斋书录解题·小学类》记载其《说文解字系传》40卷,评曰:"此书援引精博,小学家未有能及之者。"《宋史·艺文志》录有《徐锴集》15卷、《赋苑》200卷、《广类赋》25卷、《灵仙赋集》2卷、《甲赋》5卷、《赋选》5卷。《宋史》卷四四一尚记其《通释五音》10卷。此外,顾櫰三《补五代史艺文志》著录其《问政先生聂君传》1卷、《岁时广记》120卷、《方舆记》130卷、《五代登科记》1卷、《古今国典》100卷等。以上著述均已散佚。《全唐诗》卷七五七存诗5首,《全唐文》卷八八八存文6篇。

潘 佑

潘佑(937—973),幽州(今北京)人,生于金陵(今江苏南京)。祖贵,事刘仁恭,为将守光所杀。父处常,南奔事南唐烈祖,为散骑常侍。佑生而狷介高洁,气宇孤峻,闭门苦读,不营资产,敏于论议,颇获时誉。中书舍人陈乔、户部侍郎韩熙载交荐于南唐中主,任秘书省正字。俄直崇文馆,佐后主于东宫。后主继位,迁虞部员外郎、史馆修撰。宋开宝元年(968年),后主纳小周后,佑议纳后礼,援据精博,文采可观,为后主所称赏,恩宠日隆。改知制诰,后迁中书舍人。后主每以"潘卿"称之,而不呼其名。

当时南唐国家形势日渐衰颓,潘佑出于义愤,连上七表,极论时政危殆,历诋朝中权贵昏聩腐朽,言辞非常激切。后主虽赐手札劝慰,终无所施用,乃命专修国史,实际剥夺了他的议政权力。佑复上疏极谏不止,李焘《续资治通鉴长编》卷一四记载:"(佑)抗疏请诛宰相汤悦等数十人。国主手书教诫之,佑遂不复朝谒,居家上表曰:'陛下既不能强,又不能弱,不如以兵十万助收河东,因率官吏朝觐,此亦保国之良策也。'"如此愤激之语,

---

① （元)脱脱等:《宋史》卷四四一,中华书局 2000 年版,第 10163 页。

引起了后主的恼怒。后来潘佑请求致仕，入山避国难，后主深恶其狂傲之态，置之不顾。宋开宝六年（973 年）十月，潘佑呈第七表，云："臣闻三军可夺帅也，匹夫不可夺其志也……今陛下取则奸回，以败乱其国家，是陛下为君，不及桀、纣、孙皓远矣。臣必退之心，有死而已，终不能与奸臣杂处，而事亡国之主，使一旦为天下笑。陛下若以臣为罪，愿赐诛戮，以谢中外。"后主终于被其"狂悖谤讪"的言论所激怒，加之张洎乘机设计陷害，遂先逮其好友李平，复收捕潘佑。佑闻之，无限悲愤，遂自缢而亡，年仅 36 岁。处士刘洞赋诗吊之，国中人人传诵，为泣下。"及宋师南征，下诏数后主杀忠臣，盖谓佑也"[1]。

宋释文莹《湘山野录》卷中云："潘佑有文而容陋，其妻右仆射严续之女，有绝态。一日晨妆，佑潜窥于镜台，面落镜中，妻怖遽倒。佑怒其恶己，因弃之。佑方冠，未入学，已能文。命笔题于壁曰：'朝游沧海东，暮归何太速。只因骑折玉龙腰，谪向人间三十六。'果当其岁诛之。"这则传说固不可信，却也表现出潘佑孤傲不羁的性格，及其英年早逝的可悲命运。对此，陆游感叹道："佑学老、庄，齐死生，轻富贵，故其上疏，纵言诋评，若惟恐不得死者，虽激于一时忠愤，亦少过矣。后主非强愎雄猜之君，而陷之于杀谏臣。使佑学圣人之道，知事君之义，岂至是哉！不幸既死，同时诸臣已默默为降虏矣，犹丑正嫉贤，视之如仇，诬之以狂愚惑溺、淫祀左道之罪，至斥为人妖。虽后之良史，有不能尽察其说者，于戏悲夫！"[2]

佑博通经史，酷喜老、庄之言，尝作文《赠别》以宣其义，文思敏捷，词采斐然。宋人晁迥《法藏碎金录》析其《感怀》、《独坐》诸诗，吐词精敏，思致深密，皆与李白诗句才思暗合，有异曲同工之妙。潘佑所草《与南汉主书》，文不加点，洋洋数千言，"词理精当，雄富典丽，遂用之。江南莫不传写讽诵，中原士人，多藏其本，甚重之，真一时之名笔也"[3]。复擅行书草帖，《宣和书谱》称其行书草贴"笔迹奕奕，超拔流俗，殆有东晋之遗风焉"。其所书

---

① （清）吴任臣：《十国春秋》卷二七，中华书局 1983 年版，第 379 页。
② （宋）陆游：《南唐书》卷一三，《四部丛刊续编》本。
③ （宋）江少虞：《宋朝事实类苑》卷四〇引《杨文公谈苑》，文渊阁《四库全书》本。

许坚等诗之行书,至北宋末尚存于世。晁公武《郡斋读书志》著录其《荥阳集》10卷,《崇文总目》著录其《潘舍人文集》20卷,《遂初堂书目》著录其《潘佑集》,今已佚。顾櫰三《补五代史艺文志》复著录其与徐铉、乔匡舜诸人所撰《吴录》20卷。《全唐诗》卷七三八存诗4首、断句1联,《全唐诗补编·续补遗》补收诗1首及断句,《全唐诗续拾》又录其诗断句。《全唐文》收文4篇,《唐文拾遗》又补收1篇。

江为

江为,生卒年不详,南唐时期著名诗人。关于其生平事迹,各类史籍多有歧见。

1. 籍贯与家世

南宋陆游《南唐书》卷一五云:"江为,宋人,避乱徙闽。"马令《南唐书》卷一四亦曰:"江为,其先宋州人,避乱建阳,遂为建阳人。"宋州,即今河南商丘,建阳今属福建。然而龙衮《江南野史》卷八则称:"江为者,宋世淹之后。先祖仕于建阳,因家焉。"认为江为乃南朝著名文士江淹后裔。江淹祖籍济阳考城(今河南民权县东北),宋元徽二年(474年),贬建安吴兴(今福建浦城)令。后历仕齐、梁两代,终于梁散骑常侍、左卫将军。但是江为是否江淹之后,宋人严有翼《艺苑雌黄》提出了不同看法。他依据《南史·吴均传》所载,"济阳江洪,工属文,为建阳令,坐事死。竟陵王子良开西邸,招文学,洪以美词藻,游焉。淹与洪俱出考城,又俱仕齐、梁间,淹为建安吴兴令,而后他迁,洪为建阳令,而死于建阳。疑为之乘出于洪,非出于淹。"应以严说为是。

2. 生平事迹

江为少年时代游学庐山白鹿洞,师事处士陈贶,酷嗜诗句二十余年。严有翼《艺苑雌黄》称:"为工诗,如'天形围泽国,秋气露人家'之句,极脍

炙人口。少游江南,有诗云:'吟登萧寺桅檀阁,醉倚王家玳瑁筵。'后主见之,曰:'此人大是富贵家。'"对此说法,宋人颇不同意。龙衮《江南野史》卷八云:"初嗣主(即南唐中主李璟)南幸落星渚,遂游白鹿国庠,见壁上题一联云:'吟登萧寺桅檀阁,醉倚王家玳瑁筵。'乃谓左右曰:'吟此诗者大是贵族矣。'于是为时辈慕重,因兹傲纵,谓可俯拾青紫矣。"马令《南唐书》卷一四亦云:"为有《题白鹿寺》诗云:'吟登萧寺桅檀阁,醉倚王家玳瑁筵。'元宗南迁,驻于寺,见其诗,称善久之。"陆游《南唐书》卷一五也称:"尝有题白鹿寺诗,元宗南迁,过寺读而爱之,为由是愈自负,傲睨一时。"以上数家皆以为李璟晚年南幸庐山白鹿寺称赏江为佳句。后主李煜未曾游历庐山白鹿寺,故此不可能有上述评赏,当以严说为非。

关于江为何时参加科举,也有不同说法。陆游《南唐书》卷一五云:"元宗初设贡举,为屡为有司所黜。"认为他是元宗时期屡试不第。但是马令《南唐书》卷一四则断定,江为诗句得到元宗称赏之后,"由是傲肆,自谓俯拾青紫,乃诣金陵求举,屡黜于有司。"龙衮分析他屡试不第的原因,指出他"独能篇什辞赋,策论一辞不措",故而"屡为有司黜"[1]。从应试心理来分析,江为应是得到元宗赏识后,满怀"俯拾青紫"的豪情前往金陵求举。而当时中主李璟已逊位给后主李煜,故此江为应试求举当在后主时期。

关于江为的遭诛悲剧,同样存在着两种说法。龙衮《江南野史》,马令、陆游《南唐书》皆认为,江为由于科举屡试不第,"怏怏不能自已,乃还乡里,与同党数十家连结,欲叛入钱塘。会其同谋上告郡县,按捕得其逆状,尽诛之"[2]。这是主动叛敌之说。宋人陶岳《五代史补》卷五《江为临刑赋诗》条则指出:"乾祐中(948—950),福州王氏国乱,有故人任福州官属,恐祸及,一旦亡去,将奔江南,乃间道谒为。经数日,为且为草《投江南表》。其人未出境,遭边吏所擒,乃于囊中得所撰表章,于是收为与奔者,俱械而送。"依此记载,则江为晚年居闽,欲奔南唐而被杀。权衡两说,笔者以为江为科场

① (宋)龙衮:《江南野史》卷八,文渊阁《四库全书》本。
② (宋)龙衮:《江南野史》卷八,文渊阁《四库全书》本。

失意,心怀怨愤,对南唐并无甚眷恋之意,当以龙衮、马令、陆游诸人所载更为可信。

江为临刑前,气定神闲,将自己与竹林名士嵇康引为同道:"嵇康之将死也,顾日影而弹琴。吾今琴则不暇弹,赋一篇可矣。"于是"索笔为诗曰:'衙鼓侵人急,西倾日欲斜。黄泉无旅店,今夜宿谁家?'闻者莫不伤之"[①]。他始终是那样空负才情却才无所用,在如此动荡的时代,失落而又彷徨。诗人江为漂泊无依的人生之旅走到了尽头,陡然感受到无所归依的凄凉和荒寒。这一首《临刑》诗看似浅白谐谑,实则宣泄出落拓不羁的封建才士内心深处的无限愤懑和怨怼。

陈振孙《直斋书录解题》著录有《江为集》1卷,已佚。《全唐诗》卷七四一存诗8首、残句2联,《全唐诗补编·续补遗》卷一一补诗1首,《续拾》卷四三又补4首2句。其诗有风雅清丽之态,他的《隋堤柳》诗盛传于时:"锦缆龙舟万里来,醉乡繁盛忽尘埃。空余两岸千株柳,雨叶风花作恨媒。"由眼前的柳丝风雨,遥想隋炀帝时的繁盛浩荡,抒发出转瞬即逝的沧桑之感。

江为的诗歌擅长锤炼字句,不少写景佳句饶富清新淡远的神韵。例如"高风云影断,微雨菊花明"(《旅怀》)、"月寒花露重,江晚水烟微"(《江行》)、"鸟与孤帆远,烟和独树低"(《登润州城》)、"晚叶红残楚,秋江碧入吴"(《岳阳楼》)等等,在清冷、悠渺的画面之外,带给人们萧散、雅逸的审美感受。尤其是残句"竹影横斜水清浅,桂香浮动月黄昏",非常真切细腻地描摹出水边横斜的婆娑竹影、黄昏月色里的淡淡桂香。北宋初期诗人林逋《山园小梅》中的咏梅名句"疏影横斜水清浅,暗香浮动月黄昏",由此点化而出,遂成千古绝调。

刘 洞

刘洞(?—975),世居建阳(今属福建),马令《南唐书》谓其庐陵(今江

---

① (宋)陶岳:《五代史补》卷五,文渊阁《四库全书》本。

西吉安）人。少游学庐山，学诗于处士陈贶，精思不懈，至浃日不盥。贶卒，犹居庐山 20 年。长于五言诗，自号"五言金城"①。

从刘洞的生平经历和诗作内容来看，他是一位颇具时代忧患意识的诗人。据马令《南唐书》卷一四记载，公元 961 年南唐后主李煜即位，刘洞赶赴金陵献诗百篇。后主览其首篇《石城怀古》云："石城古岸头，一望思悠悠。几许六朝事，不禁江水流。"这首诗歌乃是作者面对古城岸头、滚滚长江，发思古之幽情，流露出对于六朝往事的无限怅惘之情，字里行间又潜藏着诗人对现实政治的隐忧。后主展读后，心里闷闷不乐，不禁掩卷，"为之改容，不复读其余者"。刘洞满心期待能够得到后主的赏识，岂料却触痛了君王的心病，故此遭到了冷落。

刘洞滞留金陵长达两年，一直都在等待后主的恩遇和召见，实现个人的政治理想，但是最终只得失意而归。他回到庐陵后，与同门夏宝松相友善，作诗唱和，其乐融融。其师陈贶曾经称自己的诗足埒贾岛，刘洞也宣称自己的诗风已具浪仙之体，但恨不得与之同时言诗。他的诗歌与夏宝松俱显名于当时，所作《夜坐》诗尤为警策。百胜军节度使陈德诚尝以诗称誉之云："建水旧传刘夜坐，螺川新有夏江城。"②故人称之为"刘夜坐"。龙衮称其诗为"格清而意古，语新而理粹"③。

但是，即便退居庐陵，刘洞也时刻不忘对现实政局的关注。后主朝党争形势仍未消除，以敢言直谏著称的潘佑，遭到张泊、徐铉等朝臣的排挤和毁谤，于开宝六年（973 年）被杀，刘洞激于义愤，作诗吊之。等到南唐都城金陵危殆之际，刘洞困居城内，乃作七言诗署于路旁："千里长江皆渡马，十年养士得何人？""翻忆潘卿章奏内，阴阴日暮好沾巾。"④这里化用了潘佑奏章内"家国阴阴，如日将暮"对于国势岌岌可危的焦虑之语，追念潘佑的忠贞报国，同时也在讥嘲当今朝廷昏聩误国的可悲现实。南唐灭国之后，

---

① （宋）马令：《南唐书》卷一四，《四部丛刊续编》本。
② （清）曹寅等编：《全唐诗》卷七九五，中华书局 1985 年版。
③ （宋）龙衮：《江南野史》卷九，文渊阁《四库全书》本。
④ （宋）龙衮：《江南野史》卷九，文渊阁《四库全书》本。

刘洞行经故宫殿阁,沉痛酸楚的沧桑之感油然而生,于是徘徊赋诗,多感慨悲伤之语。此时的感伤,已经抛却了个人怀才不遇的怨怼之意,而是更多地融入了故国遗民的黍离之悲。开宝八年(975年),卒。顾櫰三《新五代史艺文志》著录《刘洞集》1卷,已佚。《全唐诗》卷七四一存诗1首,残句3联。

夏宝松

夏宝松,生卒年不详,庐陵吉阳(今江西吉安)人。少隐居庐山,学诗于江为。为尝卧病,宝松亲尝药饵,夜不解带以尽心服侍,故深得江为器重,将诗法诀窍悉心教之,相处数年遂诗艺大成。

宝松诗作与当时刘洞齐名,尤以《宿江城》诗最为著名。百胜军节度使陈德诚尝以诗美之云:"建水旧传刘夜坐,螺川新有夏江城。"宝松《宿江城》诗中有云:"雁飞南浦砧初断,月满西楼酒半醒。晓来羸驴依前去,目断遥山数点青。"境界苍茫,笔致清远,深得时人延誉。

晚进儒生仰慕宝松的卓著诗名,不远数百里前来求教,一时间络绎不绝,辐辏其门。但是夏宝松并不像当年的恩师江为那样,热情地指点青年才俊,而是乘此良机,聚敛钱财。他每授弟子,从不一视同仁,而是故意对那些家境富庶的弟子卖弄玄机,哄骗他们说:"诗之旨诀,我有一葫芦儿授之,将待价。"①由此得到更多的私赂,足见其恬不知耻,品格卑下。《全唐诗》卷七九五存残句3联。

张 洎

张洎(933—996),字师黯,后改字偕仁,南谯(今安徽全椒)人。少有俊才,博通坟典,南唐时登进士第,授上元尉。后周显德六年(959年),中主长子弘冀卒,有司谥武宣。洎议以为世子之礼,但当问安视膳,不宜以"武"为称。中主旋命改谥曰"文献",并以论事称旨,擢升洎为监察御史。张洎身受恩遇,得意洋洋,朝政弹劾,肆无忌惮,遭到了游简言等群臣的嫉恨。恰

---

① (宋)马令:《南唐书》卷一四,《四部丛刊续编》本。

逢中主迁都洪州,立从嘉(即李煜)为太子,留金陵监国,朝臣即荐张洎为后主记室,不得跟从中主南迁,意在将他排挤出朝廷权力的中央。岂料不久以后中主晏驾,后主继位,留在新君身边的张洎也因祸得福,擢升为工部员外郎、试知制诰,后又为礼部员外郎、知制诰,中书舍人、清辉殿学士。后主建南唐统治中枢澄心堂,张洎得以参预朝廷最高机密,逐渐成为李煜最倚重的亲信。他善于揣摩后主心理,一俟机会便与其谈论佛理,更加得到君王的赏识和信赖。后主兄弟每逢宴饮游乐,亦必召张洎参与。后主还在宫城的东北角为其筑建宅第,赐书万余卷。张洎经常故意称疾,后主必手札慰谕之,足见其地位宠贵。

《宋史》卷二六七评价张洎曰:"尤险诐,好攻人之短。"晁公武《郡斋读书志》亦称之"性险诐而谄附"。据司马光《涑水记闻》卷三载,"张洎为举人时,张泌在江南已通贵,洎每奉谒求见,称从表侄孙;既及第,称弟;及秉政,不复论中表矣,以庶僚遇之。泌怨洎入骨髓"。作为朝廷当中的新贵代表,张洎时时处心积虑地排除异己,巩固自己的地位。他与潘佑原先同为中书舍人,交情颇厚,后来却逐渐交恶,潘佑慨叹道:"堂堂乎张也,难与并为仁矣!"[①]。张洎与徐铉联手,最终除掉了潘佑、李平等人。等到南唐国势危殆之际,张洎担心一旦国亡,自己以降臣身份,再不可能拥有既有之荣华富贵,因而鼓动后主誓死不降,还经常引符命云:"玄象无变,金汤之固,未易取也。"他赶制蜡丸书,遣人间道北上,求援于契丹;还和光政院使陈乔商议:一旦金陵城破,两人共同以身殉国。及至城陷之际,张洎带着一家老小躲进皇宫。陈乔自缢于政事堂,以死来证明自己的报国忠诚。张洎却临阵退缩,向后主开脱道:"臣与乔同掌枢务,国亡当俱死。又念主在,谁能为主白其事?不死,将有以报也。"[②]从这番冠冕堂皇的言语当中,尽显出人格的卑劣。入宋以后,张洎凭借其精明圆滑、老于世故,仍然得到了宋主的重用,官运显达。他生性鄙吝,对于亲戚故旧,一旦于己仕途不利,遂绝交殆

---

① (明)陈霆:《唐馀纪传》卷一八,明嘉靖二十三年(1544年)冯焕刻本。
② (清)吴任臣:《十国春秋》卷三〇,中华书局1983年版,第438页。

尽。对于故国君主，张洎非但不予关怀照顾，反而强加勒索："李煜既归朝，贫甚，洎犹丐索之。煜以白金頮面器与洎，洎尚未满意。"①

张洎工诗文，辞采清丽，又通释道之书，其《题越台》诗流露缥缈超尘之想，"举手拂烟虹，吹笙弄松月"二句写景颇佳。《宋史·艺文志》著录有《张洎集》50卷，今佚。晁公武《郡斋读书志》卷三下载录《贾氏谈录》1卷，注云："右伪唐张洎奉使来朝，录典客贾黄中所谈三十余事，归献其主。"书内所记牛李党争诸事、谓《周秦行记》为韦瓘所作，颇为后世学者所重视。原书已佚，清代从《永乐大典》内辑出，凡26条。《守山阁丛书》本据以校订，较为完善。张洎又曾整理张籍、项斯等人诗集，并为之作序。今仅存此二集序，见《全唐文》卷八七二及《唐文拾遗》卷四七。《全唐诗补编·续拾》收录诗作1首，残句1句。

张泌

张泌，生卒年不详，泌一作佖，字子澄，淮南（今安徽寿县）人，一说毗陵（今江苏常州）人。仕南唐，后主时为句容县尉。宋建隆三年（962年），愤国事日非，上书后主言为政之要，词甚激切。后主手诏慰谕，征为监察御史。历考功员外郎、内史舍人，开宝五年（972年），以内史舍人知礼部贡举。入宋后官至谏议大夫。泌为官清廉，生活极其简朴。据吴任臣《十国春秋》卷三〇记载："佖随后主入宋，以故臣见叙。太宗朝，佖在史馆，一日，问曰：'卿家每食多客，叙谈何事？'佖曰：'臣之亲旧，多客都下，困穷乏食。臣累轻而俸优，故常过臣饭，臣不得拒焉；然止菜羹而已。'明日，太宗遣快行者伺其馔客，即坐间取食以进，果止糁饭菜羹，仍皆陶器。太宗喜其不隐，迁官郎中。佖第宅在故里，人称'菜羹张家'云。佖为人长者，后官河南，每寒食，必亲拜后主墓，哭之甚哀。李氏子孙陵替，常分俸赡给焉。"

泌擅诗词，所作多为七言近体，诗风婉丽，清润可爱，时有佳句。其《寄人》诗之"多情只有春庭月，犹为离人照落花"、《洞庭阻风》诗之"青草浪高

---

① （元）脱脱等：《宋史》卷二六七，中华书局2000年版，第7561页。

三月渡,绿杨花扑一溪烟"、《春日旅泊桂州》诗之"弱柳未胜寒食雨,好花争奈夕阳天"等句,颇为脍炙人口。《全唐诗》卷七四二编其诗为1卷,《全唐诗补编·续补遗》补收诗1首及断句。《全唐文》收录文1篇。

汤　悦

汤悦,生卒年不详,字德川,原籍陈州西华(今属河南),池州青阳(今属安徽)人。殷文圭子,本名殷崇义,后避宋太宗讳而易名。少颖悟,博洽能文章。仕南唐,中主时为学士,历枢密使、右仆射。交泰元年(958年)九月,以吏部尚书出使后周,为周世宗所礼待。中主迁南都,以枢密使辅太子,留守金陵。后主时,为礼部侍郎。其时,民间通行铁钱,物价飞涨,悦遂上疏:"泉布屡变,乱之招也。且豪民富商,不保其赀,则日益思乱。"[①]然不为后主所采纳。开宝元年(968年),迁南唐门下侍郎、平章事,后罢为镇海军节度使,仍同平章事。未几,以太子太傅、监修国史为司空,知左右内史事。南唐亡,随后主归宋,避宣祖庙讳及太宗旧名,易姓名为汤悦。奉命预修《江南录》、《太平御览》,为太子詹事。

悦与徐铉、徐锴、李建勋等常相唱酬;善文,尤富史才,"自言有陈寿史体"。尝撰《扬州孝先寺碑》,周世宗征淮南,驻跸于寺,读其文,嗟叹久之。其所撰书檄教诰,"特为典赡,切于事情"[②]。

《宋史·艺文志》著录有《汤悦集》3卷,陈振孙《直斋书录解题》著录其与徐铉合撰《江南录》10卷。《全唐诗》卷七五七存诗5首,《全唐诗补编·续补遗》卷一一又收1首。《全唐文》卷八七七收文1篇。

钟　谟

钟谟(？—960),字仲益,其先会稽(今浙江绍兴)人,后徙建安(今福建建瓯)。未几,又侨居金陵(今江苏南京)。南唐中主保大时,累迁吏部郎中,

---

① (清)吴任臣:《十国春秋》卷二八,中华书局1983年版,第407页。
② (宋)马令:《南唐书》卷二三,《四部丛刊续编》本。

历翰林学士,进户部侍郎。宋龙衮《江南野史》卷五评述其"为人诇谀佞媚,反覆难信,复多妒忌"。十四年(956年),周师南侵,谟受命出使后周,奉表称臣。和议不成,遂留周,贬耀州司马。不久,南唐割地称臣,为周世宗召为卫尉卿,放还国。谟因作诗以献:"三年耀武群雄伏,一日回銮万国春。南北通欢永无事,谢恩归去老陪臣。"世宗由是悦之。回归南唐后,拜礼部侍郎,判尚书省。时秉大权,铸大钱,改制度,恃其才能,挟后周之势,尤横恣不法。后因立太子事触怒中主,贬为国子司业,再贬著作佐郎,饶州安置。宋建隆元年(960年)正月,赐死于饶州。

　　谟性聪敏,多记问,奏疏理论,颖脱时辈。"尤好古碑,奉使中原,每道旁碑碣,必驻马历览。尝见龟趺大碣,半没水中,谟欣然解衣,以手扪揣,默记其文。他日水涸,以所录本就证之,无差,其爽迈如此"[1]。其诗多有佳句,马令称其贬饶州途中所作诗"其辞皆凄怆"[2]。《全唐诗》卷七五七存诗3首,《全唐诗补编·续拾》移正其诗1首。

钟蒨

　　钟蒨(?—975),字德林,家于豫章(今江西南昌)。属辞敦行,卓有时誉。初为藩镇从事,后仕南唐,为员外郎、集贤殿学士。中主保大九年(951年),迁东都少尹。交泰年间,齐王景达都督抚州,朝廷慎选僚佐,授蒨为观察判官、检校屯田郎中。后主时,官勤政殿学士。宋开宝八年(975年),宋师入金陵,蒨朝服坐于家,举族为乱兵所杀。

　　蒨与当世著名诗人徐铉、徐锴、乔匡舜等人友善,颇多唱和,所作诗歌尤为人所称赏。其《赋山别诸知己》诗云:"暮景江亭上,云山日望多。只愁辞辇毂,长恨隔嵯峨。有意图功业,无心忆薜萝。亲朋将远别,且共醉笙歌。"通过对暮色当中云山苍茫景象的描绘,渲染出亲朋相别之际的依依难舍之情。《别诸同志》诗写道:"随阳来万里,点点度遥空。影落长江水,声

① (宋)马令:《南唐书》卷一九,《四部丛刊续编》本。
② (宋)马令:《南唐书》卷一九,《四部丛刊续编》本。

悲半夜风。残秋辞绝漠,无定似惊蓬。我有离群恨,飘飘类此鸿。"借对空中形单影只的新鸿姿态的描摹,渲染出悲凉的情境氛围,由此流露着诗人自身漂泊不定、离群索居的悲惨命运和酸楚心绪。《全唐诗》卷七五七存诗1首,《全唐诗补编·续补遗》补收1首。

陈致雍

陈致雍,生卒年不详,字表用,莆田(今属福建)人,一说晋江(今属福建)人。博洽善文辞,尤谙练于典章制度。仕闽王延羲,为太常卿。后归南唐,中主时以通《礼》及第,历太常博士、员外郎,曾掌制诰,后官至秘书监。后主时曾参与纳小周后婚礼仪式制定,后致仕,归泉州,清源军节度使陈洪进辟为掌书记。约卒于宋太宗时。著述甚多,今知名者有:《闽王列传》1卷,记闽二世七主60年史事;《晋江海物异名记》3卷;《新定寝祀仪》1卷;《州县祭祀仪》,卷数不详;《五礼仪镜》5卷;《曲台奏议集》20卷,徐锴为之作序。以上各书均见宋代书目著录,今皆已佚。《曲台奏议》,清朱绪曾藏有十卷本,今无考。《永乐大典》引录此书甚多,《全唐文》据以辑出94篇,分为3卷。陈尚君《全唐诗续拾》补录其诗1首。

成彦雄

成彦雄,生卒年不详,字文幹,上谷(今河北怀来西)人,南唐时进士。工诗,多写景咏物之作,尤长于绝句。其《中秋月》诗抒写清冷的隐逸情怀:"王母妆成镜未收,倚栏人在水精楼。笙歌莫占清光尽,留与溪翁一钓舟。"《寒夜吟》诗则渲染出寒夜的静谧与凄寂,想象非常奇特:"洞房脉脉寒宵永,烛影香消金凤冷。猧儿睡魇唤不醒,满窗扑落银蟾影。"此外,"一叶落渔家,残阳带秋色"(《江上枫》)、"暖暖村烟暮,牧童出深坞"(《村行》)等诗句,均饶富画面之美。《崇文书目》著录其《梅岭集》5卷,晁公武《郡斋读书志》则著录为《梅顶集》1卷,中有徐铉所作序文,今均已佚。《全唐诗》卷七五九编其诗为1卷。

胡元龟

胡元龟(922？—961？),世为庐陵(今江西吉安)人,居于永新(今属江西)。少有俊才,善题咏。尝题永新县令画屏上戏珠龙图,有云:"翻身腾白浪,探爪攫明珠。"县令以为讥己,命追捕之。遂逃亡金陵,馆于吏曹郎徐某家。后徐某荐之于宋齐丘,遂射策入官,授文房院副使。南唐中主保大十一年(953年)前后,为抚州临川令,颇有政绩。交泰元年(958年),齐王景达出镇抚州,而元龟朔望起居,颇有慢色,又曾庭辱王府公仆,为景达所恶。不久,因坐娶讼者妇,免官,徙广陵。后数年,因撰《叛呈怨词》30首,皆传俗口,遂为后主鸩杀,年方40。

元龟善诗,尤喜作回文诗。其馆于金陵徐家时,尝为作《催妆诗》,挥笔立就。又尝飞笔作回文体诗数首,颇为众人所钦慕,由是知名。《全唐诗》卷七九五存断句1联。

邵 拙

邵拙,生卒年不详,字拙之,宣城(今属安徽)人,一作雁门(今属山西)人。南唐时人。性孤峭倔强,博通经史。饮酒常至百盏,偶沉酗过度,遂覆觞绝饮,虽筵宴终日,唯茶浆而已。后归宋,应制科试,未放榜而卒。门人袁氏买地葬之。

拙文学韩愈、柳宗元,曾作诗300篇,尚书郎孙迈为之作序,名曰《庐岳集》。水部郎中赵庆以诗贻之,云:"迈古文章金鸑鷟,出群行止玉麒麟。"[1]马令《南唐书》除记其《庐岳集》外,又谓有手书史传、文集300卷,藏于官府。时人悼其苦学能文而不得达于名位,或议其诗有"万国不得雨,孤云犹在山"之句,斯为应矣。顾櫰三《补五代史艺文志》著录其文集300卷、《庐岳集》1卷,皆佚。《全唐诗》卷七九五存断句1联。

---

① (宋)马令:《南唐书》卷二二,《四部丛刊续编》本。

卢郢

卢郢,生卒年不详,金陵(今江苏南京)人。好学有才艺,而臂力过人,好吹铁笛。南唐后主乾德间举进士,试《王度如金玉赋》,擢第一。"徐铉娶郢姊,尝受后主命撰文,累日未就。郢曰:'当试为君抒思。'适庭下有石,十夫不能举,郢戏取弄之;有顷索酒,顿饮数升,复弄如初。忽顾笔吏,口占使书,不窜易一字。铉服其工,后主亦以为遒俊可爱"①。入宋后,累迁至知全州,颇著治绩。病卒。《全唐诗补编·续补遗》及《续拾》存诗2首。

泰钦

泰钦(?—974),魏府(今河北大名)人。五代南唐时禅宗僧人,世称法灯禅师。初住洪州双林院,转住洪州上蓝山护国院及金陵龙光院。后迁金陵清凉院,嗣法眼宗创始人文益。南唐后主李煜曾向其问法。开宝七年(974年)卒。《全唐诗补编·续拾》收录其《古镜歌》3首、《拟寒山诗》10首。

玄寂

玄寂,生卒年不详,《全唐诗》避清圣祖玄烨讳改作元寂。俗姓高,自称为高骈族人。南唐烈祖昇元中,受业于金陵昇元寺。性爽悟,博通经藏,中主保大中,诏讲《法华经》,授左街僧录、内供奉、讲经论明教大师,赐紫。但屡干戒律,有司惜其才而赦之。后主时,召入讲《华严经》,多赐金帛。由是益自恣,日以狂饮为事,尝自号为"酒秃",醉则行歌于路曰:"酒秃酒秃,何荣何辱。但见衣冠成古丘,不见江河变陵谷。"相和者甚众。坐是落僧职,出居长干寺。常与狂生藉地酣饮,后醉死于石子岗。《全唐诗》卷八二五存歌1首。

---

① (宋)陆游:《南唐书》卷一五,《四部丛刊续编》本。

结　语

　　在五代战乱频仍的时代背景下，偏安东南一隅的南唐，却保留了中华文化的可贵因子，并且滋生了政权统治的新机制。南唐文官政治的初步建构，对南唐儒雅文化的形成具有直接作用，进而对宋代乃至整个中国封建社会后期的政治、教育、文化等等，均产生了深远的影响。南唐时期先后出现了两次旷日持久、形态各异的朋党之争，文化的推动力逐渐转变为互相的掣肘和抵牾，成为了南唐文化发展中致命的自毁因素。它与宋代的文人党争具有本质上的共通性，并且深刻地影响到南唐文人的诗文创作心态、主题取向和艺术追求。

　　南唐经济的发展推动了文化艺术的繁盛，使得南唐文学的创作呈现出清雅婉丽的整体风格特征。南唐地域文化的濡染，令南唐词的创作风格深受前代江南文学的滋养，但是南唐词较之南朝吴声歌曲以及梁陈宫体诗歌，内涵更加复杂，意蕴更加深厚，格调更加清雅，从而开创了江南文学发展的新局面。南唐词与西蜀花间词，在创作主体、政治环境、宗教信仰等方面存在着本质的区别，从而导致了风格的相异。南唐词的审美特征可以概括为：富贵典雅之致，忧患感伤之意，主观情性之美，疏朗清畅之调。

　　冯延巳身处南唐衰乱时世，其词抒写士大夫文人"世事难料"、"人生无常"的悲哀，颇多邀宠固位之意旨。后代词论家却从冯氏惝恍迷离、朦胧含蓄的词境中，挖掘出忠爱缠绵、香草美人的比兴寄托，从而赋予他符号化的面具。冯延巳的独特词境对于后代文人词的创作产生了深远的影响。南唐中主李璟的词作具有感慨遥深、意境阔大、结构精巧、声情并沛的艺术特征。他的词作融入了时代的悲感、清雅的格调，给人以优雅而伤感的艺术美感，为扭转花间习气、开启宋词风韵起到了重要作用。李煜的词作描写帝王之奢乐，抒写亡国之哀痛；具备强烈的今昔对比感、内心挣扎感和人生幻灭感，"遂变伶工之词为士大夫之词"。其词真情流露、纯任性灵，尽显"粗服乱头"之美，产生了极其感人的抒情效果。在李煜手中，词体完成了从应歌侑酒的"伶工之词"向抒写个人情志的新型抒情诗的转变；改变了以词仅作娱宾遣兴的文学工具的局面，转而用来描写人生的缺憾和表现哀伤的情绪；同时也以清新自然、文雅秀美的语言风格，实现了对于词体文学的创造和革新。李煜词的价值就在于：用非常精美而通俗的文字，表达出人类共有的感情。

224

根据南唐诗人诗歌创作主题取向的不同和他们心志意趣的差异，可以分为儒雅、隐逸、狂逸等三种类型。从艺术角度来观照南唐诗歌，其中普遍弥漫着苦吟的创作风格。南唐文人的散文创作也普遍具有清雅旷逸的风格特征。透过对 47 位南唐诗文作家的传论、评析，厘清南唐诗文的整体风貌和单个作家的个性特征，揭示他们在历史进程中的复杂心迹。南唐诗文与唐代诗文之间，存在着明显的承继关系。而且伴随着徐铉、张泊等等南唐旧臣入宋，又对"宋初三体"的出现，以及宋诗"以才学为诗"、"以文字为诗"特性的生成都具有重要的影响。

本人长期致力于五代文学的研究工作，在资料整理、理论探索和个案研究方面均有所创获。近十年来，较多关注南唐文学的研究，已有近十篇单篇论文正式发表于《江苏社会科学》、《文史知识》等期刊。期盼本书通过全面论析南唐地域文化个性特征对文学风尚的多元影响，具体探讨南唐文化、诗文词综合创作成就，对于五代文学研究产生积极的推动作用。本书观点不够成熟之处，也敬请大方之家批评指正。

高　峰

2012 年 9 月于南京师范大学茶苑

参考文献

（清）曹寅等编：《全唐诗》，中华书局1985年版。

（明）曹昭：《古砚论》，上海科技教育出版社1994年版。

（宋）陈彭年：《江南别录》，文渊阁《四库全书》本。

（宋）陈师道：《后山谈丛》，《适园丛书》本。

（明）陈霆：《唐徐纪传》，明嘉靖二十三年（1544年）冯焕刻本。

（清）陈廷焯：《云韶集》，南京图书馆藏清钞本。

（清）陈廷焯：《白雨斋词话》，人民文学出版社1959年版。

程千帆、吴新雷：《两宋文学史》，上海古籍出版社1991年版。

邓之诚：《骨董琐记全编》，北京出版社1996年版。

（清）董诰等：《全唐文》，清嘉庆十九年（1814年）扬州全唐文局刻本。

（德）歌德：《歌德谈话录》，人民文学出版社1978年版。

（宋）郭若虚：《图画见闻志》，中华书局1985年版。

郭预衡主编：《中国古代文学史》，上海古籍出版社1998年版。

何剑明：《沉浮：一江春水——李氏南唐国史论稿》，南京大学出版社2007年版。

（宋）洪迈：《容斋随笔》，上海古籍出版社1978年版。

（明）胡应麟：《诗薮》，上海古籍出版社1979年版。

华东师范大学中文系古典文学研究室编：《词学研究论文集（1949—1979）》，上海古籍出版社1982年版。

黄矞：《瓷史》，上海科技教育出版社1994年版。

（宋）黄庭坚：《山谷题跋》，《丛书集成初编》本。

（宋）江少虞：《宋朝事实类苑》,文渊阁《四库全书》本。

（明）蒋一葵：《尧山堂外纪》,上海古籍出版社1996年版。

（明）金人瑞：《贯华堂选批唐才子传》,清顺治贯华堂刻本。

李定广：《唐末五代乱世文学研究》,中国社会科学出版社2006年版。

（明）李攀龙：《唐诗直解》,清博士斋刻本。

（宋）李焘：《续资治通鉴长编》,中华书局1979年版。

（唐）李延寿：《南史》,中华书局2000年版。

梁方仲：《中国历代户口、田地、田赋统计》,上海人民出版社1980年版。

（清）刘承幹：《南唐书补注》,《嘉业堂丛书》本。

（宋）刘崇远：《金华子杂编》,《丛书集成初编》本。

刘大杰：《中国文学发展史》,百花文艺出版社1999年版。

刘宁：《唐宋之际诗歌演变研究》,北京师范大学出版社2002年版。

刘扬忠：《唐宋词流派史》,福建人民出版社1999年版。

刘永济：《唐五代两宋词简析》,上海古籍出版社1981年版。

刘毓盘：《词史》,上海书店1985年版。

刘尊明：《唐五代词史论稿》,文化艺术出版社2000年版。

林庚：《中国文学简史》,北京大学出版社1995年版。

（宋）龙衮：《江南野史》,《豫章丛书》本。

龙榆生：《龙榆生词学论文集》,上海古籍出版社1997年版。

鲁迅：《中国小说史略》,东方出版社1996年版。

（宋）路振：《九国志》,《丛书集成初编》本。

（宋）陆游：《南唐书》,《四部丛刊续编》本。

（宋）陆游：《入蜀记》,《丛书集成初编》本。

罗宗强：《隋唐五代文学思想史》,上海古籍出版社1986年版。

（元）马端临：《文献通考》,中华书局1984年版。

（宋）马令：《南唐书》,《四部丛刊续编》本。

（清）毛先舒：《南唐拾遗记》《中国野史集成》，巴蜀书社1993年版。

缪钺、叶嘉莹：《灵谿词说》，上海古籍出版社1987年版。

（清）纳兰性德：《渌水亭杂识》，《丛书集成初编》本。

（宋）欧阳修、宋祁：《新唐书》，中华书局2000年版。

（宋）欧阳修：《新五代史》，中华书局1974年版。

浦江清：《浦江清文录》，人民文学出版社1958年版。

乔象钟、陈铁民主编：《唐代文学史》，人民文学出版社1995年版。

任二北：《敦煌曲初探》，上海文艺联合出版社1954年版。

（宋）阮阅：《诗话总龟》，《四部丛刊初编》本。

（宋）邵博：《邵氏闻见后录》，中华书局1983年版。

（明）沈际飞：《草堂诗馀别集》，明万贤楼刊本。

（南朝·梁）沈约：《宋书》，中华书局2000年版。

（宋）史温：《钓矶立谈》，《知不足斋丛书》本。

（宋）释道原：《景德传灯录》，《四部丛刊》本。

（宋）释文莹：《玉壶清话》，《知不足斋丛书》本。

（宋）释文莹：《湘山野录》，中华书局1984年版。

（宋）司马光：《资治通鉴》，中华书局1956年版。

（宋）苏轼：《东坡题跋》，上海远东出版社1996年版。

（宋）苏轼：《东坡志林》，学苑出版社2000年版。

孙克强编：《唐宋人词话》，河南文艺出版社1999年版。

（五代）谭峭：《化书》，中华书局1996年版。

唐圭璋：《词话丛编》，中华书局1986年版。

唐圭璋：《词学论丛》，上海古籍出版社1983年版。

（宋）陶岳：《五代史补》，文渊阁《四库全书》本。

田居俭：《李煜传》，国际文化出版公司2006年版。

（元）脱脱等：《宋史》，中华书局2000年版。

（五代）王定保：《唐摭言》，上海古籍出版社1978年版。

227

参考文献

（宋）王明清：《挥麈录》，《丛书集成初编》本。

（清）王士禛、郑方坤：《五代诗话》，人民文学出版社1998年版。

（清）王士禛：《香祖笔记》，上海古籍出版社1982年版。

（宋）王应麟：《玉海》，清光绪九年(1883年)浙江书局刊本。

（宋）王禹偁：《小畜集》，《四部丛刊》本。

（宋）王铚：《默记》，《知不足斋丛书》本。

（宋）魏庆之：《诗人玉屑》，上海古籍出版社1978年版。

（宋）魏泰：《东轩笔录》，中华书局1983年版。

（宋）吴处厚：《青箱杂记》，中华书局1985年版。

（清）吴任臣：《十国春秋》，中华书局1983年版。

夏承焘：《唐宋词欣赏》，北京出版社2002年版。

（元）夏文彦：《图绘宝鉴》，《万有文库》本。

［新加坡］谢世涯：《南唐李后主词研究》，学林出版社1994年版。

（元）辛文房：《唐才子传》，文渊阁《四库全书》本。

（五代）徐铉：《徐骑省文集》，《四部丛刊》本。

（清）徐增：《而庵说唐诗》，中州古籍出版社1990年版。

徐震堮：《世说新语校笺》，中华书局1984年版。

（宋）薛居正等：《旧五代史》，中华书局1976年版。

杨海明：《李璟·李煜》，春风文艺出版社1999年版。

叶嘉莹：《迦陵论词丛稿》，河北教育出版社1997年版。

（宋）佚名：《五国故事》，《知不足斋丛书》本。

（宋）佚名：《江南馀载》，《丛书集成初编》本。

（宋）佚名：《宣和画谱》，《丛书集成初编》本。

（宋）佚名：《宣和书谱》，《丛书集成初编》本。

俞陛云：《唐五代两宋词选释》，上海古籍出版社1985年版。

俞平伯：《唐宋词选释》，人民文学出版社1979年版。

（宋）乐史：《太平寰宇记》，《四库全书》本。

（宋）赞宁：《宋高僧传》，中华书局 1987 年版。

詹安泰：《詹安泰词学论集》，汕头大学出版社 1997 年版。

詹幼馨：《南唐二主词研究》，武汉出版社 1992 年版。

张兴武：《五代作家的人格与诗格》，人民文学出版社 2000 年版。

（宋）赵汝砺：《北苑别录》，《丛书集成初编》本。

（宋）郑文宝：《江表志》，《墨海金壶》本。

（宋）郑文宝：《南唐近事》，文渊阁《四库全书》本。

郑学檬：《五代十国史研究》，上海人民出版社 1991 年版。

郑振铎：《郑振铎古典文学论文集》，上海古籍出版社 1984 年版。

（宋）周密：《浩然斋雅谈》，《丛书集成初编》本。

（明）周珽：《唐诗选脉会通评林》，明崇祯乙亥(1635 年)刻本。

（清）朱栋：《砚小史》，上海科技教育出版社 1994 年版。

邹劲风：《南唐国史》，南京大学出版社 2000 年版。

参考文献

人名索引

人名索引

人名索引

人名索引

人名索引

责任编辑:宰艳红
封面设计:肖　辉　石笑梦
责任校对:杜凤侠

图书在版编目(CIP)数据

乱世中的优雅:南唐文学研究/高峰 著. -北京:人民出版社,2013.1
(随园文史研究丛书)
ISBN 978 - 7 - 01 - 011686 - 0

Ⅰ.①乱…　Ⅱ.①高…　Ⅲ.①古典文学研究-中国-南唐　Ⅳ.①I206.2

中国版本图书馆 CIP 数据核字(2013)第 018146 号

乱世中的优雅

LUANSHI ZHONG DE YOUYA

南唐文学研究

高　峰 著

人民出版社 出版发行

(100706　北京市东城区隆福寺街 99 号)

北京瑞古冠中印刷厂印刷　　新华书店经销

2013 年 1 月第 1 版　2013 年 1 月北京第 1 次印刷
开本:710 毫米×1000 毫米 1/16　印张:15.75
字数:195 千字

ISBN 978 - 7 - 01 - 011686 - 0　定价:36.80 元

邮购地址 100706　北京市东城区隆福寺街 99 号
人民东方图书销售中心　电话 (010)65250042　65289539